KB095924

Doodling

우들링

고광휘
지음

인생산책

Contents

Contents

Prologue

사람은 세상에 태어나 많은 경험을 하게 된다.
경험이 의도한 것이든 의도하지 않은 것이든 배움의 근원이다.
경험은 고생스러운 것이 있고 즐거운 것이 있다.
고생스러운 경험이 즐거운 경험의 바탕이 되는 경우가 많다.
즐거운 경험이 지나치면 모자람만 못하다.
세상은 호기심이 있는 사람에게 많은 기회를 준다.
도전하는 사람에게 더 멋진 경험의 장이 열린다.
삶은 길다.
우리는 우주 일부다.
우리는 하고 싶은 모든 경험을 할 수 없다.
남들의 경험을 들여다보는 지혜가 필요하다.

Chapter 1

소중한 경험

11세 토끼사냥

부모님에게 감사드릴 일은 수없이 많지만 가장 고마운 것 중의 하나는 어려서부터 크게 나쁜 일이 아니면 마음대로 여러 가지 도전을 해보는 것에 대해 너그러우셨다는 점이다. 고향 산골 마을은 800여m 높은 산 밑에 있어서 겨울이 되면 노루 토끼 꿩 등을 사냥하는 사람이 많았다. 사냥총이 있을 리 없으므로 올가미나 덫을 사용했다. 어린 나는 이웃들이 토끼 등을 잡아 오는 걸 부러운 눈으로 바라보곤 했다. 동네 청년들처럼 토끼를 잡고 싶었지만 어린 나이에 산을 돌아다니며 토끼 발자국을 추적하고 올가미를 설치하는 것은 두려운 일이었다. 그래도 용기를 내어 초등학교 4학년 때 아랫집에 사는 친구와 함께 토끼 잡는 것에 도전하기로 했다. 우선 동네 청년들이 어떤 곳에 어떤 방법으로 올가미를 설치해 토끼를 잡는지 알아보기 위해 그들의 발자국을 따라다니며 올가미를 설치한 방법을 유심히 살폈다. 원리는 간단했다. 토끼들이 자주 다니는 길목에 올가미를 설치하고 양옆을 나뭇가지로 막아서 토끼가 길을 따라가다 올가미가 있는 구멍 속으로 통과할 때 잡히는 구조였다. 눈 위에 찍혀있는 토끼 발자국들을 샅샅이 살피고 다음에 틀림없이 토끼가 지나갈 길목이다 싶으면 올가미를 설치하면 되는 것이었다. 청년들이 설치한 철사로 만든 올가미를 유심히 살폈다. 못쓰게 된 전선의 철사를 이용해 친구와 둘이서 올가미를 튼튼하게 만들었다. 토끼를 잡는 것도 경쟁이었다. 동네 청년들은 우리 같은 아이들이 산에 올가미 놓는 것을 못 하게 했다. 위험한 데다가 어린이들과 토끼잡이 경쟁하는 것이 싫었을 것이다. 그래서 청년들이 다니는 곳을 피하여 동네 가까운 야산에 올가미를 설치하였다. 낮에 올가미를 설치하면 산에 오르내리는 다른 경쟁자들이 그 올가미를 제거해 버리기 때문에 저녁 무렵에 산에 올라가 작업을 해야 했다.

저녁 무렵에 산에 올라가 올가미를 설치하는 것은 매우 두려운 일이었다. 산의 곳곳에 배어있는 여러 전설과 무서운 얘기가 떠올라 매우 떨렸지만, 친구랑 둘이 용기를 내어 나무를 자르고 올가미를 설치했다. 이 작업에서는 칼보다 낫이 더 유용했으므로 낫을 한 자루씩 손에 꼭 쥐고 주위를 살피며 일을 했다. 어둠이 다가오는 저녁 무렵 올가미를 설치하는 것도 살 떨리는 일이었지만, 다음 날 새벽 그 올가미에 토끼가 잡혀 있는지 확인하러 가는 것은 더 무서웠다. 왜냐하면, 부지런한 청년들이 새벽에 일어나 다른 사람들의 덫이나 올가미에 잡힌 토끼를 가져가는 경우가 있어서 꼭두새벽에 옷을 두

껍게 입고 낫을 들고 집을 나서야 했다. 추운 겨울에 눈 내린 새벽 산에 올라가는 그 느낌이 지금까지도 온몸에 남아 있다. 춥고 무섭고 불안했지만, 그럼에도 우리가 설치해 놓은 올가미에 토끼가 잡혀 있을 거라는 희망을 안고 가슴 두근거리며 숲속을 돌아다니던 용기가 그립다. 4학년 그 겨울은 절대 잊히지 않는다. 그렇게 힘들고 어렵게 아침저녁으로 산을 오르내리며 노력한 끝에 드디어 처음으로 토끼를 잡는 데 성공했다. 올가미에 걸려 죽어있는 토끼의 모습을 보고 처음에는 측은한 생각도 들었다. 하지만 토끼를 잡았다는 기쁨이 훨씬 컸다. 사로잡은 토끼를 들고 의기양양하게 마을로 내려올 때 우리는 이 세상 어떤 순간보다 행복했다. 그렇게 잡은 토끼를 친구 아버지께서 손질하여 반쪽씩 나누어 주셨고 어머니는 그것으로 맛있게 토끼탕을 끓여 주셨다. 먹을거리가 풍요롭지 못했던 그 시절에 무를 듬뿍 넣고 어머니가 솜씨를 발휘하여 요리한 토끼국은 정말 맛있었다. 토끼를 잡아 식탁에 올릴 수 있다는 자랑스러움과 내가 이만큼 커서 도움 주고, 인정받았다는 뿌듯함이 더해져 더욱 좋았다. 이렇게 11세 때 처음으로 토끼잡이에 성공한 후로 가끔 우리 집 식탁에는 토끼국이 차려지곤 했다.

아버지 어머니는 토끼를 잡는 것에 대해 찬성도 반대도 하지 않으셨다. 왜 그러셨는지 지금은 조금 이해가 될 것 같다. 한창 먹을 나이인 아이들 5명을 위해 소고기나 돼지고기 등을 먹일 기회가 적었던 시절에 가끔 잡아 오는 토끼는 아이들 단백질 공급에 아주 긴요한 것이었다. 그렇다고 어린 아들이 아침저녁으로 산에 오르내리는 위험을 권장할 부모도 없으리라. 부모님은 산짐승을 잡는 것에 대해 썩 마음 편하지 않으셨을 것이다. 부모님은 내가 열심히 숲속을 돌아다니면서 토끼사냥에 열중하는 것을 말리지는 않고 조심하라고만 하셨다. 그런데 6학년 겨울 어느 날 아버지가 다른 산골 동네 이야기를 하셨다. 그 동네에서는 우리처럼 올가미나 덫을 전날 저녁 무렵에 설치한 후 다음 날 새벽에 확인하는 방법 대신 눈 오는 날 토끼를 추적하여 잡는 방법을 쓴다는 것이었다. 쉽게 이해가 가지 않았다. 동네의 아이들이 몽둥이를 하나씩 들고 산으로 토끼몰이를 갔지만, 번번이 토끼 한 마리도 붙잡지 못하고 되돌아오곤 했었다. 나는 "그러한 토끼몰이는 거의 성공하지 못해요."라고 말했다. 아버지는 토끼를 추적해가며 중간중간 덫을 설치한다고 설명했다. 대낮에 토끼가 덫에 걸릴 만큼 어리석을까? 라는 의문이 갔지만 한번 시도해 보기로 했다. 우리에게는 덫이 없었기 때문에 올가미를 이용하기로 하고 낮에 토끼 추적에 나섰다. 눈 쌓인 곳에 토끼 발자국을 살펴보면 토끼들이 오래전에 지나갔는지 방금 지나갔는지를 알 수 있다. 일단 방금 찍힌 토끼 발자국이 많은 곳에 가서 막대기로 나무를 때리고 소리 지르면 토끼가 놀라서 내달리게 된다. 이때 발견한 토끼를 추적하는 것이다. 토끼의 발자국 추적은 한두 명이 해야 한다. 여러 명이 같이 다니면 토끼 발자국이 사람 발자국으로 덮여서 추적할 수가 없다. 토끼는 도망가다 반드시 제자리로 되돌아온다. 천천히 집요하게 토끼를 뒤쫓아 가면 토끼는 멀리 또는 가까이 반드시 반복해서 같은 길을 되돌아온다. 그래서 토끼가 지나간 곳의 양옆을 풀이나 나뭇가지로 막고 가운데 공간에 올가미를 설치한 후 토끼를 뒤쫓아 가면 되돌아오는 토끼를 잡을 수 있다는 것을 깨닫게 되었다. 많은 시행착오 끝에 아버지가 들려주신 이야기를 실행하여 눈 쌓인 숲속에서 토끼를 추적해 잡는 방법을 터득한 것이다. 너무 멀리 원을 그리거나 매우 험한 바위들 곁이나 대나무 숲으로 들어가 버린 토끼는 추적을 포기하기도 하지만 토끼의 습성을 알고 집요하게 쫓으면 잡을 수 있었다. 이 방법은 성공 확률이 꽤 높았다. 그러나 올가미에 걸려 소리치고 몸부림치며 죽어가는 토끼나 금방 죽은 토끼를 보기 때문에 기쁨보다는 측은한 마음이 앞섰다. 그래서 토끼사냥에 대한 열정이 시들해져 버렸다. 가끔 그렇게 토끼를 잡기는 했지만, 가족 식탁에 고깃국을 올리기 위한 최소한의 사냥만 했다.

중학교에 진학한 후에는 아예 토끼사냥을 하지 않았다. 대신 토끼 잡는 방법을 동생들에게 알려 줬더니 둘째는 아예 관심도 없고 셋째와 넷째 동생이 토끼를 잡기 시작했다. 두 동생은 내가 가르쳐 준 토끼 잡는 방식에다가 연구를 많이 했는지 하루에 토끼 2마리를 붙잡아오기도 했다. 일부는 식탁에 올리고 일부는 팔아서 용돈으로 쓰는 것을 보면서 나도 부모님처럼 동생들이 토끼 잡는 것에 대해 이러쿵저러쿵 간섭하지 않았다. 동생들은 눈이 내린 날 숲속에서 토끼를 발견하면 잡을 확률이 90% 정도 된다고 자랑했다. 게다가 토끼뿐만 아니라 내가 시도하지 않았던 노루까지 잡기 위해 올가미를 설치했다. 하루는 두 동생이 노루가 잡혔는지 확인하러 가자고 해서 바람도 쐴 겸 따라나섰다. 숲속에 들어가 상당히 앞서간 동생들이 "노루를 잡았다!"라고 소리쳤다. 순간적으로 나뭇가지에 긁혀가면서 쏜살같이 뛰어갔더니 동생들이 배를 움켜쥐고 웃어댔다. 형을 놀리기 위해 거짓말을 한 것이었다. 옛날에 사냥했던 본능이 되살아나서 그렇게 빨리 뛰어오는 형의 모습이 우습던지 동생들은 오래도록 놀려대며 웃었다. 그 일이 있고 난 후 어느 날 동생들이 정말로 노루를 잡아 왔다. 그것도 살아있는 상태로 잡아 왔다. 크고 무거운 노루를 어린 동생 둘이서 함께 운반해온 것은 대단한 일이었다. 설치해 놓은 올가미에 노루의 다리가 붙잡혀 오도 가도 못하는 상태에서 동생들에게 잡혀 온 것이다. 동생들이 노루를 잡았다는 소식은 온 동네에 금방 전해져서 그 노루가 필요하다는 사람에게 팔아버렸지만, 마음이 영 편치 않았다. 동생들의 기술이 탁월해져 많은 토끼를 사냥하는 것에 더해 노루까지 사냥하는 것은 지나치다 싶었다. 동생들이 그것들을 일부 팔아 용돈으로 쓰는 것에 보탬이 되겠지만 어린 동생들이 산짐승을 지나치게 사냥하는 것은 바람직하지 않아 보였다. 하루는 동생들을 불러서 다시는 사냥하지 말라고 했다. 지금까지 사냥한 것은 용서될 수 있을지 모르지만 계속해서 사냥하는 것은 습관이 되고 커서 재미로 사냥을 할지도 모르므로 그만두면 좋겠다는 요지로 설명을 했다. 앞으로 사냥을 하면 형이 혼내 주겠다는 경고까지

하였다. 동생들도 짐승을 사냥하는 것이 바람직하지 않다는 것을 이해하였는지 그 후로 토끼나 노루 사냥을 하지 않았다. 동생들은 포획 본능을 숨기지 못하고 요새는 배스 낚시에 열을 올리고 있다. 다행히 배스가 토종 물고기들을 잡아먹어 생태계를 교란하여 제거해야 한다고 하는데도 배스를 낚아 올리고는 모두 살려준다. 어려서부터 토끼사냥에 협력을 이루어 타의 추종을 불허하는 사냥꾼이 배스 잡는데도 탁월성을 발휘하는 것을 보면 어려서 배운 것이 다른 부분에도 잘 전이 되는 교육적 효과가 있는 모양이다.

소년 시절 토끼사냥을 한 이후로는 낚시조차 하지 않고 있다. 만약에 지금 사냥하게 되면 재미로 일방적인 살생일 것이라는 생각을 한다. 그래도 호전성이나 공격성은 살아있어서 총 쏘기를 좋아한다. 가끔 뭔가 집중을 하고 싶을 때 클레이 사격장에서 엽총으로 날아가는 접시를 깨뜨리는 것을 좋아한다. 날아가는 꿩이라고 생각하고 쏘기도 하지만, 살생하지 않고 마음을 집중시켜 날아가는 목표물을 쏘아 떨어뜨릴 때 쾌감은 상쾌하다. 사람들에게는 공격성이나 사냥하려는 본능이 내재 되어 있는 것 같다. 현대인에게는 사냥 대상이 꼭 짐승이 아니고 여러 가지 다양한 목표로 설정되어 사냥감이 바뀐 것뿐이라는 생각을 한다. 어릴 때 나는 사냥감이 다른 목표로 전환되지 못하고 자연에서 짐승들을 잡아들이는 데에 크게 관심이 집중되어 있었다.

짐승들에게 화살을 쏘아 잡겠다는 생각으로 얼마나 많은 활과 화살을 만들었는지 모른다. 처음에는 조잡하게 만들었지만, 나중에 화살을 멀리 보낼 수도 있었다. 화살에 날카로운 못을 박으면 굉장히 파괴력을 높일 수 있었다. 한 번도 성공하지 못했어도 새들을 향해 수많은 화살을 날렸다. 친구들과 멀리 쏘기 시합도 하고 특정 목표물을 맞히기도 하면서 활 쏘는 실력을 늘려갔다. 우리나라가 세계에서 양궁 금메달을 많이 따는 것을 보면 우리 민족의 DNA에 활쏘기를 좋아하는 성향의 유전자가 있는지도 모르겠다. 활쏘기는 동생이 이웃집 선배의 화살에 얼굴을 맞아 큰 부상을 당한 후에 그 위험성을 깨닫고 그만두었다. 활쏘기는 주로 날아가는 짐승을 대상으로 연습한 것이었지만 창은 가까이에 있는 짐승을 목표로 하여 만들었다. 대나무 끝에 날카로운 쇠붙이를 묶어서 열심히 더 멀리 보내고 목표물을 정확히 맞히는 연습을 했다. 실제로 칼까지 끝에 박아서 창을 만들어 손에 쥐고 숲속을 돌아다니면 마음이 든든하여 두려움이 줄었다. 그러나 어떤 동물에게도 창을 던져보지는 못하고 나무를 목표로 날려 보냈다. 나무에 박히면 창끝이 부르르 떠는 느낌이 좋아 열심히 창 던지기를 했다. 지금 생각하면 살아있는 나무를 많이도 아프게 하였다.

칼 던지기에도 열심이었다. 칼은 손에 들고 사용하는 것보다 던져서 목표물을 맞히는 것이 마음에 들었던지 참 열심히 연습했다. 집에 있는 쇠붙이는 모두 던지기 도구가 되었다. 심지어 젓가락까지 던지기 용도로 사용하는 바람에 어머니에게 꾸지람을 많이 들었다.

어렸을 때 사용하던 젓가락은 네모나게 각이 지고 묵직하며 끝도 날카로워 던지기에 안성맞춤이었다. 그 대신 잘 부러져 제대로 남아나는 젓가락이 없어서 어머니는 다른 젓가락을 마련해야 했다. 칼 던지는 연습도 꾸준히 하자 실력이 늘어서 칼이 제대로 목표물에 박히게 할 수 있었다. 요령이 없이 던져진 칼은 회전하다 거꾸로 목표물에 맞아 땅에 떨어지곤 했다. 칼이 목표물에 꽂히는 것만으로도 굉장한 기쁨을 누릴 수 있었다. 이렇게 활과 창 그리고 칼에 대한 집착은 숲속을 돌아다닐 때 두려움을 없애기 위한 잠재의식의 표현이었던 것 같다. 확실히 뭔가 공격이나 방어를 할 수 있는 도구를 가지고 있다는 것만으로도 상당히 심리적인 안정을 얻어 숲속을 산책할 때나 사냥할 때 용기가 생겼다. 그러한 도구들을 가지고 애꿎은 나무만 괴롭혔을 뿐 동물에게는 한 번도 사용하지 않았던 것은 참으로 다행스러운 일이었다. 산짐승들은 어린이가 그러한 도구들을 사용할 때 가만히 앉아서 목표물이 될 만큼 어리석지 않아 사용할 기회가 없었다.

초등학교에 다니는 두 아들은 성능이 좋은 장난감 총을 가지고 목표물에 맞히며 논다. 내가 어렸을 때 활을 좋아한 것처럼 아들도 총을 좋아하는 것을 보면 어린이도 호전성과 사냥본능이 있다고 생각된다. 가끔 아프리카 등에서 어린 소년들이 전쟁에 강제로 동원되어 폭력적 행동을 한다는 얘기를 듣는다. 어렸을 때 공포감과 두려움을 이용해 공격성을 드러내도록 하는 것은 생각보다 쉬울 수 있다. 위험한 상황에 내몰리면 어린이들도 공격성을 발휘할 수 있다. 아이들이 환경에 따라 여러 형태로 공격성을 드러내거나 마음속에 축적하기도 하므로 바람직한 사냥감 목표를 갖도록 도울 필요성을 느낀다. 짐승을 사냥하거나 약탈을 통한 사냥감 확보가 아닌 주위에 널려 있는 귀한 가치들을 법과 도덕의 틀 안에서 쟁취하는 사냥 방법을 가르치는 게 사회를 평화롭게 한다. 누군가를 희생시키며 사냥감을 획득하는 대신 더불어 살아가며 사냥감을 얻어가는 교육이 아이들에게 필요한 이유다. 아이들이 순진하다는 생각만으로 사냥본능을 바람직한 방향으로 교육하지 않으면 남에게 해를 끼칠 수도 있다. 사회가 인정한 목표에 도전하는 정신을 길러줄 필요가 있는 것이다.

다행스럽게 나는 아버지와 어머니가 관용과 너그러움을 가지고 계셔서 하고 싶은 온갖 일들을 이것저것 해볼 수 있었다. 그 어린 나이에 숲속을 헤매며 사냥하고 온갖 위험스러운 도구들을 만들고 그것을 연습하고 하는데도 다른 사람에게 피해를 주지 않는 한 “조심해서 다치지 말라”고만 하실 뿐 강제로 그러한 행동을 그만두게 하지는 않으셨다. 세월이 흘러가면서 산짐승을 사냥하면 좋지 않겠다는 생각도 터득하고 유명한 사냥꾼이 되고픈 마음도, 옛날 사냥꾼들처럼 모험하고픈 생각도 저절로 빈도가 줄어들더니 그만두게 되었다. 그래도 그 어렸을 때 조그마한 칼 등을 들고 숲속에서 토끼를 뒤쫓으며 느끼던 전율은 잊히지 않는다.

내가 경험을 확장할 수 있었던 이유는 부모님의 간섭 없이 이것저것 시도해 볼 기회가 많았기 때문이다. 겨울에 토끼사냥에 집중했지만 다른 계절에는 토끼와 닭을 기르는 데 관심을 쏟았다. 동생들과 닭장과 토끼집을 지은 것도 큰 도전이었다. 이웃집들의 닭장과 토끼집을 살펴보고 우리 집의 공간에 맞게 만들어낸 것이다. 동생들과 함께 산에 가서 알맞은 나무들을 베어다가 껍질을 벗기고 못질을 하여 닭과 토끼들이 안전하게 지낼 수 있는 집을 만든 것은 지금 생각해도 대단한 일이었다. 어머니는 시장에서 못만 사다 주었을 뿐 나머지 자재들은 산의 나무를 베어 마련했다. 매년 봄이면 어머니는 병아리를 시장에서 사다 키워 여름부터 겨울까지 어린 우리 5남매가 가끔 고기를 먹어 튼튼하게 자랄 수 있도록 신경을 쓰셨지만, 닭들이 부엌 옆 조그마한 공간에서 잠을 자므로 매우 불편하다고 하셔서 내가 나선 것이다. 초등학교 6학년인 내가 닭장을 짓겠다고 하자 반신반의하며 못을 사주셨다. 동생들과 힘을 합해서 닭장을 지은 후 무엇인가 만들어내는 일이 매우 보람이 있는 것임을 깨닫게 되었다. 동생들과 같이 이루어낸 작업이라서 형제들이 도우면 상당히 큰일도 할 수 있다는 것도 알게 되어 그 후로 가능한 한 어떤 일을 할 때 동생들의 협력을 구하려고 애를 썼다.

그렇게 지어놓은 닭장에 닭을 키우면서 재미를 붙여 어서 빨리 닭들이 자랄 수 있도록 열심히 먹을 것을 챙겨주었다. 곡식이 넉넉지 않아서 동생들과 함께 개구리들을 잡아다가 깡통에 삶아서 닭에게 먹이기도 했다. 그때는 개구리가 흔해 얼마든지 잡을 수 있었다. 세상이 많이 변하여 지금은 사람들이 개구리가 몸에 좋다고 하며 닥치는 대로 먹어 치우는 바람에 개구리들이 몽땅 줄어 씨가 마를 지경이다. 그때의 닭들은 영양가 있는 개구리를 많이 먹은 셈이다. 그리고 시냇가에 나가서 미꾸라지도 잡아서 부지런히 닭들에게 먹였다. 지금은 토종 미꾸라지가 귀한 대접을 받는다. 그때 당시 우리 닭은 좋은 것을 많이 먹는 특혜를 누렸다. 닭장 옆에 지은 토끼집에도 많은 토끼를 키우게 됐는데 온갖 색깔의 토끼를 길렀다. 검은 토끼, 흰 토끼, 산토끼 같은 털빛을 가진 갈색 토끼, 입과 꼬리만 검은 토끼, 쑥색을 가진 토끼 등을 모아서 열심히 보살폈다. 여름부터 가을까지는 토끼에게 먹일 풀들이 많아 걱정할 것이 없었다. 문제는 그때 당시 토끼가 먹는 풀을 칡잎, 쑥, 토끼풀 등 몇 가지로 한정하여 구했으므로 동생들과 함께 매우 바빴다. 토끼들이 좋아하는 풀을 먹여 잘 자라게 할 욕심으로 몇 가지 풀만 찾아다녔기 때문에 쉽지 않은 일이었다. 보다 못한 어머니가 토끼들이 그렇게 편식을 하면 잘 자라지 않으니 들판의 풀을 베어 가져다주면 토끼들이 좋아하는 풀은 먹고 싫어하는 것은 먹지 않으므로 고생하지 않아도 된다고 하셨다. 그 말을 듣고 풀을 낫으로 몽땅 베어다가 먹이는 방법을 사용함으로써 많은 토끼를 어렵지 않게 키울 수 있었다. 겨울에는 싱싱한 풀들이 사라져 토끼에게 먹일 것이 없었다. 그때쯤이면 토끼에게 관심이 시들해져 토끼집을 쳐다보지도 않았다. 그래서 부모님은 겨울이 되면 다음 해에 새끼를 낳을 한두 마리만 남기고 대부분 시장에 내다 팔았고, 닭들도 알을 낳는 몇 마리만 남겼다. 이듬해 봄이 되면 또다시 병아리들을 키우고 토끼 새끼들을 열심히 돌보는 생활이 시작되곤 하였다. 집에 있는 개도 나의 욕심 때문에 많이도 고생했다. 사냥 훈련을 위해 개가 싫어하는 수영 연습도 억지로 시키고 이웃집 개와 하기 싫은 싸움 연습도 시키는 극성에 시달려야 했다. 그래도 다른 이웃집 개들과는 달리 들로 산으로 열심히 데리고 다녔으므로 활기는 있었다. 아무튼, 초등학교 때부터 산과 사냥 그리고 닭이나 토끼 개 등과 관련된 여러 가지 도전과 다양한 경험을 누구의 간섭 없이 하고 싶은 대로 이것저것 해보았기 때문에 자연을 이해하고 주변에 있는 동물에 대해 잘 알 수 있게 되었다. 그리고 무엇보다도 모험과 호기심 충족을 위해 주도적으로 한 경험이 바탕이 되어 그 후에도 하고 싶은 여러 가지 어려운 일들을 도전해보는 용기를 가지게 되었다. 그 용기로 넓은 세상에 나가서도 당당한 모습을 보일 수 있었다고 생각한다.

외갓집

어렸을 때 친지나 이웃과 함께 끊임없이 교류하고 무엇인가 주고 받는 것은 꿈과 야망 그리고 정서적인 안정감 등을 형성하는데 크게 영향을 준다. 내가 정서적으로 상당히 안정되게 성장할 수 있었던 여러 요인 중의 하나는 외갓집에서 상당 기간 생활했기 때문이다. 어머니와 아버지는 농사일이 바빠서 나에게 크게 신경을 쓸 겨를이 없었다. 대신 외갓집에는 따뜻한 외삼촌과 이모들이 있어서 귀여움을 독차지할 수 있었다. 외삼촌과 이모들이 모두 시집 장가를 가지 않아 굳이 외갓집 구성원으로 따진다면 내가 막내인 셈이었다. 외가는 풍요로운 데다 외할머니를 비롯해 외가 식구들이 모두 선한 마음을 가지고 있어서 어려서는 외가에 살다시피 했다. 하루 이틀 정도 생활한 것이 아니고 몇 달 단위로 눌러앉아 있었다. 중학교 졸업할 때까지 방학이 시작되자마자 외가에 달려가 개학 전날 되돌아오곤 했고 학교 다니기 전에는 더 많은 시간을 외가에서 보냈으므로 외가 식구들의 영향을 많이 받았다. 외가에서는 노는 것이 일이었다. 외삼촌을 따라다니며 놀 때 어린 나는 돌봄의 대상이었고 사랑받는 대상이었다. 훗날 외삼촌 친구들은 나를 정확히 기억하곤 했다. 얼굴에 대한 기억보다도 나랑 같이 있었던 일을 회상하면서 옛날이야기를 하곤 했다. 지금 생각하면 외삼촌들은 참 너그러웠다. 어린 조카를 데리고 다니는 게 귀찮을 법한데도 종종 나와 함께 다니며 구경도 시켜주고, 수영도 하고, 짓궂게 장난하고 놀면서도 나를 돌보아 주었으니 대단히 넓은 마음을 가지고 있었던 셈이다.

이모들도 마찬가지였다. 이모들의 놀이에 나를 떼어놓지 않고 데리고 다니면서 돌보아 주었다. 이모들과 친구들이 빙 둘러앉아 있고 1명이 원 밖으로 나와서 빙빙 돌다가 누군가의 등 뒤에 수건을 떨어뜨리면, 재빨리 알아차리고 그 수건을 집어서 뒤쫓아 가는 놀이를 구경하면서 이모들 옆에 앉아 있었다. 이모들과 저녁에 함께 모여 금방 만들어낸 두부를 먹을 때도 곁에 있었고 복숭아밭에서 곡식으로 바꿔 온 복숭아를 먹을 때도 함께했다. 벌레 먹은 복숭아가 더 맛있는 거라면서 흠집이 난 복숭아를 주며 맛있게 먹으라는 얘기는 지금까지 귓전에 맴돈다. 더운 여름이면 커다란 집의 모든 문을 열어놓고 마루가 있는 대청에 이모들과 함께 누워 잠을 자거나 놀았다. 외가에는 여름이면 항상 단수수를 텃밭에 많이 심었다. 설탕 옥수수처럼 달고 일반 옥수수보다 가늘어 씹어 먹기도 쉬워 하루에도 여러 그루의 단수수를 잘라다가 씹으면서 달콤한 즙을 빨아 먹었다. 사람들은 달콤한 추억을 오래 간직한다. 그렇게 단것을 실컷 먹고 아무 부담 없이 놀면서 외가 식구들의 사랑을 독차지했으니 마음이 안정되고 평화로웠을 것이다. 그래서인지 성인이 되어서 '사람이 좋다'라는 이야기를 종종 듣는다. 겨울이면 얼지 않도록 방에 잔뜩 쌓아놓은 고구마를 깎아 먹으면서 이야기도 하고 화투도 하며 놀았다. 그렇게 장시간 외가에서 생활했으므로 외가 동네에서 나를 모르는 사람이 거의 없었다. 외갓집은 우리 집에서 70여 리 떨어져 있으므로 외가 동네 사람들과 가끔 만나게 될 때 외삼촌의 이름을 대면 "아! 맞아!"라고 금방 반응이 온다. 외가 식구들은 큰 욕심이 없었다. 평화롭게 살면서 주어진 농사일을 열심히 하고 이웃들에게 매우 따뜻했다. 마루에 식구가 앉아서 저녁 식사를 할 무렵이면 '거지 또는 동냥아치'라고 불리는 사람들이 찾아와서 밥을 구걸하곤 했다. 누더기를 입은 아낙이 아이를 데리고 밥을 구걸하면 외할머니나 이모는 절대로 그냥 그들을 돌려보내지 않았다. 밥이 모자라면 먹던 밥이라도 그들이 들고 다니는 바가지에 담아주고 김치도 함께 넣어 주었다. 그들은 먹던 밥이지만 김치와 함께 비벼 게 눈 감추듯 밥을 먹고 집을 나서곤 했다.

외가에서는 항상 집일을 도와주는 분들이 계셨다. 외가에 기거하면서 일을 도와주는 아저씨들이었는데 그들에게도 매우 따뜻했다. 그들은 아침 일찍 일어나 소에게 줄 먹이를 끓이는 것부터 시작해 열심히 일했고 어린 나를 잘 보살펴 주었다. 저녁이면 그들 방에서 바로 잠을 자지 않고 새끼를 꼬거나 멍석을 만들곤 했다. 그러면 외할머니나 이모들은 간식을 만들어서 나에게 가져다주라고 했다. 먹을 것을 함께 먹으며 새끼 꼬는 정겨운 방에서 놀며 시간을 보내기도 했다. 나는 그들을 아저씨라고 불렀는데 외가에서 일했던 분들이 후에 살림이 불어나서 잘살고 있다는 소식을 들을 때마다 매우 기뻐하고 있다. 내가 초등학교 저학년 때부터 우리 집은 경제적으로 몰락하게 되었다. 아버지의 빚보증이 집안 살림에 큰 타격을 주어 여유가 없었다. 심지어 6학년 때는 수학여행 갈 형편도 못되어 친구들이 모두 여행을 떠날 때 집에서 우두커니 있어야 했다. 아버지는 한번 타격을 받은 살림의 회복이 어렵게 되자 술을 많이 드셨고, 그러면 격앙되어 큰소리를 내질러 주위 사람들을 불안하게 만들었다. 이런 이유 때문에도 외갓집을 더 찾았는지 모르겠다. 최소한 방학 동안은 외가에서 넉넉하고 풍요롭게 사랑받으며 살 수 있었다. 예민한 어린 시절에 어려운 살림에 찌든 생활에만 젖어 있었다면 지금처럼 마음이 넉넉하지 못했으리라 생각된다. 더욱더 다행인 것은 어머니는 남들에게 베푸는 것이 몸에 익어 있었다. 그래서 아무리 살림이 어려워도 조그만 것이라도 이웃과 나누고 이웃집이나 친척 집에 어려운 일이 있으면 가서 일이라도 거들어서 도움을 주고자 했다. 어머니는 아쉽게도 초등학교에 입학하지 못했다. 대신 일이 많은 외가에서 어려서부터 동생들 다섯 명을 보살피고 일하는 분들 밥 차려주는 등 일찍부터 집안일을 도맡아 하는 체험교육을 받았다. 그것이 오히려 어머니에게 산교육이 되었던지 남에게 베풀고 돕고 주위의 살림살이에 대한 조언에 일가견이 있어 지금도 동네에서 꼭 필요한 사람으로 우뚝 서 계신다. 그런 모습을 보면서 세상을 사는 데 지식교육보다도 인성교육이 자식들한테 더 큰 영향을 줄 수 있다고 생각한다. 외가의 인정 많고 베푸는 정신은 고스란히 어머니를 통해 우리 형제들에게도 전달되고 있다. 나도 자식들한테 그러한 마음을 갖도록 모범을 보이고자 노력한다.

친구집 놀러가기

어려서 아랫집과 그 아랫집에 살던 두 친구가 있었다. 서로 가까이 살며 자라서 매우 친하게 지냈다. 학교가 동네에 있어 점심을 먹기 위해 집에 오가거나 학교 등하교할 때 늘 동무 이름을 불러 함께하지 않으면 허전했다. 어른들 술 마신 흉내를 내면서 한 친구가 쓰러지면 두 친구가 부축하여 집에 데려다주기도 하고, 재밌는 만화가 있으면 한데 어울려 끝까지 다 보아야 했다. 초등학교 졸업 후 한 친구는 우리와 같이 중학교에 진학하지 못하고 2년 후에 중학교를 다녔어도 늘 가까웠다. 수시로 만나 놀며 만화도 보고 잠도 같이 잤다. 친구 중 한 명이 소 외양간이 있는 건넛방을 홀로 쓰고 있었으므로 거기에서 함께 노닥거리다가 늦어지면 그대로 잠을 자고 아침에 일어나 집으로 돌아오곤 했다. 어른들의 간섭없이 지낼 수 있었다. 마당 귀퉁이를 통하여 방문을 열고 들어가면 되었으므로 누가 오고 가는지 알 수가 없었다. 지금 같으면 손발을 씻고 잠자리에 들겠지만 그러한 것은 모두 생략되었다. 씻으라는 사람도 없었고 씻는 습관도 없었으며 그렇게 씻지 않고 이불 속에 들어가도 지저분하다고 나무라는 사람도 없었다. 밤에 만화를 보다가 심심하면 고구마를 깎아서 날것으로 먹었다. 우정이라는 단어를 한 번도 써본 적이 없다. 그저 같은 나이 또래 친구로서 편하게 지내고 간섭 없이 자유롭게 어울리는 것이 전부였다.

이웃들이 어떻게 사는지 둘러보는 것도 큰 공부다. 아이들에게 틈나면 친구 집에 가서 놀다 오기를 권장하지만 오래 있지 못하고 되돌아온다. 아파트가 아무리 넓어도 생활에 불편을 끼치기 때문에 오래 있기 힘들다. 아이들 친구들이 우리 집에 놀러 와도 마찬가지다. TV 보고 게임하고 떠들기 때문에 오래 참지 못하고 아이들과 친구들을 함께 쫓아내 버린다. 요즈음 아이들은 친구 집에서 잠자거나 먹을 기회가 아주 적다. 다른 집의 생활 모습을 보고 그 집의 형제들과 부모들이 어떻게 대화하며 친구는 어떤 역할을 하고 가족 구성원들의 성품이 어떤지를 확인해 볼 기회가 적으므로 결국은 아이들 가정교육은 각각의 집에서 모두 책임져야 한다. 나는 어릴 때 친구들 집에서 잠을 자보고 그 집 가족과 식사도 하면서 어떤 점은 본받고 어떤 점은 본받지 말자는 생각을 하곤 했었다. 아들들은 아파트 이웃집에서 그러한 배움을 얻기가 어려우므로 시골 부모님 집을 의지하는 경우가 많게 된다. 부모님 집은 생활 모습이 전통적인 요소를 많이 가지고 있으므로 틈나면 시골 부모님 댁에 아이들을 보내려 한다. 내가 바쁠 때는 버스를 이용하여 주말에 시골에 가서 놀다 오도록 한다. 시골 분들은 밥을 같이 먹는 경우가 종종 있고 이웃집 들러보는 것이 습관화되어 조그만 일이 있어도 왔다 갔다 함으로써 집이라는 것이 교류의 장이 될 수 있다는 것을 아들들이 배우게 된다. 시골에서는 이웃 사람들은 아이들을 보고 "많이 컸네." "잘 생겼다." "인사 잘한다." 등 꼭 덕담을 주기 때문에 아이들도 기분이 좋은 모양이다. 영국에 있을 때 좋았던 점은 이웃집 사람들을 초대하거나 초대받는 일이 자주 있었다는 것이다. 크게 많은 것을 장만하지 않더라도 가족끼리 만나서 이야기 나누며 간단히 음식을 나누는 것이었는데 지금은 아파트에서 이웃 사람을 초대하여 밥을 먹는 경우가 쉽지 않아 안타깝다. 우리의 아파트 문화가 시골이나 영국처럼 되돌아가지는 않겠지만, 그래도 이웃을 초대하여 간단한 음식과 이야기를 나누는 것은 부활하면 좋겠다는 희망을 품어 본다.

조그만 기회라도 생기면 청소년들이 단란하고 행복하게 사는 친척, 이웃 그리고 지인들의 집을 방문하여 음식도 같이 먹으면서 서로의 삶을 알아가면서 배우는 게 중요하다. 그 가정에서는 어떤 언어를 사용하는지, 어떤 표정과 몸짓을 하는지, 집안의 분위기는 어떤지, 부모의 자식에 대한 애정과 자식의 부모에 대한 태도 등을 살며시 엿보며 배우는 것은 어떤 지식을 쌓는 것보다 가치가 있다.

부모에 대한 헌신

장가가서 새로운 가정을 꾸리기 전까지 동생들과 부모님을 위해 헌신하며 살았다. 동생들의 학비에 보태 쓸 수 있도록 교사 발령 후 생활비를 제외하고 월급 대부분을 부모님께 보내 드렸다. 부모님이 자식들을 위해 애쓰신 헌신과 동생들의 노력이 아우러져 동생들은 모두 무사히 배우고 결혼하여 안정된 생활을 하고 있다. 첫째 동생은 군대 하사로 장기 복무하며 모은 돈으로 비좁은 부모님의 초가집을 좀 더 안락하게 새로 짓는 데 모두 사용하였다. 부모님은 새로 지어진 집을 보면서 아들의 도움으로 남부럽지 않은 집을 짓게 된 것을 자랑스럽게 생각하셨고, 다른 한편으로는 미안해하셨다. 동생이 결혼 생활을 빈손으로 시작한 것에 더욱 미안한 마음을 가지고 계셨다. 그래도 동생이 점차 생활이 나아지고 있는 것을 보면 착한 마음에 하늘이 감동한 것 같다. 동생은 좋은 직장을 얻어 행복하게 살아가고 있다. 결혼하기 전까지 벌어들인 수입 대부분을 가족을 위해 쓰고 신혼생활도 부모 도움 없이 시작하는 것은 어려운 도전이다.

결혼 후 점점 살림이 불어나고 부모님과 동생을 위해 헌신했다는 자랑스러움으로 만족스럽다. 도움을 받았던 다른 동생들도 부모님과 형들의 고마움을 알고, 열심히 살아가는 모습을 보면 가슴이 뿌듯하다. 부모님과 동생들을 위해 애써 결과적으로 부모님도 행복하고 동생들도 잘살게 되어 매우 긍정적인 파급 효과를 낳았다. 만약 어려운 시기에 부모님에게 돈을 보내 드리지 않고 나 혼자 사용했다면 좋은 결과를 낳지 않았을 것이라는 생각을 한다. 지금도 부모와 형제들을 위해 헌신하는 젊은이들이 많이 있겠지만 시대가 변하여 그러한 수는 갈수록 줄어들 수밖에 없을 것이다. 오히려 일부 젊은이들은 부모에게 의존하는 경향이 있다. 부모 원망하고 한탄하며 노력을 게을리하는 젊은이도 있다. 그러나, 주위를 둘러보면 어려운 부모를 위해 열심히 돈을 벌어 보내 드리는 젊은이를 여전히 볼 수 있다. 어떤 부모가 자식들을 고생시키고 싶어 할 것인가? 부모를 탓하고 노력하지 않으면 어려움이 깊어진다. 가족 구성원 간에 어려움이 있을 때 똘똘 뭉쳐 돕는 마음을 갖게 하는 것은 어렸을 때부터 형성된 습관과 관련이 있다고 본다. 어렸을 때부터 무슨 일이든 역할 부여가 필요한데 자식들을 위한다고 편하게만 내버려 두면 가족을 위하는 마음은 생기지 않는다.

언젠가 TV에서 재산 상속 문제로 형제간에 다투는 내용이 있었다. 재산 문제로 형제간에 다툼이 있는 경우가 실제로 많다고 했더니 두 아들이 동시에 이구동성으로 우리는 싸우지 않을 거라고 했다. 그런데 재혁이가 "우리 둘이 나중에 재산을 똑같이 나누는 거야"라고 하자 재신이가 "내가 형이니까 좀 더 가져야지!"라고 반응했다. 재혁이가 곧 "그게 어디 있어, 똑같이 나눠야지"라고 말하며 서로 다투는 모습에 우리 부부는 놀라서 할 말을 잃고 서로를 바라보았다. "금방 싸우지 않겠다던 애들이 재산 나누는 것을 가지고 다투어? 빨리 들어가 공부해!"라는 큰 소리에 두 아들이 머쓱해서 들어가고 우리 부부는 웃음을 지었다. 처는 "아이들 잘 키워야지. 큰일 나겠어요"라고 말했다. 나는 많이 가지려는 욕심은 아이들 본능인가 보다고 맞장구치면서 형제간에 서로 우애가 있도록 가르치는 일이 쉽지 않겠다는 생각을 떨쳐 버릴 수가 없었다. 부모의 재산이 있는 경우 자식들 간에 종종 다툼이 일어나게 되는 것을 보면 복이 넘쳐나 싸우는가 보다고 생각했는데, 우리 아이들의 다툼을 보니 그러한 현상은 인간의 재화에 대한 욕구 때문인 것 같다. 후에 재산 문제로 자식들의 다툼이 없도록 재산 증여나 기부에 대해서 사전에 깊이 생각해 두어야 할 것 같다. 아들 형제를 어렸을 때부터 잘 협력하고 양보하는 너그러운 사람으로 기르는 게 우선이긴 하다. 부모의 자산이 거의 없는 경우에는 자식들은 부모에게 어떤 유산도 기대할 수 없어 스스로 잘 살기 위해 열심히 노력한다. 부모부터 건강한 신체와 기본적인 학력 그리고 성실하게 살아가는 배움을 물려받은 것에 감사하고 경제적인 측면은 어떻게 부모님에게 용돈이라도 더 드릴 수 있을까를 궁리한다. 결혼 비용을 스스로 마련하고 집도 본인 힘으로 장만해가는 어려움이 있을지라도 넓은 하늘에 솟아날 구멍은 있다는 낙천적 생각이 도움 된다는 것을 경험으로 알고 있다.

동생 돌보기

어린 시절 가장 힘들었던 일은 동생 돌보기였다. 아버지와 어머니가 논과 밭에 일하러 가시면 4명의 동생을 돌보는 일은 내 몫이었다. 보통 가정에서 어린이들을 보살피는 일은 제일 큰 아이 중 여자아이가 도맡아 하지만 나에게는 남동생 3명과 막내 여동생이 1명 있었으므로 불가피하게 장남인 내가 책임을 져야 했다. 동네 학교 운동장에서 친구들이 재밌게 축구를 하면서 뛰노는 데 나는 동생들을 지키느라 같이 어울리지 못해 화도 나고 그렇게 부러울 수가 없었다. 동생들은 조금만 한눈을 팔면 꼭 소동을 일으켰다. 동생이 동전을 삼키는 바람에 숨을 제대로 못 쉬어 어른들에게 급히 알려서 동전을 목에서 빼낸 일도 있었다. 마루에서 놀던 동생이 마루 밑으로 떨어지는 경우도 종종 있었다. 내가 잠깐 한눈판 사이 동생이 마루에서 땅에 떨어져서 울어대면 미안하기도 하고 화가 나기도 했다. 마루가 꽤 높았는데도 굴러떨어진 후 다치지 않은 것은 기적이라는 생각을 한다. 어른들은 아이들이 마루에서 땅에 떨어져도 몸이 부드러워 다치지 않는다고 했다. 동생이 방이나 마루에 똥을 누었을 때 치우는 게 가장 곤혹스러웠다. 당시에는 기저귀를 천으로 만들어서 허리에 두른 고무줄에 끼워 놓았다. 오줌이 기저귀 밖으로 새는 경우가 있었고 기저귀를 제대로 채우지 않았을 때는 그냥 방바닥이나 마루에 실례했으므로 그걸 초등학생인 내가 모두 치워야 했다. 깨끗하게 닦으며 동생들이 미워서 때려주기도 했다. 형이 때리는 것에 놀라서 더욱 크게 울어대는 동생을 보면 측은해서 달래야 했다. 다른 친구들이 밖에서 신나게 놀 때 동생들을 돌보느라 많이 놀지 못했던 탓인지 그 후 아기들이 싫어졌다. 장가가서 아이를 가지기 전까지 다른 아기들을 따뜻이 안아본 적이 없는 것 같다. 아기들이 귀엽다는 생각보다 돌보기가 힘이 든다는 생각이 먼저였다. 그런데 희한하게도 결혼 후에 큰아이가 태어나자 사랑스럽고 귀여운 생각이 들었고 덩달아 다른 사람의 아기들도 사랑스럽고 귀엽게 보이기 시작했다.

어려서 동생들을 돌본 경험으로 두 아들을 따뜻하게 보살필 수 있는 능력을 얻게 되었다. 두 아들이 아주 어릴 때 잠을 자다 칭얼거리고 울면 내가 먼저 깨어나 다독일 때가 많아 처는 아주 좋아했다. 동생들을 고생 고생하면서 돌보아 정이 들었는지 나중에 커서 동생들 학비 지원을 당연한 것으로 알고 헌신을 할 수 있었다. 누구나 그렇겠지만 지금도 우리 가족과 부모님뿐만 아니라 동생들이 항상 건강하고 행복하게 살기를 기원하고 있다. 누군가를 돌봐 주게 되면 계속해서 돌본 대상이 잘 되기를 바라는 마음을 갖게 된다. 누군가를 위하고 보살펴 주는 체험은 따뜻한 마음을 지닌 인간이 되는 지름길이다.

집안일 돕기

집안일 중에 동생 돌보기만큼 힘들지 않더라도 여러 가지 자질구레한 일을 많이 했다. 초등학교 4학년 무렵부터 우물에서 물 길어 오는 일도 열심히 했다. 이웃집 우물에서 물통 2개에 물을 채워 물지게에 지고 기우뚱기우뚱하며 집으로 날랐다. 우리 집 부엌에 묻어둔 커다란 물 항아리에 물을 가득 채우기 위해 여러 번 물을 날라야 했다. 처음에는 아주 조금씩 물통에 채워서 물지게로 날랐지만, 점차 요령이 늘어서 물을 상당히 채우고 나를 수 있었다. 일정하게 균형을 유지하고 출렁거리지 않아야만 물이 쏟아지지 않으므로 조심해야 했다. 동생 돌보는 일보다 훨씬 재미있었고 항아리에 물을 가득 채우고 난 후의 기분은 말할 수 없이 좋았다. 어머니는 내가 가득 채워놓은 항아리를 보면서 "물을 가득 채웠구나! 애썼다."라고 항상 기뻐하시며 흐뭇해하셨다. 중학생이 되자 산에서 나무하는 일도 부지런히 했다. 나무한다는 표현은 나무 땔감을 마련한다는 뜻이다. 주로 아버지가 나무를 하시지만, 아버지뿐만 아니라 어머니도 겨울이면 산에 가서 땔 나무를 장만해 방을 따뜻하게 데웠다. 어머니가 산에 나무하러 가는 경우는 어머니를 도와야겠다는 생각으로 따라나섰다. 나를 따라서 동생들도 함께 열심히 나무를 하고 그것을 집으로 운반해왔다. 당시에는 시골 사람 모두 산에서 나무를 하여 밥을 짓고 방을 따뜻하게 했으므로 가까운 산에는 나무가 많지 않아 상당히 먼 곳의 산에 가서 나무를 해야 했고 그것을 운반하는 작업이 만만치 않았다. 나는 지게를 이용해 나무를 나르고 어머니는 머리 위에 이고 동생들은 조금씩 나누어서 어깨에 메고 산에서 내려와야 했다. 온 가족이 따뜻한 겨울나기를 위해서 함께 일하는 것은 힘들기는 하지만 가족의 단결심을 키우는 데 안성맞춤이었다.

어린 나이에 신체적인 힘을 쓰면서 일했던 것과 똑같은 경험을 어린 두 아들에게 시킬 필요는 없지만 그래도 일부라도 농촌 일이 쉽지 않음을 체험하게 하고 싶어 어머니에게 손자들이 일할 기회를 만들어 달라고 부탁하곤 한다. 여름이면 감자 캐기와 가을에 고구마 캐기가 어머니의 손자들을 위한 농촌체험 단골 메뉴다. 그런데 두 아들은 고구마를 캐야 하는 절박함이 약하기 때문에 조금 시도해 보다가 도망가버린다. 내가 초등학교 시절에는 감자나 고구마를 동생들과 함께 먼 밭에서 캐다가 씻어서 어머니가 삶을 수 있도록 준비해 두었다. 별다른 군것질 할 것이 없는 시절이어서 감자나 고구마를 먹고 싶을 때는 우리 형제들이 서둘러야 한 번이라도 더 먹을 기회를 얻을 수 있었다. 그런데 두 아들은 고구마나 감자를 맛있게 먹고 싶은 생각이 없다. 가게에 달려가면 아이스크림이나 과자 등 훨씬 더 맛있는 것들이 즐비하므로 일할 필요가 전혀 없다. 겨우 할머니를 도와주는 일은 밭에서 수확한 오이나 가지 등을 조금 나르는 정도다. 복분자 열매나 오디도 저희 먹을 만큼 배를 채우면 그만이다.

그러한 것은 우리 아이들만의 특성이 아니고 전반적인 사회 변화와 맞물려 있어 자연스러운 것으로 받아들여야 할 것 같다. 미래를 살아갈 아이들에게 과거의 고생했던 일을 미화하는 건 바람직스럽지 않을 것 같다. 요즈음 두 아들은 시골에 가면 가끔 할머니를 따라 시냇가에 나가 다슬기를 잡으며 즐거워한다. 그것을 삶아서 먹으며 기뻐하는 것을 본다. 어머니는 우리 형제들 키울 때와 손자들 키울 때의 차이를 아시는지 힘들지는 않으면서 농사일의 의미도 이해하고 재미도 있는 방향으로 손자들의 경험을 유도한다. 옥수수를 먹을 만큼만 손자들과 같이 따서 손자들이 맛있게 먹을 수 있도록 하며 옥수수가 어떻게 재배되고 과거에는 우리 식생활에 어떤 역할을 했는지를 설명하시면 재미있게 듣고 질문도 한다. 콩, 배추나 무씨 등을 파종할 때 씨앗을 조금 뿌려 보도록 하고 시골에 갈 때마다 어떻게 자라고 있는지를 보여준다. 배추나 무가 다 자라면 뽑아보게 하고 그것이 김치 재료가 됨을 설명한다. 고되게 체험시킬 필요 없이 즐겁게 경험시켜도 되는 풍요로운 시대에 태어난 아이들에게 알맞은 긍정적인 경험을 선물한다. 기계가 벼를 베어 낟알을 자루에 담아내는 것을 구경하면서 옛날에는 얼마만큼 노고가 들었는지 할머니의 설명을 듣는 것으로도 훌륭한 교육이 된다.

그러한 모습들을 보면서 어려서 어머니를 따라 바다 갯벌에 나가 게잡이를 하던 즐거운 경험을 떠올렸다. 바닷물이 모두 빠져나가는 시간을 맞추기 위해서 캄캄한 새벽에 동네 아주머니들과 함께 걸어서 상당히 먼 거리의 갯벌에 도착해 신나게 게잡이를 하다가 바닷물이 들어오면 일을 마치고 잡은 게를 짊어지고 집까지 먼 거리를 되돌아왔다. 그 게들을 게장으로 만들어 반찬을 만들기 위한 것이지만 어머니와 함께 바닷가 갯벌에서 게를 잡는 체험은 정말 즐거웠다. 게가 숨어 들어간 구멍에 손을 깊숙이 넣어서 게에 손가락이 물리면서도 한 마리씩 게를 잡아 올릴 때마다 어머니는 "게를 잘 잡네."라고 끊임없이 칭찬하셨다. 어머니한테 칭찬받으면 더 신이 나고, 보람도 느끼고, 뭔가 어머니를 위한다는 생각으로 기분이 날아갈 것 같았다. 내 또래 대부분이 집안을 위해 어려서부터 많은 일을 했겠지만, 집안일을 하며 힘들게 느껴지지 않고 즐거웠던 까닭은 어머니의 칭찬 때문이었다. 마당을 청소해도 칭찬받고, 닭에게 모이를 줘도 칭찬받고, 부엌에서 나무에 불을 지펴 밥을 지을 때 불 관리를 잘해도 칭찬받고, 산에서 밤이나 감을 따가지고 와도 칭찬받는 등 집안일에 대한 조그마한 보탬에도 항상 칭찬이 따르기 때문에 신나게 일할 수 있었다.

그런데 아이들을 키우면서 그러한 사소한 일에 대한 칭찬이 정말로 쉽지 않음을 뼈저리게 느끼고 있다. 아이들이 책을 어지러이 놓아둔다고 꾸짖고, 양말을 세탁기에 넣으라고 잔소리하고, 서로 사이좋게 지내도록 훈계하는 등 온갖 잔소리 할 것이 널려 있다. 아파트라는 한정된 공간에서 아이들 공부 외에는 대개가 눈에 거슬려 칭찬할 일보다 잔소리를 할 것이 더 많이 눈에 띈다. 그러나 아이들에게 아무리 조그마한 것들이라도 어머니가 그랬던 것처럼 칭찬할 거리를 찾아 자주 칭찬하면 집안일을 위해 신나게 움직이는 것을 볼 수 있다. 공부 외에 아이들에게 집안에 도움 되는 할 일을 늘려주면 큰 활력을 갖는다. 공부뿐만 아니라 아이들이 할 일을 제안하고 그 일을 행한 결과가 미흡하더라도 열심히 칭찬할 생각이다. 이것은 가정의 행복뿐 아니라 아이들 삶의 즐거움과 보람을 찾기 위해서도 꼭 필요하다.

Chapter 2

변화와 성장

진로 선택

어렸을 때 나중에 커서 무엇이 되고 싶은지에 대한 질문을 종종 받곤 했다. 주로 외가에서 이모들이 많이 던졌던 질문으로 여러 사람이 우러러보는 대통령이라고 대답하면 이모들은 웃으면서 "그래! 그래! 앞으로 너는 대통령이 될 거야!"라고 덕담을 던져주곤 했다. 이러한 질문에 대한 답변은 점차 자라면서 궁색하게 되었다. 세상을 조금씩 알게 되면서 대통령은 멀리 있는 존재로 인식하게 되었다. 그래도 자존심이 있어서 대통령이 될 거라고 큰소리쳤다. 그런데 중학생이 되자 이모들은 이러한 장래 희망에 관한 질문을 하지 않았고 나도 질문을 받지 않는 것에 대해 안도했다. 사실 초등학교 시절에는 구체적으로 무엇인가 될 거라는 꿈을 꾸지 않았다. 매우 막연하게 지금보다 잘 살고 유명한 사람이 되어야겠다는 생각이었다. 구체적으로 어떤 꿈을 향해 무엇을 준비하고 어떻게 대비할 것인지에 대해서 전혀 생각해 보지 못했다. 그저 부모님이나 선생님이 말씀하시는 것처럼 열심히 공부하고 부지런하게 생활하면 잘살게 되고 훌륭한 사람이 될 것이라는 정도였다.

내가 잘한 것은 책을 좋아하고 시골 초등학교에서 상위권을 유지하는 공부였다. 친구들처럼 달리기, 축구, 야구 등을 잘하는 것도 아니었고 농사일을 할 때 낫을 잽싸게 놀려서 벼나 소 꼴을 후다닥 베는 것도 잘 해내지 못했다. 사납지도 못해서 경쟁하는 상황이나 싸움하는 행동을 좋아하지도 않았다. 다행인 것은 온순하고 친절해서 초등학교 시절에 계속 반장을 하면서 친구들과 두루두루 잘 지낼 수 있었다. 초등학교 졸업과 함께 우리 또래들은 진로가 순식간에 결정됐다. 본인의 의지가 아니라 가정이 잘살고 못사는 것과 부모님의 교육에 대한 의지가 큰 영향을 미쳤다. 거기에 남학생이냐 여학생이냐 성별도 결정적인 변수였다. 많은 친구가 중학교에 진학하지 못하고 곧바로 집안 농사일을 돕든지 아니면 서울로 직장을 구하러 떠나야 했다. 아버지와 어머니는 집안 형편이 어렵지만 빚을 내서라도 큰 아이들인 나를 가르치겠다는 의지를 갖고 계셔서 중학교에 진학할 수 있는 행운을 갖게 되었다. 과거에 비해 요즈음 학생들은 진로의 선택이 지연되는 경향이 있다.

가정 형편으로 교복을 입은 중학생이 된 친구와 농사일을 거들어야 하는 친구로 나뉜 것은 무자비한 진로의 결정이었다고 할 수 있다. 진학하지 못하고 농사를 짓게 된 한 친구는 교복을 입은 친구들이 멀리서 보이면 소 꼴을 베다가 얼른 숨었다고 먼 훗날 이야기했다. 돈만 있으면 학교에 다닐 수 있었을 텐데 어린 나이에 너무나 큰 아픔을 겪은 이야기였다. 순식간에 진로가 농사일하는 농부로 바뀌어 버린 것이다. 중학교에 진학한 우리는 다른 중학교를 선택할 것인지에 대한 고민은 없었다. 면 소재지 학교에 모두 함께 진학했기 때문이다. 고등학교 진로 선택은 미래에 큰 영향을 주었으므로 나름대로 생각을 해야 했다. 당시 진로는 인문계고 또는 실업계고 진학과 더 이상 공부하지 않고 농사일이나 직장을 가지는 것이었다. 아버지는 끊임없이 나에게 인문고에 보내기 어렵다고 하셨다. 실업고에 진학해서 빨리 직업을 가져야 한다고 했다. 당시에 실업계 고등학교는 정부가 적극적으로 지원 정책을 펴서 학비 지원도 많았고 또 장학금 혜택도 많으므로 부담이 적었다. 인문고와 실업고 어디든지 고등학교만 진학하면 좋겠다고 생각했지만, 실업고에 가서 기계를 다루고 기술을 배우는 것에 대해서는 썩 마음이 내키지 않았다. 만들기도 좋아하고 일하는 것도 좋아했지만 일찍 고등학교 때부터 기계를 다루는 것에 대해서는 '좀 빠르지 않나'라는 생각을 했다. 은연중에 기술을 배우는 것보다 공부를 더 하고 싶다는 마음이 있었다. 그렇다고 특별히 어떤 직업을 가지고 싶다는 생각도 확고하게 정립되어 있었던 것은 아니었다. 그때까지도 어렸을 때부터 마음먹었던 뭔가 두드러진 사람이 되고 싶다는 막연한 마음은 계속 유지되고 있었다. 그러한 상태에서 드디어 중학교 3학년 때 고등학교 진학 여부를 결정해야 하는 순간이 다가왔다. 어머니는 가정이 어렵지만 빚을 내서라도 가르쳐야 한다는 신념을 가지고 계셨다. 어머니가 학교를 전혀 다니지 못한 한이 작용했을지 모른다. 아버지는 나를 고등학교 진학시키되 공고에 보내기를 원했다. 특히 우리나라에서 소수밖에 없는 국립 기계공고에 보내면 거의 돈이 들지 않기 때문에 매력을 느끼신 모양이었다. 몇 차례 학교에 오셔서 선생님과 상의하시더니 부산에 있는 공고에 원서를 보내기에 이르렀다. 중학교 때 성적이 상위권에 있었기 때문에 진학에 별 무리가 없는 것으로 판단하신 모양이었다. 1차에는 서류전형만 있었다. 중학교 성적과 생활기록부 등을 보냈는데 1차 서류전형에서 탈락하고 말았다. 같이 지원한 친구는 합격이었다.

'그때 합격했으면 내 인생이 어떻게 되었을까?'라는 생각을 해본다. 당시 일기장을 꺼내 보니 성적은 합격한 친구보다 나았지만, 키와 몸무게가 모자라 떨어진 것으로 선생님이 설명해주셨다고 쓰여 있다. 하기는 당시 발육이 늦었던지 중3이었던 때 몸무게가 6학년인 아들 재신이 몸무게보다 적었다. 너무 신체가 빈약해서 떨어진 것인지 아니면 선생님이 나를 위로하기 위해 그렇게 말씀하셨는지는 모르겠다. 그러나 당시 공고의 인기는 대단해서 국립 기계공고의 경우 경쟁이 치열했던 것도 탈락의 원인이었을 것이다. 공부를 잘했던 친구 중 상당수가 공고에 진학해서 우리나라 공업 발전과 수출품 생산에 크게 기여했다. 만약 공고에 응시하여 합격했더라면 나도 그 친구들처럼 당시에 필요로 했던 산업에 도움이 되는 일을 했을 것 같다. 당시의 일기를 보면 아버지는 내가 공고 진학에 실패한 것에 대해 매우 실망하여 술을 드시고 푸념을 하셨다고 한다. 하긴 아버지는 어려운 집안 살림에 아들을 돈 드는 고등학교에 보낼 생각에 걱정이 앞섰음에 틀림이 없다. 나는 읍내 인문계 고등학교에 진학하게 되었다. 하마터면 기술을 배우는 것보다 대학 진학 공부를 하고자 했던 바람이 사라져 버릴 뻔했다. 그 바람이 이뤄져서 매우 기뻤다. 아버지와 어머니는 집안 살림에 어려움을 겪으면서도 고등학교에 진학한 나를 위해 적극적으로 도움을 주시기 시작했다. 제일 먼저 도와주신 것은 상당한 돈을 들여 새로 자전거를 사주신 것이었다. 왕복 16km를 걷지 않고 자전거로 통학할 수 있도록 배려하신 것이었다. 신나게 자전거를 타고 왔다 갔다 하면서 공부해서인지 성적은 상위권에 들게 되었고 선생님들의 도움으로 장학금을 받으며 공부하여 부모님 돈 걱정은 조금이나마 덜게 되었다. 그러나 문제는 향후 대학 진학과 관련된 것이었다. 아버지는 대학교 진학에 대해서는 학비를 보탤 형편이 못 된다고 하셨다. 장학금을 타서 대학에 다니면 몰라도 학비를 지원하는 것은 불가능하다는 선고였다. 어머니는 딱 부러지게 대학을 못 보낼 형편이라고 말씀하지 않으시고 그저 공부만 열심히 하면 길이 열리지 않겠느냐는 말로 위로와 격려를 하셨다. 예나 지금이나 어머니는 참으로 현명하신 분이다.

네 번째 대학

우여곡절 끝에 3년간의 공부를 마치게 되면서 대학 진학을 결정해야 했다. 학력고사를 치른 결과 뛰어난 성적은 아니었다. 지방 국립대 공대에 원서를 제출하여 합격했다. 공대에 원서를 낸 것은 당시 경제발전과 맞물려서 졸업하면 취직이 잘 될 것으로 여겼기 때문이었다. 아울러 공대 공부가 흥미 있을 것 같고 재미있을 것 같았다. 좀 더 구체적인 것은 생각하지 못했다. 주위에 공대에서 무엇을 배우고 졸업 후 무엇을 하는지 구체적인 조언을 해준 사람은 없었다. 그저 기본 상식에다가 느낌만으로 선택한 학과였다. 그렇게 막연하게 선택했지만 일단 대학 생활을 맛보고는 싶었다. 그런데 내가 4년 동안 대학을 다니게 되면 동생들의 고등학교 학업조차 담보하기가 힘이 들었다. 첫째 동생은 이미 국립 기계공고에 합격하여 크게 돈 들이지 않고 학교에 다니고 있었다. 대학 등록금 마련도 어렵고 동생들의 공부를 위하여 대학 진학을 포기해버렸다. 그때 합격한 공대를 계속해서 다녔으면 나의 앞날이 어떻게 전개되었을지 모른다. 분명한 것은 사회에 도움이 되는 생산적인 일을 열심히 했을 것 같다. 대학 진학 단념 후 어찌해야 할지 나도 고민하고 부모님도 걱정이 가득했다. 여기저기 알아본 결과 야간 전문대학에 진학 후 낮에 일하며 학비를 모을 수 있다는 친지의 제안에 따라 2년제 야간 전문대학에 지원했다. 성적은 아주 좋았기 때문에 등록금 등이 면제돼 숙식만 해결되면 무난하게 2년간의 전문대 학업을 마칠 수 있었다. 그런데 이상하게 마음이 내키지 않았다. 짐을 싸 들고 대학교 옆 숙소에 찾아가다가 한 번 보아둔 숙소를 찾기가 어렵기도 했고 또 열심히 찾고 싶은 마음도 없어서 고스란히 그 짐을 다시 메고 집으로 돌아와 버렸다. 후에 이 얘기를 하면 사람들이 믿질 않았다. 부모님에게는 전문대에 다니는 것보다 우선 돈을 벌어서 나중에 대학 다니겠다고 말하고 방에 드러누워버렸다. 앞날이 캄캄했다. 시골에서 농사지을 땅이 많이 있는 것도 아니고 일자리가 있는 것도 아니어서 집에 처박혀 몇 날 며칠을 그저 어찌할 것인지 끙끙거리며 보내야 했다. 그런데 고교 졸업생이 집에서 하염없이 밥만 먹고 지낼 수가 없었다.

무작정 서울로 올라가 직업소개소를 전전하면서 이일 저일로 밥값을 벌어야 했다. 그런데 만족스러운 일이 하나도 없었다. 식당, 공장, 물건배달 등의 일이 생각보다 쉽지 않고 마음이 안정되지 않아 평생 몸 바쳐 일하기가 어렵다고 판단했다. 비전이 있으면 일 경험을 쌓으면서 후에 그러한 일의 주인이 되는 꿈도 꿀 수 있었을 것이다. 아마 비전이 있었다면 타고난 성실성을 가지고 열심히 일했을 것 같다. 그러나 결론은 "다른 길을 모색하지 않으면 나의 앞날이 밝지 않다"였다. 부랴부랴 또다시 대학 입시 공부를 하게 되었다. 공부하지 않으면 세상의 온갖 어려운 생활의 현장에 파묻힐 것 같아서 열심히 공부했다. 다행히 학력고사 성적은 괜찮았다. 그 점수를 가지고 이것저것 따져 보다가 세무대학에 응시할 생각을 했다. 세무서에서 일하면 금방 돈을 벌 수 있다는 생각을 풍문으로 들었던 것인지 그러한 결정을 했다. 그 대학은 졸업하면 즉시 취직이 돼 매력이 있었다. 성적은 괜찮았으므로 1차 시험에 합격하고 면접 등의 시험이 예정되어 있었다. 그 시험 전날 안성 읍내에서 좀 떨어진 이모댁에서 잠을 자게 되었다. 시험 날 안성까지 가는 버스에 몸을 실었는데 마침 가는 날이 장날이었다. 장터 속에서 버스가 크게 지체되는 바람에 부랴부랴 수원에 있는 세무대학에 갔을 때는 시험이 시작된 지 한 참 후였다. '여기도 내가 다닐 대학이 아닌가 보다'라고 생각하며 교문에서 되돌아섰다. 애꿎은 이모만 어머니에게 혼이 났다. 시간을 잘 따져서 시험을 치를 수 있게 일찍 버스에 태워 보내지 않았다는 꾸짖음이었다.

집으로 돌아와서 다시 궁리하기 시작했다. 4년제 대학 가는 것은 집안 형편상 불가능하다. 빨리 돈을 벌어서 집안을 도와야 한다. 대학을 다니고는 싶다. 이 3가지를 가지고 선택 가능한 대학은 교육대학뿐이었다. 교육대학은 당시 2년제였던 데다가 학비도 거의 들지 않고 초등교사로 일정 기간 근무하게 되면 군대에 가지 않아도 되었다. 당시 젊은 청년들이 초등학교 교사 되는 것을 원하는 사람이 많지 않아서 군 면제 특례를 주고 있었다. 당시 세무대학은 2년제였고 졸업 후 바로 취직이 돼 돈을 벌 수 있지만, 군대 복무는 면제되지 않았다. 그 기간에 집안을 도울 수 없으므로 안성 장날 때문에 세무대학 시험을 치르지 못한 것이 오히려 다행으로 여겨졌다. 교육대학에 응시한 결과 성적이 좋아서 장학금도 받았고, 고맙게 고등학교에서도 장학금을 지원해주어 큰 무리 없이 졸업했다. 교육대학 원서를 쓰면서 크게 울었던 생각이 난다. 젊은 남자들이 선호하지 않는 초등교사가 되는 대학에 들어가려니 슬펐던 마음이었다. 그런데 후에 이것저것 따져 보니 오히려 기쁨의 눈물이라는 표현이 더 어울린다. 2년제였지만 대학에 다닐 수 있는 경험을 했고 졸업 후에 곧바로 교사 생활을 하면서 부모님과 동생들을 위해 재정적인 지원을 할 수 있게 급여를 받았다. 또 방학 때는 시간을 활용하여 다른 공부도 열심히 할 기회를 가질 수 있었다.

교대까지 포함하여 4개 대학에 도전했던 셈이다. 교대 외의 다른 대학에 다니게 됐으면 지금의 나와는 완전히 다른 세상을 살고 있을 것 같다. 그래서 나는 지금도 '운명은 순간에 정해진다.'라는 생각을 존중한다. 아주 사소한 것들이 인생의 갈림길에서 영향을 주어 사람의 인생을 다르게 살게 한다. 나의 진로가 여러 가지 요인으로 영향을 받았기 때문에 누군가가 진로에 관한 상담을 해오면 정말로 하고 싶은 일이 무엇인지부터 물어본다. 마음속에 원하는 것이 간직되어 있으면 외부적인 요인에 의해 영향을 덜 받고 하고 싶은 일을 하게 될 가능성이 크다. 인문계 고등학교에 다니고 싶은 마음이 공고 서류전형에서 떨어지게 했고, 대학 공부를 빨리 마치고 집안을 돕고 싶다는 마음이 교육대학 이전에 고려했던 3개 대학을 다니지 못하게 가로막았던 것 같다. 마음이 내키지 않으면 무엇인가 선택해도 오래 가지 못한다. 또한, 마음이 내키지 않지만 해야 한다면 왜 해야 하는지 잘 따져서 자기 자신을 설득해야 한다. 진로를 선택할 때 본인의 마음이 어떤 것인지를 정확히 헤아려서 선택하고 마음과 다른 선택을 할 수밖에 없는 경우라면 마음을 잘 달래는데 세심하게 신경 써야 한다. 내키지 않는 진로는 본인의 능력을 제대로 발휘하지 못할 위험성이 높아진다. 청소년들의 진로에 관한 것은 깊은 생각 없이 후다닥 충고해줄 성질이 아니다. 수많은 길이 있고 수많은 삶이 있으므로 삶의 큰 그림을 보여주고 본인에게 가고자 하는 길을 걸어가도록 하는 것이 가장 바람직하다.

밝은 생각

아침에 일어나면서 '항상 밝은 생각을 하고 많이 움직이자.'라는 다짐을 한다. 매번 산뜻하고 상쾌하게 일어나기가 쉽지 않은 일상에서 밝은 생각을 가져야겠다는 마음조차 없으면 하루하루가 어둠에 휩싸일 가능성이 크기 때문에 그런 다짐을 하고 있다. 일상생활에서 일찍 잠자리에 들기가 갈수록 어려워지고 있다. 직장에서 야근, 수시로 참여해야 하는 모임, 처는 공부를 이유로, 아이들은 숙제하느라 자정이 될 무렵에야 겨우 온 식구의 일이 끝나는 경우가 많다. 당연히 늦게 잠이 드니 상쾌하게 일어나기 어렵다. 밝은 웃음으로 일어나지 못하고 찌푸려진 얼굴과 굳어진 몸으로 하루를 시작하기 쉽다. 일어나자마자 온갖 부정적인 생각이 스멀스멀 기어 나오기 시작하고 잠이 덜 깬 상태로 이것저것 하다 보면 짜증 나기에 십상이다. 그 상태를 그대로 두면 그날 하루는 영영 어둠에서 헤매는 꼴이 된다. 이때 이성이라는 도구로 생각의 전환을 이루어 밝은 세상으로 나가야 한다. 아주 간단한 것이지만 실행하기 어렵고 깜박깜박 잊어버리기 일쑤다. 안 좋은 생각에서 벗어나는 방법은 의외로 간단하다. 그냥 좋은 단어를 떠올리거나 좀 밝은 몇몇 문장만 중얼거리면 된다. '오늘은 기분이 좋을 거야. 좋은 일만 있을 것이다. 모든 일이 잘될 거다.' 등의 몇 마디를 중얼거리거나 마음속으로 되뇌며 하루를 시작하면 의외로 쉽게 자신의 감정을 밝은 쪽에 데려다 놓을 수 있다. 대개 처보다 먼저 일어나서 일을 시작하는 나는 일어나자마자 싱크대로 가서 컵이나 그릇을 찾아 물을 마시는 경우가 많다. 희한하게도 잠이 완전히 덜 깬 상태에서 그릇 등을 다룰 때는 서로 부딪쳐 소리도 요란하고 물건이 부드럽게 옮겨지지도 않을뿐더러 젓가락이나 숟가락을 건드려 바닥에 떨어뜨린다든가 하여 신경이 쓰인다. 이때 "에이"라고 언짢은 소리가 나오며 기분 나쁜 마음이 왈칵 솟아오른다. 아주 사소한 것도 낮에 발생하면 대수롭지 않은 일이 이른 아침에는 마음이 편하지 않은 경우가 많다. 이러한 상태에서 감정이 반응하는 대로 그냥 놔두면 그 기분이 지배해서 찡그려지고 짜증이 난다. 이때 "음, 그릇도 움직이기 싫어하는구나! 자, 하루를 밝게 시작해 보자고!"라고 말하며 얼굴에 조그만 웃음기를 억지로라도 지으면 이윽고 밝은 생각이 솟아오른다. 마음이 좀 더 유쾌해진 상태에서 처와 아이들을 깨우면 처와 아이들도 기분 좋게 반응하는 경우가 많아 밝은 마음으로 온 가족이 하루를 시작하게 되고 이것이 곧 행복한 아침, 행복한 가정의 기초가 된다. 물론 아침부터 의지적으로 감정을 밝게 만들어 식구를 깨우고 말을 걸 때 식구들이 항상 밝게 반응하지 않는다. 잔뜩 찌푸리고 일어나기 싫다고 하기도 한다. 여러 번 깨워도 일어나지 않아서 밝은 기분이 어두운 쪽으로 가려는 경우도 있지만 그래도 밝은 마음을 유지하면 처나 아이에게도 밝음이 전달되어 그럭저럭 얼굴을 펴고 하루를 시작하게 된다. 밝음과 어둠은 공존한다. 어두움도 존재 가치가 있어 무시하면 안 되지만, 항상 마음을 밝게 유지하려는 노력은 하루하루를 행복하게 사는 데 큰 힘이 된다. 마음을 어둡고 축축하고 그늘진 상태로 버려두면 나도 모르게 나와 주위에 있는 사람에게까지 영향을 주어 불만족스러운 삶을 살게 된다.

직장에서도 가정에서처럼 밝은 마음을 갖도록 신경 써야 한다. 밝은 생각과 이야기는 동료들과 더불어 즐겁게 일할 수 있게 한다. 직장에서 좋지 않은 일을 이야기하고 듣는 것을 좋아하면 자기도 모르게 어둠의 사람이 돼 버린다. 꼭 좋지 않은 사건이나 모습만을 큰 뉴스인 양 마음속에 담아 놨다가 그냥 주위 사람에게 내뱉어 버리는 것은 직장 동료들에게 독물을 선사하는 것과 같다. 대부분 시간을 직장에서 보내는 현대인에게서 그렇게 부정적인 독물만을 선사하는 동료가 있다는 것은 불행한 일이다. 나는 어떻게 할까? 내가 먼저 밝은 꿀물을 동료에게 꾸준히 선물해주면 그도 꿀물의 단맛과 어두운 독물의 쓴맛을 이해하게 되지 않을까? 스멀스멀 기어 나와 온갖 잘못된 쪽으로 기분 나쁘게 전개되는 생각을 잽싸게 기분 좋은 상상으로 바꾸고 이것을 주위 사람들에게 선물하는 것이야말로 세상을 밝게 변화시키는 가장 좋은 방법으로 확신하고 있다. 중요하다고 생각하는 가치관은 어려서부터 계속 변화되었다. 밝은 생각을 하자는 것을 중요하게 여긴 것은 40대 중반에 이르러서였다. 어찌 보면 밝은 생각을 하며 산다는 의지야말로 행복한 삶을 사는 데 가장 중요할지도 모른다. 근래에 이러한 생각이 나의 핵심 가치로 자리매김한 것이 더없이 소중하고 기쁘다.

눈빛 읽기

'눈을 바라보자!' 지극히 쉬울 것 같은 이 행동은 혼란을 많이 겪은 가치관이기도 하다. 어려서 웃어른이나 선생님에게 꾸중을 들을 때 눈을 똑바로 바라보면 "뭘 잘했다고 쳐다보느냐"라는 질책과 함께 반성할 줄 모르고 대드는 사람으로 여겨졌다. 선배 눈을 마주치며 바라보아 건방지다는 비난과 함께 벌을 받기도 한 경험이 있다. 다른 사람의 눈을 똑바로 바라볼 수가 없는 교육을 받은 셈이다. 눈을 다소곳이 내리깔고 고분고분하게 이야기 듣는 표정을 미덕으로 여겼던 우리 문화의 영향 때문일 것이다. 그러한 태도가 지나쳤던지 다른 사람과 대화할 때 상대방의 눈을 바라보는 행동이 어색하고 힘들어지게 되었다. 언젠가 고등학교 때 사촌과 이야기하는 중에 고개를 돌리고 눈을 바라보지도 않은 채 말했더니 그가 크게 화를 내면서 기분 나쁘다고 했다. 나는 사촌을 배려하는 차원에서 바라보지 않고 이야기했는데 사촌은 그것이 못내 섭섭했던지 한꺼번에 지나간 것까지 보태어 서운한 감정을 쏟아냈다. 그때부터 상대방을 정면으로 바라보는 노력을 기울였지만, 습관 만들기가 여간 쉽지 않았다. 교사 시절 방학 동안 교육을 받을 때 이웃 학교 여선생님과 내내 옆자리에 앉았던 적이 있다. 그 여선생님을 똑바로 바라보지 못한 것 같다. 연수를 마칠 무렵에 그 여선생님은 내게 "왜 정면으로 바라보지 못하고 힐끔힐끔 보세요?"라며 똑바로 눈을 바라보며 이야기하는 게 좋겠다는 충고를 했다. 나는 전혀 그것을 감지하지 못했는데 이야기를 나누면서 그 여선생님 눈을 응시하지 못하고 안색 등을 살필 때 살짝살짝 훔쳐본 꼴이 된 모양이었다. 그 일 후 상대방 눈을 바라보려는 노력을 더욱더 기울이긴 했지만, 상황이 크게 나아지지를 않았던 모양이다.

눈을 똑바로 바라보지 못한 문제가 영국에서 공부할 때 또 불거졌다. 담당 교수는 영국인이 가지고 있는 습관대로 나의 눈을 뚫어지게 쳐다보면서 이야기했다. 여교수님이었던 그분의 눈을 함께 마주치며 이야기하는 게 어색해 눈을 회피하는 경우가 종종 있었다. 그러면 그 교수님은 눈을 바라보면서 이야기할 것을 주문했고 용기를 내어 눈을 응시하려 부단히 애썼다. 영국 사람들은 눈을 똑바로 응시하지 않고 대화하면 자신감이 없는 것으로 여긴다든가 잘못을 저지른 것으로 생각하는 경향이 있다는 것도 알게 됐다. 그럼에도 상대방 눈을 바라보는 게 쉽게 되지 않았다. 어려서 형성된 습관은 고치기가 너무 힘들다는 것을 깨닫는다. 평생 고쳐나가야 할 과제다. 아이들에게 상대방 눈을 바라보는 것이 얼마나 중요한지를 행동으로 반복한다. 아침에 아이들이 집을 나설 때면 꼭 악수하면서 눈을 똑바로 바라보며 "잘 다녀와!"라고 인사하고 아이들도 눈을 보면서 "잘 다녀오겠습니다."라고 이야기하게 한다. 아들이 질문할 때나 무슨 이야기를 해오면 어떤 일을 하고 있어도 고개를 아들에게 향하고 눈을 의식적으로 마주친다. 그러한 노력 덕분에 아이들은 스스럼없이 상대방 눈을 바라보는 습관이 형성된 줄 알았다. 그런데 재혁이가 4학년 때 원어민에게 영어를 배우기 위해 인터뷰하러 갔다. 영어로 하는 질문에 재혁이는 대답하면서도 부끄러워하며 상대방 눈을 똑바로 바라보지 못했다.

깜짝 놀라서 중간에 "재혁아! 눈을 바라보면서 이야기해야지"라고 하자 머뭇머뭇 상대방 눈을 보면서 이야기했다. 우리의 눈은 다른 사람을 보고 주위를 살피기 위해 존재한다. 몰래몰래 살짝 살필 수도 있지만, 눈을 들어 똑바로 상황을 인지하는 것은 중요하다. 서양의 가치관이 도입되면서 더 이상 눈을 내리깔고 이야기하는 것은 미덕도 아니고 오히려 무언가 자신 없고 당당하지 못한 것으로 오해받는 시대이기도 하다. 어떤 경기에서든 경기의 승패는 눈동자의 움직임에 의해 결정되는 경우가 많다고 한다. 상대방과 우리 편 선수들의 눈동자와 눈빛을 바라보고 시선을 들어 상대의 구석구석을 살피면서 경기해야 승리 가능성이 크다. 고개를 들어서 아기처럼 고개를 둘레둘레 하면서 상대방 시선을 응시하고 상황 파악을 하면서 관찰을 해야 대응을 잘할 수 있다. 문제 해결을 할 때도 눈을 바라보며 같이 궁리하고 해결책을 세워 실행하면 성공 가능성이 크다. 오늘날 눈을 똑바로 바라보는 행동이 굉장히 중요한 가치로 변화했고 그러한 변화의 흐름에 맞추어 오늘도 열심히 상대방 눈을 들여다보려 하고 있다.

사랑의 대상

어릴 때 사랑하는 사람은 가족이나 가까이에 있는 사람이 대상이 된다. 가족은 태어나면서 맺어진 관계로 같이 부대끼고 살면서 서로 위하고 사랑하게 된다. 그렇게 성장하여 사랑하는 대상을 찾아 우여곡절을 거쳐 보금자리를 꾸며 사랑의 대상인 아이들을 갖게 된다. 나도 대부분 인간이 가는 삶의 길을 가고 있다. 어릴 때 가까이에 있는 사람들을 사랑하다 성장하여 처를 만나 사랑하여 낳은 아이들을 사랑하며 살아가고 있다. 남자아이와 여자아이 성향이 다르고 아버지 어머니 성품에 따라 달라지긴 하지만 남자아이는 본능적으로 어머니를 사랑하는 것 같다. 어머니는 무조건으로 사랑을 베풀어 주고 나를 위해 헌신하기 때문에 좋아할 수밖에 없고 사랑할 수밖에 없다. 어린 남자아이는 어머니가 주변에 없으면 기분이 좋지 않다가 어머니가 옆에 있으면 세상에서 가장 큰 행복감을 느끼게 된다. 어머니가 차지하는 비중이 크면 클수록 어머니에게 잘하고 싶다는 생각이 가득 차게 되어 어머니가 기뻐하는 일이라면 무엇이든 하고자 하는 마음이 싹트게 된다. 어머니는 사랑과 칭찬이라는 도구를 가지고 아이들이 바른 사람으로 커갈 수 있도록 교육한다.

내 어머니는 사랑과 칭찬의 도구를 굉장히 잘 다루었다. 질책이나 비난 꾸중보다는 잘하는 것만 살펴서 "대단하다, 잘한다, 벌써 이렇게 컸구나, 많은 도움이 되었다" 등의 긍정적인 말을 많이 했다. 아이들이 사랑하는 어머니를 위해 뭔가 기쁜 일을 했다는 자랑스러움을 갖도록 이끌었다. 착한 일과 성취감을 느낄 수 있는 일을 한 경우 아낌없이 칭찬하며 무럭무럭 바르게 자랄 수 있도록 유도했다. 아마 사랑하는 아이들을 위한 이러한 교육 방법은 인류가 진화하면서 계속 발전해 왔을 것이다. 어머니는 전혀 학교 교육을 받지 않았음에도 아이들이 엄마를 사랑하는 방법은 바람직한 행동을 하는 것이라는 것을 은연중에 각인시켰다. 형제간에 사랑은 서로 위하고 돕는 것이라는 걸 끊임없이 인지시켰다. 어머니는 우리 형제들이 싸우거나 오순도순 생활하지 않으면 슬퍼했으므로 형제간에 서로 돕기 위해 노력해야 했다. 자기 밥그릇을 먼저 챙기기보다 형제의 밥그릇을 먼저 챙겨야 웃어주는 어머니 때문에 형제를 돕는 마음이 강화될 수밖에 없었다. 이렇게 부모와 형제를 사랑하는 방법을 배웠기 때문에 부모님이 경제적으로 어려워졌을 때 온 형제들이 가정을 일으키기 위해 희생정신을 발휘했다. 그것이 효이며 부모님을 사랑하는 것이고 형제를 사랑하는 근본 자세라는 생각이 깃들어 있었기 때문에 가능했을 것이다.

이러한 부모님과 형제들에 대한 사랑은 결혼과 더불어 그 비중이 현저히 낮아지고 그 자리에 처와 아이들이 자리 잡게 되었다. 내리사랑이라고 불리는 것은 인류 진화의 산물이다. 내리사랑이 없으면 인류도 이렇게 번성하지 못하고 사라졌을 것이다. 다음 세대 그리고 또 그다음 세대를 유지하기 위해서 처와 자식을 우선하는 사랑의 대상이 생성되는 것 같다. 그러나 기존의 가족 체계에 대한 사랑을 모두 다 제거해 버리면 사회 체계 자체가 붕괴할 수 있다. 부모와 형제에 대한 사랑이 예전 같지 않을지라도 사랑은 계속되어야 할 이유다. 오로지 처와 자식 사랑 본능만을 간직하여 살아간다면 삶이 너무 쓸쓸하지 않겠는가? 처와 자식들만을 위한 사랑이 크면 클수록 부모 형제에 대한 사랑이 줄어드는 현상은 일반적이지만 돌이켜보면 내가 이만큼 성장해서 처와 자식들을 사랑할 수 있는 것도 부모 형제에게서 사랑하는 방법을 배우고 익혔기 때문이다. 부모 형제에 대한 사랑의 비중이 약해져도 그 끈을 놓지 않는 것이 처와 자식들의 행복을 위해서도, 나의 행복을 위해서도, 부모님과 형제들의 행복을 위해서도 바람직스럽다. 부모 형제간의 사랑의 울타리는 인간을 번성하게 하는 기본이기 때문이다.

어려서 주로 외가에서 생활을 많이 했던 나는 외가 식구들을 매우 좋아했다. 특히 막내 이모는 나이 차가 많지 않아 더욱더 같이 지내는 시간이 많았다. 늘 같이 자고, 먹고, 놀고, 책도 보며 지내다 보니 떨어져 있으면 생각나고 그리웠다. 이모가 볼일이 있어 밖에 나가게 되면 문밖에서 기다리곤 했다. 막내 이모를 좋아하는 마음은 커가면서도 여전해서 편지도 주고받았다. 언젠가 시골집에 있는 옛날 글들과 편지들을 뒤적거리다 이모가 이모부를 만나면서 사랑의 열병을 앓던 내용의 노트가 있었다. 어떻게 해서 내가 그 노트를 가지게 됐는지 명확히 기억나지 않지만 분명한 것은 이모가 누군가 다른 사람을 사랑하게 되는 것에 대해 매우 마음이 불편했던 모양이었다. 내가 사랑하는 이모가 나를 사랑하지 않고 다른 남자를 사랑하는 글이 적혀 있는 노트를 보고 화가 나서 집으로 가져와 버렸을 것이라는 생각을 한다. 언젠가 이모에게 전화해서 그러한 글이 담겨 있는 노트가 내게 있는데 되돌려 줄지 말지를 물었다. 이모는 내 마음대로 하라고 했다. 그러면서 어떻게 해서 그 노트가 내게 있는지 궁금해했다. 이모 글이 멋있고 샘이 나서 가져온 것 같다고 했더니 크게 웃었다. 이모가 사랑하는 대상이다 보니 이모가 늘 보고 싶었고 이모의 시원시원하고 멋진 글도 갖고 싶었을 것이다. 지금도 이모를 사랑했던 마음을 간직하고 있어서 항상 이모가 건강하고 활력 있게 하루하루를 살기를 바란다. 이모의 노트는 아직도 내게 있다.

첫사랑

중학생 시절에는 우리 동네에서 면 소재지에 있는 학교까지 걸어 다녀야 했다. 남자는 남자끼리 여자는 여자끼리 걸어 다녔다. 남학생과 여학생이 함께 섞여 걷기 어려운 사춘기 시절이었다. 여학생 무리가 몇십 미터 앞에 걸어가면 남학생들이 떠들썩하게 떠들면서 따라가는 것이 고작이었다. 좋아한다는 표현은 하지 못하고 짓궂게 장난하는 게 일이었다. 그런데 한 여학생이 특별히 나에게 관심 가져 주었다. 나를 보면 웃어주고 어떤 일로 나 홀로 걷게 될 때는 가까이 와서 말도 걸어왔고 길가에 있는 들꽃도 내게 주었다. 어찌할 바를 몰랐다. 당황스럽고 뾰족한 할 말도 없어서 그냥 대답만 했다. 어색하게 꽃을 받아들고 걷다가 학교나 집 가까이 풀밭에 살짝 던지곤 했다. 그러면서도 싫지는 않았다. 남학생 여학생이 무리 지어 학교를 오갈 때 그 여학생을 흘낏흘낏 보는 그러한 순진한 관계를 유지했다. 하루는 한 친구가 길가에 있는 벌집을 건드려 뒤따라오는 여학생들이 벌에 쏘이게 하자고 제안했다. 걱정이 앞섰지만, 용기 있게 그러지 말자고 하지 못했다. 벌집을 건드린 후 우리는 쏜살같이 도망갔다. 여학생들이 벌에 쏘여 울고불고하는 모습을 멀리서 보며 너무너무 미안했다. 나중에 그 여학생이 어떻게 남자들이 비겁하게 여학생들을 벌에 쏘이게 하느냐고 비난했다. 그 여학생이 그곳에 있는데 내가 같이 동참한 행동에 대해 눈총을 받아야 했다. 꽃을 준 여학생에게 벌침을 준 꼴이 되어 버려서 입이 열 개라도 할 말이 없었다. 고등학교에 진학 후 동네에서 어쩌다 마주쳤을 때 그냥 서로 웃으면서 지나쳤다. 직접 그녀에게 어떻게 지내느냐고 물어볼 용기가 없었다. 겨우 어머니에게 그녀에 관한 이야기를 묻는 것뿐이었다. 대학 졸업 후 결혼하여 잘살고 있다는 소식을 들었다. 마음속에 좋아하는 마음이 있는 대상이라면 진정으로 잘되기를 바라는 마음이 존재한다. 그녀에 대해서도 그러한 마음을 갖고 있다. 그러나 그녀와 있었던 소꿉장난 같은 사랑에 관해 확인해 보고 싶지는 않다. 그것이 나의 착각이었는지, 낭만이 깃든 소녀의 장난이었는지, 정말로 나에게 조그마한 관심이 있었는지 모른다. 무엇이든 간에 눈빛과 웃음으로 주고받았던 형언하기 어려운 묘한 감정을 언어로 간단히 정의하며 웃어버릴 추억이 아니다. 당시에 그녀로 인해 느꼈던 행복감과 뿌듯한 감정으로 사춘기 시절이 풍요로웠고 아름다웠다. 그녀에게 받았던 들꽃 중에 꽃 한 송이를 잘 말려서 책갈피에 끼워 오래도록 보관했었는데 어느 틈엔가 사라져 버렸다. 그 꽃은 사라졌어도 그 꽃을 받았던 쿵쾅거리는 마음은 여전히 나의 마음을 아름답게 꾸미고 있다.

대학교에 진학하자마자 여학생이 넘쳐 났다. 교육대학의 특성상 여학생이 많아서 얼마든지 멋진 여학생과 사귈 수 있는 여건은 마련되어 있었다. 2년 동안 1주일에 6시간의 군사 교육과 함께 초등교사로서 갖추어야 할 기본적인 교육과 전문 교육을 받기 때문에 매우 바쁜 가운데서도 마음에 드는 한 여학생을 좋아하게 되었다. 시골에서 금방 올라와 모든 상황이 낯설었고 여학생들과 어울리는 것도 익숙하지 않은 터에 먼저 따뜻하게 말을 걸어준 여학생이 대학 내내 마음속에 자리 잡았다. 오리 새끼들이 갓 부화하여 처음 본 것들을 따라다니는 것처럼 대학에 갓 입학하여 이것저것 친절을 베풀어준 그녀에게 좋은 감정이 생겨버린 것이다. 그렇게 돼 학교에서 그녀에게 온갖 관심을 끌기 위해 노력했다. 그녀가 눈에 띄면 무조건 달려가서 이야기 나누고 대학에서 통상 경험하는 과제 도움 주고받기, 시험 때 일찍 도서관에 나가서 자리를 잡아놓고 기다리기, 조그만 과자라도 있으면 나눠 먹으려 노력하기 등 지금 생각하면 소꿉장난하는 그런 수준이었지만 그래도 머리에는 그녀 생각이 떠나질 않았다. 조그만 일이 있어도 그녀에게 쫓아가서 이것저것 떠벌리면 그녀가 웃어주며 들어주는 게 기분 좋아 이야깃거리를 수시로 준비하곤 했다. 바쁜 가운데에서도 조그만 여유 시간이 있으면 그녀를 찾아서 도서관이나 동호회 사무실 등을 기웃거렸다. 혹시 그녀가 피아노 연습을 하지 않나 싶어 피아노실을 어슬렁어슬렁 돌아다녔다. 그렇게 열심히 쫓아다니는 모습이 친구들 눈에 띄어서 내가 그 여학생을 좋아한다는 소문이 퍼지게 되었다. 친구들의 관심은 그녀도 나를 좋아하는지에 있었다. 거기에 대해서는 확신 있게 대답할 수가 없었다. 친구들은 우리의 관계가 좀 더 진전되기를 바라서 그녀가 있는 소재를 수시로 알려 줬고 그녀에게 나에 대한 칭찬을 많이 하면서 도움을 주었다. 대학 때 일기를 보면 그녀의 이야기로 상당히 많은 부분이 메꿔져 있다. 그러나 당시 집안의 어려움이 마음을 압박하여 공부 이외의 여학생을 사귄다는 것은 사치로 여겼던 것 같다. 학교에서 열심히 그녀를 쫓아다니고 여러 가지 화제로 이야기를 나누긴 했지만 좋아하는 감정을 표출하지 못했다. 대학 생활 정도에서 사랑한다면 손도 잡고 하는 등의 진전이 있어야 했지만, 친구처럼 그렇게 좋은 감정만 나누다가 짧은 2년 대학 생활을 마치고 말았다. 몇몇 친구들이 대학 때 사귄 여학생과 결혼에 성공한 것과는 아주 대조적이다.

결혼까지 염두에 두고 적극적으로 나섰으면 다른 결과에 이르렀을 가능성이 있다. 그러나 그에 대한 준비가 전혀 되어 있지 않았다. 좋아하는 여자를 쫓아다니고 싶어 하는 본능으로 많은 시간을 그녀 옆에 있었고 사랑한다는 감정을 가졌지만, 그것은 캠퍼스 내에서 친구처럼 지내는 모양새가 되어 버렸다. 교문 밖에서는 둘이서 한 번도 만난 적이 없다. 단지 캠퍼스 안에서만 요란하게 붙어 다니려 노력을 했고 그녀가 있어서 대학 생활이 재미가 있는 것처럼 웃으면서 지냈다. 편지도 주고받았지만, 사랑하는 마음을 담은 것이 아니라 일상적인 생활 이야기였다. 당시에 그녀에 대한 감정을 쓴 일기장을 보여줬다면 어땠을지 궁금하다. 짧은 대학 생활이 끝나갈 즈음 마지막 졸업시험 무렵에도 그녀를 위해 도서관 좋은 자리를 마련하고 그녀의 옆자리에 앉아서 공부는 안 하고 어떻게든 그녀의 관심을 끌 궁리만 했다. 그녀는 12월 초의 쌀쌀한 날씨에 옷을 춥게 입었다며 내 점퍼의 지퍼를 올려주고 가지고 있던 핀을 가슴에 꽂아 주었다. 따뜻했던 그녀의 보살핌으로 대학 생활을 시작해서 그녀의 따뜻한 손길로 마지막 대학 생활을 마친 결과에 이르렀다. 그녀에게 직접 사랑한다는 말 한마디 못 했지만, 그녀의 따뜻한 말과 보살핌은 메말랐던 마음에 활력과 생동감을 주는 단비가 되었다는 점에서 지금도 고마움을 느낀다. 졸업 학년 때 있었던 우리 대학 축제 기간에 대학 생활의 젊은 열정과 그녀를 사랑했던 마음을 표현한 "젊음, 사랑"이라는 제목의 노래를 작곡해 불러서 트로피를 받았다. 피아노실에 앉아서 작곡에 대한 아무 지식 없이 건반을 두드리며 표현은 서툴렀지만, 대학 생활을 열정적으로 했을 뿐만 아니라 한 여학생을 사랑했던 마음이 싹트고 피어났다는 내 마음을 일방적으로 표현한 것이었다. 기타로 연습하고 그 노래를 수도 없이 불러서 익숙하게 한 다음 교내 가요제에 나가서 입상했다. 그녀에 대한 사랑했던 내 마음을 멋지게 표현한 셈이다. 그러나 그녀에게 그 노래에서 사랑이 싹

트고 피어나게 한 대상이 그녀라는 이야기를 하지 못했다. 그 이야기를 하면 어떤 반응을 보일지 두려웠을 뿐만 아니라 그녀가 나에게 사랑한다고 해도 내가 감당할 형편이 되지 못한다는 것을 너무나 잘 인식하고 있었기 때문이다. 나는 부모 형제를 위해 기약 없이 재정적인 지원을 해야 할 상황이었고 또 무엇인가 성취해야 한다는 의지에 불타 있어서 결혼을 염두에 둔 사랑을 누릴 처지가 못 된다고 판단했기 때문이다. 그렇다고 결혼을 전제로 하지 않은 채 그냥 즐기기 위해서 여자를 사귄다는 생각은 더욱더 하지 못해서 그렇게 대학 생활의 사랑은 끝이 났다. 요즈음 젊은 남녀의 사랑이라는 개념과 너무나 다른 미숙한 사랑이었다는 생각도 해본다.

불꽃 같은 열정

스물넷에 교사를 시작해 햇수로 10년을 근무하며 가까이에 있는 관심 대상은 모두 여선생님들이었다. 친구 관계가 상황에 따라 바뀌는 것처럼 사랑하는 대상도 누구와 가까이에 있느냐에 따라서 계속 바뀌게 된다. 혈기 왕성한 청년 교사 시절에 가까이에 있는 여선생님은 무조건 좋았다. 만나는 처자 선생님들은 나의 관심의 대상이었고 한두 번씩은 나의 접근에 놀라곤 하는 경험을 하게 되었다. 옆 학교 여선생님을 예고도 없이 찾아가 당황하게 하고, 이웃 학교 여선생님도 느닷없이 쫓아가서 깜짝 놀라게 했다. 경기도에 있는 친구네 학교의 여선생님과도 사귀기도 했다. 편지도 오가고 서울 종로의 '쉘부르' 음악 감상실에서 라이브음악을 듣기도 했다. 고향에서 근무하는 여선생님에게 편지를 주고받으면서 좋아한다고 쓰기도 했고, 강원도에서 글을 쓰는 여성과 많은 편지를 주고받으며 사귀기도 했다. 내가 여선생님의 관심 대상이 되기도 했고 적극적으로 접근해

오는 경우가 있었다. 이렇게 수많은 여선생님을 향한 접근, 만남, 사귐은 이루어진 것이 아무것도 없었다. 내 연애관으로는 여성을 깊이 사귀면 결혼을 전제해야 하는데 공부도 해야 하고 돈 한 푼 없는 상황이 사귐을 중단케 하는 원인이 되었다. 그래도 머릿속에는 여성으로 꽉 차 있어서 준비하고 있던 고시 공부도 별 진전이 없었고 심지어 여성과 결혼하면 공부가 더 잘 될 것 같다는 생각까지도 했다. 그렇지만 결혼으로 새로운 가정을 꾸리면 부모님 집은 어려움에 빠지게 될 것이 뻔해서 그럴 수도 없었다. 괜히 정열을 주체하지 못해서 가까이 있는 여선생님들을 짓궂게 따라다니다 더 이상 진전이 되면 큰일 날 것 같아 그만두는 그러한 사귐이 반복되었다. 정열을 발산시키려면 입맞춤도 하고 뭔가 발전되는 것이 있어야 하는데, 한 번도 껴안거나 키스도 못 해 봤으면서 철없이 여성들을 만나곤 했다. 순수함 그 자체였다. 그런데 점차 20대 후반에 접어들면서 그렇게 여성 만나는 용기도 사라져 버렸다. 그것이 모두 나이 탓인 것 같았다. 20대 중반까지만 해도 적극적으로 여자를 쫓아다닐 정열이 있었지만 그러한 정열은 나이에 짓눌려서 감춰져 버린 것이다. 그러나 순간적으로 불꽃처럼 누군가를 좋아하고 그러한 좋아함을 적극적으로 표현했던 것 자체는 행복이고 길이 남을 추억으로 생각한다.

그때 당시 가장 좋아했던 여선생님이 있었다. 초임 발령을 함께 받아 동해의 영일만 바닷가에서 같이 교사 생활을 하게 되었다. 그녀는 동네에서 자취하고 있었고, 나는 학부모 집에서 밥을 먹고 있었는데 외딴 오지 바닷가에서 서로의 관심 대상이 된 것은 당연했다. 그녀가 필요한 일이라면 무엇이든 도우려 했고 그녀의 관심을 끌 만한 것이면 무엇이든 했다. 동네 사람들 눈치가 보여 자주 같이 바닷가에 나가지 못했지만, 머리를 써서 학생 몇몇을 데리고 같이 바닷가를 거닐며 웃고 장난하고 이야기 나누곤 했다. 그녀가 일요일 날 학교에 나오는 것을 알면 만사 제쳐놓고 학교에 나가서 노닥거리며 지냈다. 동네에서 사는 직원은 내가 그녀를 열심히 쫓아다니는 것을 알아차리고 맛있는 음식을 해서 우리 둘을 초대하기도 했다. 그녀에 대한 사랑이 커져서 포항에 있는 그녀의 언니네 집에도 가보고 그녀의 가족 상황에 대해서 모두 알게 되었다. 그때 당시 일기장을 들여다보면 여러 가지 일 중에 공부와 그녀의 생각이 가장 비중 있게 쓰여 있다. 갈등 상황이었다. 공부도 하고 싶고 그녀와 어떻게 잘 되었으면 하는 바람이 함께 하여 생활이 정리되지 못했다. 혼기에 있는 여성들은 본능적으로 이 남자가 결혼을 염두에 두고 접근하는지, 결혼하면 안정된 생활을 할 수 있을지에 대해 생각한다는 것을 여러 여성을 사귀면서 알게 되었다. 확실하게 결혼을 실행하겠다는 엄두를 내지 못했다. 사랑이 깊어지면 여러 가지 어려움 속에도 살림을 차리기도 하지만, 그녀는 내가 그러한 사람이 못 된다는 것을 간파하고 있었던 것 같다. 우리의 관계는 더 이상 진전이 없었고 그녀는 나에게 바보라는 말을 남기고 다른 학교로 옮겨 갔다. 그녀가 결혼하여 충청도로 떠나기 전에 시내로 나를 불러 식사를 함께

했다. 나는 그녀에게 진심으로 좋아했다고 말했다. 화사하게 차려입은 그녀도 고맙다는 말과 함께 앞으로 하고자 하는 일이 꼭 이루어질 것이라며 아쉬움과 슬픔이 묻어나는 얼굴로 떠났다. 언젠가 비가 많이 오던 날, 비를 맞으며 그녀의 방 불빛을 보며 오랫동안 서 있었던 생각이 난다. 가까이에 좋아하는 여성과 생활하는 것은 즐거움과 슬픔이 교차하는 나날이다. 그녀가 떠난 뒤에도 여성들을 좋아하는 습관이 사라진 것은 아니지만 공부에 큰 영향을 줄 정도는 아니어서 마음의 안정을 찾아 열심히 공부할 수 있었다. 그녀 없으면 못살 것 같은 마음도 또 새로운 사람이 그 자리를 메웠다. 남는 것은 한때 그녀를 굉장히 좋아했다는 것과 그 좋아했던 에너지에 대한 느낌이 추억이 되면서 한편으로는 좋아했던 사람이 어디에서라도 행복하길 바란다는 것이다.

사랑은 타이밍

서른 살이 넘어서부터는 여성들을 사귀려는 용기 자체가 사라져 버렸다. 혹시 여성을 만날 일이 있어도 걱정이 되었다. 그런 걱정은 두려움이나 잘못될까 하는 근심으로써 실패에 굴하지 않고 덤벼보는 청춘 시절이 사라져 가는 것을 의미하는 것이기도 했다. 그러면서 마음을 합리화시키기 위해 '이 세상에 좋은 여성은 수없이 많다. 결코, 여성에 대해 조급할 필요가 없다. 여성이 나에게 접근할 수 있도록 나의 위치를 만들자' 등의 생각을 했다. 당연히 도전 자체가 없으니 실패의 아슬아슬한 감정도 느낄 수 없이 그렇게 시간을 보내다가 나의 모교 중학교에 처음 발령을 받아 근무하고 있는 처를 만나게 되었다. 사랑이 결실을 이루려면 타이밍이 잘 맞아떨어져야 한다. 당시 나는 고시 공부도 끝나 자신감이 넘쳤고 동생들도 자립할 수 있는 여건을 거의 갖추게 되어 결혼할 수 있는 마음의 준비가 되어 있었다. 동네 형님의 소개로 처음 만났다. 그때까지는 여성을 사

걸 때, 학교에서 또는 모임에서 먼저 만남이 있었고 그 후에 그녀들을 쫓아다니는 형식이었는데, 처를 만나러 가는 것은 소개받는 형태여서 아무래도 어색했지만 그래도 용기를 냈다. 찻집에서 만나 마음에 들어 내장산에 함께 바람 쐬러 가자고 제안했다. 가는 날이 장날이라고 단풍놀이 절정기여서 들어갈 때는 버스를 타고 간신히 들어갔지만 나올 때는 택시 기사 옆에 있는 앞 좌석 한자리를 겨우 구해 둘이 함께 탔다. 처음 만나지 몇 시간도 안 되는 여인과 가슴을 쿵쾅거리며 몸을 맞댄 채 앉았다. 운명의 신이 사랑의 무대를 만들어 처를 출연시켜 나랑 한 좌석에 꼭 붙어 앉는 역할을 하도록 연출한 것 같다. 첫 번 만남에서 좁은 좌석 하나에 몸을 딱 붙이고 앉아 있었던 기운에 힘입어 처와의 관계는 급속도로 좋아져 잠시도 안 보면 그리운 관계로 발전해서 결혼하게 되었다. 처의 적극성과 능력이 마음에 들었다. 처와 사귀는 순간부터 과거의 여러 사람에 대한 사랑은 추억이 되거나 현저히 그 비중이 떨어지게 되었다. 우선 가장 큰 변화는 1순위던 부모와 형제들에 대한 사랑이 2순위로 밀린 것이다. 여전히 부모를 위해 여러 가지 봉사도 하고 형제들을 위하는 마음이 강하지만 옛날과 같은 사랑의 강도를 유지할 수가 없었다. 새로운 가족을 꾸리면서 행복하기 위해 잘살기 위해 노력해야 했다. 사랑하는 처와 함께 정말 행복하고 건강하게 살고 아름다운 부부생활이 되도록 최선을 다해야 했다. 처와는 깊이 사랑하면서도 서로 기대하는 것들이 많아 싸움도 많이 했다. 외롭다는 것은 싸움할 사람이 없기 때문이라고 한다. 잠시 떨어져 있으면 서로 보고 싶어 하다가 붙어 있으면 자존심을 발가벗기는 큰 싸움과 조그만 싸움까지 경험하면서 점차 싸움의 강도가 낮아지고 서로를 위하는 마음이 강해지는 것을 보면 부부간의 사랑도 성숙 수준이 있는 것 같다. 삶의 무대에서는 사랑하는 연기와 함께 종종 잘 싸우는 연기를 해야 하는 게 부부 같다. 부부는 일시적인 사랑의 대상이 아니고 평생 사랑해야 할 대상이기 때문에 사랑을 위협할 수 있는 행동을 하지 않는 것이 중요한 것 같다.

결혼 전에 일시적으로 사랑했던 수많은 관계는 좋은 추억으로 남을 수 있지만, 부부간의 사랑이 깨어지면 엄청난 후유증을 남기기 때문에 사랑을 지속시키는 노력을 항상 게을리하지 않아야 한다는 생각이다. 아들들이 태어난 후 이러한 생각이 더욱더 강해졌다. 자식을 사랑하는 마음이 있으면서도 때로는 화가 나고 미워질 수 있다. 그렇다고 해도 사랑하는 자식을 바꿔버릴 수는 없지 않은가? 자연은 우리의 유전자 속에 자식들을 사랑하라고 가르치고 있는데 자식들을 사랑하지 않으면 자연의 이치를 거스르는 꼴이 된다. 자연은 인간이 사랑하는 관계를 통해 가족을 유지하고 사회를 형성하며 발전하도록 하고 있다. 사랑의 방향과 비중은 항상 일정한 게 아니다. 내리사랑으로 미래의 손녀 손자가 더 사랑스러워질 수 있다. 어려서 가족 구성원인 부모와 형제들을 향한 사랑이 본능에 따라 청춘 시절에는 이성에 대한 사랑을 위해 정열을 불태우고, 짝을 만나 사랑하다 자식들을 낳아 기르면서 새로운 가족에게 사랑의 방향이 향하고 사랑의 온도가 더 높아지는 것 같다. 이러한 사랑의 기본 패턴에서 범위를 넓혀 이웃을 사랑하고 다른 사람들을 폭넓게 사랑하며 헌신하는 사람이 크게 존경을 받는다. 언제부터인지 사랑의 가치를 승화시켜 처와 아이들 그리고 부모님과 형제가 건강하고 행복하게 살기를 기원하는 것과 아울러 우리 동네, 우리 고장, 우리나라, 전 세계 그리고 전 우주의 평안과 행복도 기원하고 있다. 사랑은 사랑하는 대상을 위해 헌신하는 것과 함께 사랑하는 대상이 항상 행복하고 건강하게 잘 살기를 기원하는 마음이기도 하다. 그 사랑의 대상에 대한 강도가 강하고 약한 것은 상황에 따라 달라지지만 지금 사랑하는 대상뿐만 아니라 과거에 사랑했던 사람 그리고 직접 관계되지 않은 사람까지 사랑의 마음을 넓혀 보는 노력은 꾸준히 추구해야 할 가치라는 것을 인정해야 할 것 같다.

청춘 우정

고향에 친구가 있었다. 읍내 고등학교에 왕복 16km를 자전거 타고 다니면서 더욱 친해져서 대략 5년 정도 우정을 다지며 즐겁게 지냈고 그때부터 직면했던 삶의 방향이나 자연에서의 생활 그리고 영원한 우정에 관해 이야기하며 많은 기쁨과 고민을 같이했다. 고등학교 졸업 후 1년 동안 서울에서 이 일 저 일 하다가 지쳐서 시골에 내려오면 고등학교 3학년이었던 그 친구와 함께 들로 산으로 다니며 자연의 평안함을 즐겼다. 만화를 몽땅 빌려다 같이 보거나 노래를 닥치는 대로 큰 소리로 부르며 어울려 놀았다. 어른들의 시각에서 보면 매우 철부지 같은 행동이었고 실속 없이 보냈지만, 현실에서 마주치는 다양한 고난과 어려움을 잠시 잊고 지낸 즐거운 시간이었다. 나는 대학 진학을 포기한 채 이것저것 닥치는 대로 일하면서 인생의 쓴맛을 맛보고 있었다. 그 친구는 공부보다 노래와 음식 만들기를 즐기며 산과 들을 좋아해서 같이 어울리면 마음이 편하고 온갖 걱정을 잊을 수 있어 좋았다. 그렇게 잘 지내다가 그 친구는 고등학교 졸업 후 서울로 떠나고 나는 교육대학을 다녔지만, 기회 있을 때마다 만나서 시골 생활의 낭만을 즐겼다.

대학 2년 졸업반으로서 바빴던 11월 중순의 어느 날 도서관에서 공부하고 있을 때 같이 자취하던 친구가 다가와 고향 친구가 자췻집에 찾아왔다고 알려 줬다. '그 친구구나!'라는 생각이 머리에 스쳐가며 그의 모습이 떠올라 도서관을 뛰쳐나와 대학 담장을 뛰어넘어서 자췻집으로 쏜살같이 달려갔다. 대학 뒤편에 자췻집이 있었기 때문에 담을 넘으면 시간을 줄일 수 있었다. 자취방 문을 열어보니 그 친구였다. 그 자췻집은 한옥 형태의 단독 주택으로 자취방은 미닫이문을 쉽게 열고 들어갈 수 있었다. 그 문은 1년 12달 잠가 본 적이 없었다. 가난한 자취생들에게 잃어버릴 것이 아무것도 없었으므로 그만큼 마음 편하게 살았다. 그 친구와 웃으며 악수했다. 친한 친구와 오랜만에 다시 만나는 것만큼 기분 좋은 것은 없을 것이다. 우리는 아무 준비도 필요 없이 곧바로 시골 고향으로 가는 버스에 몸을 실었다. 고향의 아름다움과 즐거움을 만끽하러 가는 동안에 밀린 대학 공부나 많은 잡다한 일은 모두 잊혀졌다. 시골 부모님은 예고도 없이 찾아온 우리를 보고 놀라는 눈치였다. 적당히 둘러대고 친구와 둘이서 산에 올랐다. 동네 사람들이 용추 폭포라고 부르는 계곡으로 갔다. 많은 물이 우리를 반기는 양 우렁차게 흘러내렸다. 물소리를 들으면서 조용히 오래도록 앉아 있었다. 별말이 필요 없었다. 그저 자연에 몸과 마음을 맡기고 있었다. 그 당시까지 나무로 밥을 하고 방을 따뜻하게 하던 산골의 우리 마을에서 저녁연기가 모락모락 피어오를 때까지 그렇게 그 자리에 있었다. 다음날 친구네 집의 그리 크지 않은 돼지 잡는 것을 거들었다. 서울에서 모처럼 귀향한 친구를 위해 친구 부모가 마련한 것이었다. 펄펄 끓는 물을 부어가며 돼지털을 뽑고 처리를 하는 일인데 시골에서 자고 나란 우리에게는 자연스러웠다. 점심을 배불리 먹고 우리 동네 들판에 물을 공급하는 산골 저수지에 갔다.

언젠가 지나간 여름밤 소쩍새 소리가 가슴을 저미고 별빛이 보석처럼 빛나던 밤에 우리는 그 저수지에서 수영했었다. 그와 둘이라면 물귀신도 두렵지 않았다. 보드라운 안개가 물 위를 감싸고 산들이 거인처럼 어두운 회색으로 우뚝우뚝 서 있던 밤에 우리는 물속을 헤엄치며 너무나 기쁜 전율에 휩싸였다. 그때 우리는 다짐했었다. 앞으로 우리는 어떤 일이 있어도 끝까지 우정의 마음을 같이 하자고, 그리고 언젠가는 반드시 성공해서 우리를 안아주는 고향의 자연으로 되돌아와서 즐겁게 살아보자고 했었다.

이런 옛날의 다짐이 철없던 꿈이었을까? 실현할 수 없는 다짐인가? 그러한 의문을 가진 채 머릿속의 복잡함을 잊기 위해 헤엄치기로 했다. 11월 중순 태양은 빛났지만, 추위 앞에는 위력을 발휘하지 못했다. 피부가 소름이 쫙 돋았다. 개의치 않았다. 계곡에 있는 저수지는 물도 시퍼렇고 차가웠다. 헤엄쳐 나아갔다. 근육이 당겨져 팽팽해짐을 느꼈다. 물은 여름처럼 부드럽지 않고 날카로움을 선사했다. 몇십 미터 나아가다 되돌아 나와 몸을 풀고 다시 물에 들어가고 했다. 몸도 마음도 차가운 줄 몰랐다. 그 친구와 서로 말은 하지 않았지만 도시 생활을 내던지고 고향으로 돌아와 우정을 나누며 살기 어렵다는 것을 공감하고 있었다. 그렇지만 우리를 늘 품어주는 자연과 한때의 우정을 생각하며 즐거움 마음을 갖고 살아야 한다는 것도 이해하고 있었다. 많은 세월이 흐르면서 청춘 시절에 누렸던 우정이 얼마나 삶에 행복을 주는지를 깨닫고 있다. 그 후배 친구와 함께 시골 자연의 맛을 함께 즐긴 또 다른 친구가 있었다. 초등학교 동창생으로 중학교에 진학하지 못하고 목수 일을 하면서 성실하게 살아가는 친구였다. 배움으로 친구를 규정한다면 영 어울리지 않을 것처럼 보였지만 초등학교만 졸업한 친구, 고등학교만 졸업한 친구, 대학에 다니는 친구 셋이서 시골의 자연을 벗 삼아 노는 데는 공통점이 있어 잠도 자주 같이 자고 여러 가지 이벤트도 만들었다. 추억에 남을 이야깃거리가 많다. 그만큼 행복했던 시절이기도 했다. 종종 솥과 쌀 등을 짊어지고 숲속에 들어가 하룻밤씩 지내다 내려오곤 했다. 텐트를 가지고 가는 것도 아니고 그저 간단한 조리도구와 기본적인 쌀과 고추장, 소금 등과 나무를 할 수 있는 도구 및 불을 피울 수 있는 성냥이 전부였다. 이불을 준비하는 것도 아니었다. 추운 겨울날 눈이 펄펄 내리던 날 모닥불을 피우고 하룻밤을 꼬빡 세우는 일이었다. 한없이 흘러내리는 계곡의 물소리가 들리고 포근한 흰 눈은 끊임없이 춤추며 내렸다. 따뜻한 모닥불이 우리를 감쌌다. 캄캄한 심연의 숲속에서는 달콤한 속삭임이 은은히 들렸고 밤의 합창은 끝없이 이어져 갔으며 그렇게 밤의 향연은 깊어만 갔다. 숲에서 모닥불을 지피고 하룻밤을 지새우기 위해서는 어둠이 내리기 전에 부지런히 움직여야 했다. 밤새도록 불을 지필 나무를 준비하고 차가운 바람을 막을 수 있도록 빙 둘러 바람막이할 수 있는 나뭇잎이 달린 나뭇가지를 촘촘히 세우고, 앉거나 잠시 누울 수 있도록 편안한 자리도 마련해야 했다. 어둠이 짙게 내리기 전에 밥을 해서 먹고 어둠이 슬금슬금 내려오는 것을 감상하면서 밤새도록 숲속의 소리와 어둠에서 움직이는 정령들을 느꼈다. 그렇게 밤의 온갖 소리와 어둠을 보면서 생각나면 한 번씩 앞으로 우리의 미래가 어떻게 펼쳐질지 궁금해하며 대화를 나누었다. 장가가면 모닥불 피우고 숲속에서 보낼 수 있을지, 친구들에게 관심을 계속 가질 수 있게 될 것인지, 고향에서 자연과 친구와 더불어 살고 싶은데 그것이 가능할지에 대해서 생각을 나누었다. 그러나 유감스럽게도 그러한 자연과 더불어 맺어진 우정을 다시 나눌 기회는 그 무렵이 지나고부터는 다시 찾아오지 않았다.

나는 대학 졸업과 더불어 이 일 저 일을 하다가 경상도 바닷가에서 교사 생활을 하게 됐고 후배 친구는 건설공사 현장에서 열심히 일하면서 결혼 생활과 더불어 가족 부양을 하느라 친구 부모와 함께 고향을 떠났다. 초등학교 동창 친구는 서울에서 목수와 역술인 두 가지 일을 하며 살고 있다. 우리 셋을 묶어 주었던 것은 고향 산천에서 즐겼던 낭만적인 생활이었다. 낙엽 하나 풀 하나에서부터 들녘의 꽃들과 산속의 짐승들 모두가 우리의 관심 대상이었다. 산에 가서 노래를 부르기도 하고 무작정 산속을 헤매다가 저수지에서 헤엄도 치는 등 생활의 짓눌림에서 해방된 자유를 만끽하면서 맺어진 우정이었다. 셋이서 결혼 전에 서울의 방 한 칸에서 같이 한 달 정도 생활한 적이 있었다. 나는 교사 생활을 하면서 여름방학을 맞이하여 고시학원에 다니기 위해 두 친구가 함께 사용하고 있는 방을 찾아가게 되었다. 두 친구는 공사판을 돌아다니면서 일하고 있었다. 저녁에 인근의 포장마차 집에 가서 곱창에 소주잔을 기울이며 과거 시골 생활의 멋진 모습과 우정을 곱씹었다. 자유분방했던 옛 시절과 함께했던 그 시절이 인생에 있어서 큰 행복이었다는 것을 이야기 나누며 그때 당시 청춘 시절에 생각했던 우정은 영원하지 않음을 인정하고 잘 살아가기를 서로서로 진심으로 기원했다. 자연이 항상 변하듯이 우정도 변한다. 지금도 문득문득 그 시절과 그 친구들을 떠올리며 청춘 시절에 꿈꾸고 바랐던 것들이 조금이라도 성취되고 행복하기를 고대하고 있다.

Chapter 3

세상이 책 속에

책 도둑

어려서부터 책을 좋아함으로써 얻어지는 이득은 매우 컸다. 독서를 통하여 해박한 지식을 갖게 되어 세상에 나아가 수많은 경쟁과 협력을 할 수 있는 바탕을 마련했다고 생각한다. 산골짜기 동네에 책을 구하기가 힘이 들었다. 가장 책을 많이 가지고 있는 곳은 학교였다. 지금처럼 학교 도서관을 개방하여 학생이 마음대로 볼 수 있도록 한 것이 아니고 문을 잠그고 엄격하게 관리하여 책을 빌려 보는 게 번거로웠고 쉽지 않았다. 우리 동네는 내가 초등학교 6학년 때 겨우 전기가 들어와 그때까지 TV를 볼 수 없었다. 아이들은 책에 목말라 있었다. 독서량이 많고 책을 빨리 읽는 편이었던 나는 읽을 책이 더 필요했다. 어떻게 하면 학교 도서관의 책을 몽땅 읽을 수 있을까를 궁리했다.

당시 초등학교 도서관은 책을 읽는 곳이라기보다 책을 보관하는 장소였다. 서가에 책만 꽂혀 있고 의자나 책상도 없는 아주 협소한 장소에서 일정한 시간에만 책을 빌려주고 나머지 시간에는 문을 굳게 잠그고 있었다. 그 문을 열고 책을 가져오기 위해서 열쇠가 필요했다. 열쇠는 담당 선생님이 가지고 계셨고 또 하나는 학교관리를 도맡아 하고 계시는 주사님이 학교 전체 열쇠와 함께 가지고 있었다. 다행스럽게 그 주사님은 친구의 아버지이고 아랫집에 살고 계셨다. 친구 아버지가 바쁘실 때는 친구와 둘이서 숙직하시는 선생님과 주사님이 따뜻하게 잠잘 수 있도록 숙직실 아궁이에 불을 지핀 일도 있었다. 학교 전체 교실 문이 잠겨 있는지 확인도 여러 번 같이 해보았기 때문에 학교 열쇠에 대하여 잘 알고 있었다. 그 친구 역시 책을 좋아했다. 그래서 하루는 도서관 책을 몰래 집에 가져다 놓고 보는 것이 어떻겠냐는 제안을 하게 됐다. 그 친구는 만약에 책을 몰래 집에 가져다 놓은 것이 발각되기라도 하면 우리 둘이 매를 맞을지도 모른다고 걱정을 했다. 그렇지만 책을 도둑질하는 것이 아니라 집에 가져다 놓고 읽은 후에 다시 몰래 되돌려 주면 되지 않느냐는 나의 설득에 친구도 동의했다. 학생들이 모두 집으로 돌아가고 친구 아버지와 선생님이 저녁 드시러 간 사이에 열쇠를 가지고 도서관에 가서 보고 싶은 책을 몽땅 집에 가져다 놓았다. 그렇게 책을 집으로 가져오던 날 그렇게 가슴이 쿵쾅거릴 수가 없었다. 집이 학교에서 아주 가까웠기 때문에 책을 옮기는 것은 그리 어렵지 않았다. 그렇게 가져온 책들을 누가 볼 새라 집에 꼭꼭 숨기고 열심히 읽었다. 그런데 애초 친구와 약속한 대로 모든 책을 돌려주기로 한 것은 지켜지지 않았다. 읽은 책들은 대부분 가방에 넣어가서 도서관 반납 장소에 밀어 넣었지만, 일부 책들은 오래도록 집에 머물러 동생들과 동네 친구들의 책 읽고 싶은 욕망을 충족시켜 주었다. 책을 집에 두고 읽고 싶을 때 아무 때나 반복해서 읽는 즐거움이 컸다. 하루는 그렇게 가져왔던 책들을 동생들과 읽고 있는데 학교에 근무하시는 친구의 아버지가 오셨다. 혹시 우리 방을 열어볼까 봐 책들을 모두 책상 밑에 숨기고 조마조마했던 생각이 난다. 그렇게 두어 번 더 학교 도서관에서 책을 가져다 읽고 대부분 되돌려 주었지만 반납하지 않은 일부 책들에 대해서 항상 학교에 빚을 졌다는 생각을 지울 수가 없다. 그 빚을 갚기 위해 학교에 책을 보내는 방법을 생각해 보았다. 책이 모자라지 않다는 교장 선생님의 말씀을 듣고 다른 방법으로 빚을 진 학교를 도우려고 노력하고 있다. 지금은 학생들이 언제 어디서든 책을 볼 수 있도록 학교 도서관을 개방하고 있고 인근 도서관에서 얼마든지 책을 구하여 볼 수 있으므로 나처럼 몰래 책을 가져다가 보는 그런 일은 하지 않아도 될 것 같다.

시골 부모님 댁에 갈 때마다 아버지가 다니시는 도서관의 이름이 찍힌 책들이 쌓여가고 있었다. 호기심이 생겨서 어머니에게 "혹시 아버지가 도서관에서 그냥 책을 가져오시는 건가요?"라고 물었더니 어머니는 "난 모른다."라고 대답하셨다. 그렇게 시간이 흘러 도서관의 책들이 집에 더 쌓이자 더 궁금증을 참을 수가 없었다. 아버지는 평생에 지금까지 누구를 속이거나 거짓말하지 않으시는 것을 잘 아는지라 하루는 "도서관의 책들은 반납하지 않아도 되나요?"라고 물었더니 "오래된 책이라서 가져가도 된다더라."라고 짧게 대답하셨다. 하긴 책들의 제목을 보니 도저히 젊은 사람들이 읽지 않을 오래되고 아버지 세대의 취향에 맞는 책 같았다. 아버지가 그러한 책들을 가져오셔서 집에 쌓아놓은 걸 보고 '책을 욕심냈던 것이 아버지를 닮아서인가 보다'라고 생각하며 혼자 웃었다.

책의 도움

초등학교 때 읽은 책들은 주로 서양의 책들이 많았던 것으로 기억된다. 알프스 소녀 하이디, 장발장, 빨강 머리 앤 등 외국인들이 쓴 작품들이 대부분이어서 외국에 대한 동경을 많이 했다. TV도 없던 시절이라 책에서 나오는 치즈, 햄, 버터에서부터 식사 예절까지 이해할 수 없는 부분이 너무 많았다. 4학년과 6학년인 두 아들은 내가 옛날에 상상이 안 되어 끙끙거리며 읽었던 것들에 대해 전혀 부담감을 느끼지 않고 술술 읽는다. 오히려 우리나라 고전에 관해 더 어려워하는 경향이 있다. 나는 지금도 초저녁 무렵의 어린이 만화 영화 프로그램을 아이들과 열심히 본다. 어렸을 때 톰 소여의 모험이나 빨강 머리 앤 등은 여러 번 읽었던 것으로 만화 영화로 보아도 지루한 줄 모르고 보고 있다. 처는 그러한 만화 영화를 보며 웃고 있는 내 모습에 "어른이 애들보다 더 좋아해요."라고 핀잔을 주기도 한다. 어려서 재밌던 인식이 심어진 것은 나이 들어까지 변하지 않기 때문에 "재미있는데 같이 봐!"라고 처에게 권해보지만, 처는 어렸을 때 그러한 외국 명작 어린이 소설을 나만큼 좋아하지 않았는지 크게 관심을 나타내지 않는다.

중학교 때는 한국 단편 문학을 제일 열심히 보았다. 옆집 친구네 집에 있던 한국 단편 문학을 수십 권 읽었다. 농촌 풍경과 맞물려 있는 배경이 많았고 글이 짧아 읽기가 어렵지 않았다. 당시에 읽었던 한국 단편 문학은 어려운 시절을 반영한 글이라서 과정과 결말이 대부분 어두웠다. 삶의 애환과 어려움 등을 반복해서 읽고 싶은 생각은 없었다. 하지만 나름대로 생각할 거리를 제공해주기 때문에 열심히도 읽어 댔다. 삶이 쉽지 않다는 것을 충분히 이해하고 공감이 갔다. 글은 자기와 공감하는 부분이 많으면 재미있게 읽게 된다. 우리 집뿐만 아니라 주위의 많은 가정이 하루하루 삶을 어렵게 살아가고 있었으므로 내가 겪는 생각과 삶을 이야기하는 것 같아 몰입되었다. 요즈음 당시에 읽었던 글들을 읽으려 하면 몇 장 넘기다 그만두게 된다. 당시의 삶과 지금 삶의 차이가 너무나 커서 마음으로 '그러한 삶도 있었지'라고 생각한다. 잘 사는 지금과는 상당히 동떨어진 사회 모습이어서 덜 공감되기 때문이다. 그렇지만 그때 읽었던 글의 가치는 충분히 인식하고 있다. 아무리 잘 살고 현대화된 사회라도 소외되고 어두운 삶을 사는 사람들은 늘 있기 때문이다.

고등학교 시절에는 대학 입시에 매달려야 될 형편임에도 불구하고 다양한 책을 읽었다. 세계의 문인들이 쓴 수필과 단편 문학을 주로 읽었다. 이때 몽테뉴, 포우, 모옴 등의 글을 읽으며 여유를 찾으려 노력했다. 대학 입시에만 몰두하지 않고 다양한 책을 읽은 것이 정서적으로 크게 도움을 주었고 고시 공부할 때 논술 시험을 보는데 상당히 유용했다. 고등학교 때 읽었던 글들은 잠재의식 속에 자리잡아 삶을 균형 있게 바라보는 데도 도움을 준 것 같다. 이때는 창작소설뿐만 아니라 보고 듣고 느낀 생각 들을 정리한 수필을 보며 현실 세계를 이해하기 위해 노력했다. 2차 세계 대전사를 독파하며 전쟁의 규모나 전략 전술 등에도 관심을 두던 시기였다. 대학 입시에 별 도움이 되지 않는 전쟁 관련 책들까지 섭렵하여 청춘 시절에 한번쯤 빠져보는 강한 사람, 강한 군대, 강한 나라에 관해 흥미를 느꼈던 것은 강해지고 싶은 청춘의 욕망이지 않았나 라는 생각을 한다.

이 시기에 한국판 리더스 다이제스트를 창간호부터 보기 시작했다. 미국에서 쓰인 글들을 한국어로 번역하여 만든 잡지로 글들이 짧고 용기와 지혜를 북돋아 주는 내용이 많아서 고등학교 학생인 나의 정서에 딱 맞았다. 그래서 어렵게 창간호까지 구하여 집에다 가져다 놓았다. 매달 빠지지 않고 그 책을 사서 읽으며 어려움을 극복하고 건강하고 행복하게 삶을 꾸려가는 방법들에 대해 지식을 얻을 수 있었다. 이 잡지는 결혼 때까지 계속 구해서 보았지만, 결혼 후에 처의 반대로 어쩌다 한 번씩만 사서 보는 상황이 되었다. 고등학교 때부터 모아놓은 책들이 쌓이고 쌓여 고향 부모님 댁의 많은 공간을 차지하는 데다 누렇게 변하고 마땅히 보관할 장소가 없게 되었다.

설상가상으로 영국에 2년 살면서 영어로 된 리더스 다이제스트를 벼룩시장에서 몽땅 사 오는 바람에 집이 리더스 다이제스트 잡지로 가득 차게 되었다. 그 잡지들은 읽으면 힘이 나긴 했지만, 처는 그 책들을 일부 정리하라고 성화가 대단하였다. 여러 해를 버티었지만 견디다 못한 처가 오래된 그 책들을 상당히 처분해 버렸다. 씩씩거리면서 화도 났지만, 적극적으로 활용하는 것도 아니어서 그냥 넘어가고 남아 있는 책 중에 어쩌다 한 번씩 아무거나 뽑아서 한 주제씩 읽고 제자리에 꽂아놓곤 했다. 글의 문체가 간결하며 편안함을 주고 여러 삶의 상황에 대한 묘사가 훌륭하여 영감과 힘을 얻곤 한다.

고등학교 때 열심히 읽었던 책 중 김찬삼 씨가 썼던 여행기도 포함되어 있다. 지금처럼 세계 여행이 보편화하지 않은 시절에 세계 각국을 돌아다니며 겪은 다양한 경험과 에피소드를 가진 그의 여행기는 고등학생의 꿈을 부풀리기 충분했다. 그때부터 '나도 커서 반드시 외국에 나가 보리라!'라는 생각을 했다. 그 책을 봄으로써 외국 여행의 꿈을 꾸게 된 것을 생각하면 책의 영향은 대단히 커 보인다. 그런 꿈이 영국에서 2년 동안 살게 된 결실을 만들었다. 마음속에 어떤 꿈을 가지고 있으면 잠재의식 속에 존재해 그것이 행동으로 나타나는 게 틀림없다고 생각한다. 대학 시절에는 마음의 여유가 있었고 도서관에 많은 책이 있었기 때문에 읽고 싶은 책들을 닥치는 대로 읽을 수 있었다. 이때는 학문에 대해 교수들에게 배우는 때라서 이런저런 학문의 개론서를 몽땅 읽었던 생각이 난다. 논리학 개론, 법학 개론, 경제학 개론 등 셀 수도 없이 많은 개론서를 읽고서 '세상을 체계적으로 접근하는 방법이 이렇게도 많은 것이구나!'라는 생각을 했었다.

책 읽는 할아버지

우리 가족이 책을 좋아하게 된 것은 아버지로부터 대물림이라는 생각을 한다. 시골의 아버지 집에 가보면 70세가 넘으신 아버지께서 항상 책을 읽고 있는 모습을 볼 수 있다. 아버지의 독서 습관은 책상에 앉아서 글을 읽는 것이 아니고 엎드려서 읽으시거나 방바닥에 앉아서 책을 읽으신다. 시골에서 사시는 분 중에 아버지처럼 책을 열심히 읽으시는 분은 흔치 않을 것이라고 단언할 수 있다. 농사일이 바쁘고 이것저것 신경 쓸 것이 많은 시골에서 한가롭게 책을 읽기가 쉽지 않을뿐더러 설령 한가하더라도 매일 아버지처럼 책을 읽는다면 힘들어 못 하겠다고 주저앉을 가능성이 크다. 아버지가 사시는 고향 마을은 읍내에서 20리 정도 떨어져 있다. 거의 매일 읍내 도서관에 버스를 타고 가셔서 책을 빌려 오시는 것을 많은 사람이 알고 있다. 몇 년 전 지역 신문에 고창 도서관에서 책을 가장 많이 읽는 할아버지로 기사가 실린 적이 있다. 우리 가족을 잘 알고 있는 사람들은 우리 형제들이 공부를 잘하는 건 아버지 덕분이라고 이야기한다. 아버지가 항상 책 읽는 모습을 어려서부터 보아 왔기 때문에 우리 형제들도 저절로 책 읽고 공부하는 습관이 몸에 익혀지게 되었다.

아버지는 문화 행사 때 책을 많이 읽는 할아버지라고 상패와 시계까지 받으셨으므로 온 고을에서 꽤 이름이 났다. 이렇게 소문이 자자하게 '책 읽는 할아버지'로 인정받아도 어머니는 썩 만족해하지 않으신다. 결혼 시절 초부터 책을 가까이한 것이 살림살이에 전혀 도움이 되지 않았다는 이유다. 어머니는 비교적 넉넉한 집에서 태어났음에도 학교에 발을 들여놓지 못했다. 배우지 못한 한이 맺혀 있다. 5명의 자식을 키우면서 어깨너머로 배운 버스노선 등의 생활에 필요한 대략의 글자 정도만 아실 뿐이다. 책을 읽는 여유로운 삶을 누리지 못하셨다. 방학 때나 시간 있을 때 어머니가 한가로운 틈을 봐서 글 읽는 것을 가르쳐 드렸으면 어머니의 삶이 훨씬 풍요로웠을 것이다. 생각에만 그치고 실행에 옮기지 못했다. 아버지도 어머니를 좀 더 배려하는 마음을 담아 글을 좀 가르쳐 드렸으면 어머니에게 가장 큰 선물을 드리는 것이 되었을 텐데 왜 그러한 생각을 못 했을까 하는 안타까움이 있다. 아버지는 우리 형제들이 초등학교에 다닐 때 학교에서 돌아오자마자 무엇을 배웠으며 숙제는 무엇인지 확인하고 도와주려고 노력했었다. 아이들에게 신경 썼던 부분 중 아주 조금만 어머니에게 신경 썼으면 어머니에게 훨씬 더 인정받으셨을 것이다. 어머니는 여전히 아버지의 책 읽는 모습을 그리 좋아하지 않으신다. 끊임없이 해결해야 하는 집안 살림살이의 문제들은 어머니에게 맡겨 놓은 채 매일 읍내 도서관에 드나드는 아버지가 썩 좋아 보일 리는 없을 것이다. 아버지가 그렇게도 책 읽기를 좋아하셔서 자식들이 그걸 보고 배워 공부도 잘한다는 이야기를 주위 사람들이 할 때 어머니는 그것만은 수긍하셨다. 우리나라 부모들은 아이들이 공부 잘하면 제일로 생각하는 문화를 가지고 있으므로 어머니도 예외일 리 없다.

두 아들은 시골에 들를 때마다 할아버지가 열심히 책 읽는 모습을 보곤 한다. 글씨가 작으면 커다란 돋보기로 비추어 가면서 책을 읽으시는 모습이 신기한지 돋보기를 빌려서 책을 비추어 보기도 하고 어떤 책을 읽으시는지 묻기도 한다. 아버지는 손자들이 무엇인가 물을 때마다 신이 나서 열심히 설명하신다. 그리고 교훈이 될 만한 글을 한문으로 간단히 써서 해석도 해주시고 하는데 한문 글씨체는 아주 힘 있고 멋있다. 비슷하게 흉내 내는 손자들의 모습을 보며 웃는 모습이 행복해 보이신다. 할아버지 곁에서 노는 손자들을 보며 어머니도 빙그레 웃으신다. 어머니는 손자들이 할아버지 옆에서 조금이라도 책과 글에 관심을 보이면 앞으로 많이 배워서 훌륭한 일을 많이 할 수 있다고 덕담을 건네며 아이들에게 기운을 불어넣으신다. 책을 좋아하고 즐겨 읽으시는 할아버지가 있다는 것은 아이들의 독서교육을 위해서 더할 나위 없이 바람직스러운 모델이라는 생각을 해본다.

만화

초등학교 때 TV가 없어서 밖에서 놀거나 일하는 것 외에는 집안에서 마땅히 소일거리가 없었다. 학교 선생님이나 부모들이 공부에 대한 압박을 많이 하지 않아 뭔가 즐길 거리를 찾아야 했다. 라디오에 관심이 갈 수밖에 없었다. 어려서 가장 열심히 들었던 라디오 어린이 프로그램은 손오공이나 삼국지였다. 성우들의 목소리만으로 손오공의 활약상을 상상했다. 삼국지의 창과 칼이 부딪치고 말발굽 소리가 들리는 가운데 장수들의 힘찬 기합 등은 절로 몰입하게 하는 힘이 있었다. 얼마나 열심히 들었는지 여의봉을 가진 손오공이 온갖 도술을 부리는 마법의 주문을 지금까지 외우고 있다. 그 한 예로 "우랑 바리 바라나 바로 움 무따라까 따라마까 뿌라냐 여의봉아 커져라 야잇!"하고 여의봉을 커지게 해서 요괴들과 싸우는 장면을 지금도 정확히 상상하며 외칠 수 있다. "유기현입니다."라고 시작하는 삼국지 프로그램도 생생하게 재생할 수 있다. "청룡언월도를 꼬나쥐고 적토마를 타고 달려간 관우는 3합 만에 적장의 수급을 베었던 것이었다." 어려운 용어인데 지금도 정확히 기억나는 것을 보면 듣는 라디오가 기억력과 상상력을 높이는 데 아주 효과적이라는 생각을 한다.

이렇게 귀로 듣고 상상하던 시절에 만화를 보는 것은 세상 무엇과도 바꿀 수 없는 즐거움이었다. 학교 앞 가게의 만화를 보느라 수업이 시작된 줄 모르고 있다가 선생님에게 크게 매를 맞기도 했다. 친구네 집에 만화가 있다는 걸 알게 되면 친구 동네가 아무리 멀지라도 쫓아가서 기어이 만화를 보곤 했다. 만화가 있는 친구들은 주로 형이나 누나들이 있어서 그들이 만화를 구해 온 것이었고 우리 같은 초등학생은 쉽게 손에 넣기가 어려웠다. 당시 재미있게 보았던 만화는 '바벨 2세', '왕대', '허리케인' 같은 작품이었다. 바벨 2세는 지금 생각하면 상당히 미래를 반영했던 것 같다. 메인 컴퓨터가 바벨탑의 보호를 위해 스스로 생각하고 판단하는 장면들을 몇십 년 전에 그려냈다. 컴퓨터라는 말을 학교에서나 동네에서 듣지 못한 시절에 기계에 의해 조종되는 첨단 무기가 동원되어 싸우는 모습을 보며 미래에 정말 이런 싸움이 있을 수 있을까 하는 생각을 했었는데, 현대에는 오히려 그러한 상상을 뛰어넘는 전쟁이 이루어지고 있다. 왕대라는 작품은 만주에서 태어난 호랑이가 성장하고 살아가는 모습을 그린 것이었다. 왕대는 머리에 임금 왕 글자와 등에 큰 대라는 한문 무늬가 있는 호랑이 왕이라는 뜻이다. 왕대 만화는 호랑이의 즐거웠던 어린 시절과는 달리 만주의 산림이 인간에 의해 파괴되고 동물 사냥이 늘면서 발생하는 인간과 동물의 갈등 모습을 그렸다. 어려서 만주에 8촌 친척이 있다는 이야기를 종종 들었다. 만주를 배경으로 그려진 만화를 접한 것은 처음이었기 때문에 옛날 고구려의 땅이었다는 만주에 관한 관심이 더해져 흥미진진하게 열심히 보았다. 허리케인이라는 작품은 복싱 선수를 그려 낸 것이었다. 주로 초반전에는 매우 심하게 두들겨 맞다가 마지막에 상대방을 때려눕히는 내용으로 남들에게 맞지 않고 싸움에서 이기는 꿈을 항상 꾸는 청소년들에게 매우 인기가 있는 내용이었다. 후에 바벨 2세는 일본에서 만들어진 작품이라는 것을 알았다. 그리고 그 책은 지금도 상당히 인기를 누릴 정도로 시대를 앞서간 작품이었기 때문에 아들들에게 읽기를 권했다. 아이들은 반신반의하면서 읽기 시작하더니 신이 나서 읽었다. 왕대는 우연히 도서관에서 다시 볼 수 있었다. 아들들에게 보여줬더니 크게 흥미를 느끼지 않았다. 어려서 산골에서 살면서 호랑이 이야기를 들으면서 성장한 나와는 관심이 달랐다. 왕대 호랑이가 선한 사람은 해치지 않고 나쁜 짓을 한 사람만 공격하는 내용은 절대적인 힘을 가진 호랑이 이야기를 많이 들었던 나에겐 재밌고 공감이 갔지만, 아이들은 인정하기 어려웠을 것 같다.

어려서 만화가 있는 집을 쫓아다니면서 부지런히 많은 책을 접할 수 있었지만, 집에 만화책이 한 권도 없는 것이 불만이었다. 그래서 키우고 있던 토끼를 몇 마리 팔아서 만화책을 사기도 했다. 어머니가 시장에 가는 날 토끼를 팔러 갔다. 그때 처음으로 물건을 살 때보다 파는 것이 어렵다는 것을 체험했다. 시장의 장사꾼들은 토끼를 싸게 사려 했고 어머니는 비싸게 팔려 했지만, 어머니가 생각한 만큼 돈을 받지는 못했다. 그 돈으로 그때 유행하던 어린이 만화 잡지를 사서 집에 가지고 오던 날 기분이 썩 좋지는 않았다. 그 뒤로 다시는 토끼를 팔러 가는 데 따라가지 않았다. 종종 토끼를 팔아 만화 잡지가 마련되면 친구들에게 자랑도 하며 잘 활용했다. 친구들에게 그 책을 빌려주는 조건으로 다른 책을 빌려 오기도 하고, 내가 책을 산 방법을 권하여 친구들이 기르는 토끼 수가 늘어났다. 그때 당시 어린이를 위한 만화 잡지에는 여러 가지 조그마한 만화가 부록으로 딸려 있어서 볼거리가 풍성했다. 왕대나 허리케인도 연재만화로 구성되었기 때문에 만화 잡지를 계속해서 보지 않으면 뒤의 내용 전개가 어떻게 되는지 알 수가 없어서 친구 중 누군가가 한 권을 사야 했다. 다행히 친구들 대부분 토끼를 키우고 있었기 때문에 왕대가 나중에 백두산에 호랑이 모습의 왕대 바위가 되는 결말까지 볼 수가 있었다.

어려서 만화부터 보기 시작하여 책을 읽는 습관을 길렀기 때문에 교사 시절에 학생들에게 만화책 보는 것을 권장했다. 교실 뒤에 만화책을 가져다 놓고 쉬는 시간에 수시로 읽도록 하여 일단 책을 붙들고 있는 습관을 길러줬다. 책을 가까이하는 습관이 들면 아이들 스스로 공부를 하는 태도가 형성될 수 있다. 학생들에게 갑자기 어려운 책을 읽고 생각한 점을 발표하게 하면 부담을 느껴서 책을 싫어할 수가 있다. 쉬운 만화책을 읽고 줄거리를 이야기하게 하고 생각한 점을 발표하게 하면 무리 없이 책을 읽게 할 수 있다. 집에서도 똑같은 방식으로 독서 지도를 하고 있다. 만화책을 집에 쌓아놓고 마음껏 읽게 한다. 아주 어려서는 만화에 푹 빠져서 만화책이 아니면 다른 책을 읽으려 하지 않지만, 만화책 읽는 습관이 일단 형성되게 되면 일반 책도 열심히 읽게 되는 것을 볼 수 있다. 요즈음은 만화를 통하여 지식을 획득할 수 있도록 만화책 구성이 매우 치밀하게 짜여 있어서 만화책만 잘 읽어도 웬만한 지식은 쌓을 수 있다. 잘 알고 있는 교육부 과장이 영국에 유학 갈 때 딸을 위해 이원복 씨의 만화 '먼나라 이웃나라' 영국 편을 가지고 갔다고 한다. 그 딸은 그 책을 여러 번 읽었는데 역사 시간에 오히려 영국 학생들보다도 더 조리 있게 영국의 역사에 관해 설명할 수 있었다고 이야기했다. 일반 책으로 정리하기가 어려운 부분을 그림을 섞어 체계적으로 만든 만화는 이해도 쉽고 또 기억하기도 쉬워 학습에 많은 도움이 될 수 있다.

언젠가 큰아들에게 나의 어린 시절 고무신 신던 이야기부터 냇가에서 물장난하던 모습까지 만화처럼 재미있게 묘사해 주는데 "아빠는 어려서 공부하지 않고 날마다 책을 봤지요?"라고 갑자기 물었다. "그랬지"라고 대답했다. 아들은 "공부 안 하고 책이나 읽고 놀았으면 좋겠다."라는 말을 했다. 초등학생 아들은 학교 숙제하고, 학원에서 배우는 영어 등을 공부하다 보면 잠잘 때가 되기 때문에 밖에서 놀 시간뿐만 아니라 책 읽을 시간을 확보하기 쉽지 않다. 책을 읽는 것이 상상력이나 창의력을 키우는데 더 큰 도움을 줄 수 있다는 것을 분명히 인식하고 있지만, 너도나도 영어 수학 등 선행학습에 매달려 아이들의 힘을 빼놓는 것이 안타까울 뿐이다. 학년에 맞는 교과서 수준의 학습을 선생님에게 배우고 나머지 시간은 놀면서 책을 읽으면 상상력과 창의력이 높아질 것 같은데, 미리 몇 년 앞선 내용을 힘들게 공부시키려 하니 학부모도 돈이 많이 들고 학생들도 힘이 들어 헉헉거리고 있다.

어려서 라디오와 책을 듣고 보면서 많은 상상 만화를 그렸다. 말과 말이 오가는 치열한 말싸움을 해보고 창과 칼을 이용한 싸움도 해보는 그런 장르가 많았다. 만화도 상상의 산물이다. 근래에는 컴퓨터 기술이 발전하여 상상할 수 있는 여러 가지 것들을 가상으로 그려 내지만 컴퓨터도 사람이 상상하는 이상의 것들을 만들어내기 어려우므로 결국은 상상력을 드높여야 웹툰이나 영화의 완성도가 높아진다. 그런 점에서 책을 읽어 확장할 수 있는 상상력의 중요성은 결코 간과할 수가 없다. 어설픈 상상은 사람들이 외면한다. 그러나 멋지고 치밀한 상상은 사람들을 매료시킨다.

어릴 때 큰 즐거움 중의 하나는 방에서 자유로운 자세로 재밌는 책을 보면서 어머니가 만들어주신 빵을 뜯으며 한가하게 시간을 보내는 것이었다. 아무 걱정거리 없이 책에 푹 빠져서 줄거리를 따라

가며 책 속의 주인공과 함께 만화 같은 상상 여행을 하는 게 행복했다. 그런데 세월이 흘러서 40대 중반에 접어들자 책을 오랜 시간 읽을 수가 없다. 눈에 신경의 많은 부분이 몰려 있어서 눈이 피로하면 만사가 피곤하고 기분이 가라앉게 된다. 눈이 피로하지 않게 관리를 잘해야 하는데도 불구하고 쉬지 않고 혹사한 덕분에 더 장시간 책을 읽을 수가 없게 되었다. 책을 읽거나 TV와 컴퓨터를 볼 때도 수시로 눈을 쉬게 해주거나 눈 운동으로 조금씩 눈의 긴장을 풀어준다. 요즘은 눈을 많이 사용하지 않는 대신 생각을 많이 하게 된다. 만화처럼 상상의 나래를 펼쳐본다. 상상력과 사고력은 꿈속 같은 세계를 살아갈 미래에 더욱더 필요성이 커질 것 같다. 상상의 힘을 키워주는 책을 만나러 도서관을 내 집처럼 드나드는 게 미래 대비도 된다.

책 쓰기 도전

'나도 책을 한번 써보자'라는 생각을 실행에 옮겨 보기로 했다. 서점에 달려가 책 제목을 살펴보았다. 제목 자체가 굉장히 자극적인 경우가 많았다. 수없이 쏟아지는 책 중에서 책 제목이 눈길을 끌어야만 책을 펼쳐볼 마음이 생길 것이다. 인기 있다는 책들의 목차를 쭉 훑어보았다. 요즈음 책들의 특징은 주제 별로 길지 않게 글을 써서 일단 읽기가 편했다. 책이 읽기 쉽지 않으면 읽지 않으려 할 게 뻔하다. 나부터 에피소드별로 짧게 끊어지지 않는 책은 읽기가 힘드니 젊은 세대는 오죽하겠는가? 우선 읽기 쉽고 재미있어야 한다는 생각으로 무엇을 쓸 것인지 궁리했다.

배우는 걸 중요한 가치로 여긴 나의 인생 경험을 글로 쓰면 재미있을 것 같았다. 어떤 사람의 인생이라도 이야깃거리 없는 삶은 없지만, 나의 지금까지 인생 경험도 상당히 재미있을 것 같다고 생각했다. 강의를 나가거나 모임에서 내가 경험했던 이야기를 들려주면 즐겁게 들어주었기 때문이었다. 대체적인 줄거리는 산골에서 태어나 자연의 즐거움을 만끽하며 성장하고, 집안의 형편으로 여러 가지 어려움을 겪으면서 공장을 여러 군데 다닌 경험과 더불어 방송통신대학, 서울대학교, 영국 버밍엄대학에서 공부, 교사로 학생을 가르치며 고시 공부, 전라도 사람이 경상도 시골에서 10여 년을 살았던 이야기로 구성했다. 그런 삶이 흔치 않아서 읽는 사람들의 관심을 끌 수 있을 것 같았다. 이러한 인생 경험이 배우는 삶의 연속이었다는 주제로 연결하면 자전적 수필 책 한 권을 만들 수 있겠다는 자신감이 생겼다.

70세가 넘으셔도 변함없이 책을 가까이하는 아버지에게 책을 한 권 써보시는 것이 어떠냐는 제안을 드렸다. 아버지는 책을 만드는데 많은 돈이 필요할 것이라고 얘기를 하시기에 그렇지 않다고 말씀을 드렸다. 마음만 먹으면 적은 비용으로 책을 만들어서 다른 사람에게 선물할 수도 있다고 했다. 아버지에게 책을 쓰시라고 권한 것은 살면서 여러 가지 생각하고 깨달은 걸 정리하여 자손들이 읽을 수 있게 하면 도움이 될 것이라는 확신에서였다. 사람이 체득한 여러 가지 능력은 책이나 언행으로 잘 전달하지 않으면 고스란히 사라져 갈 것이다. 가끔 시골 아버지를 찾아뵐 때 아버지가 생각한 것들을 정리만 하시면 내가 책으로 만들어서 자식 손자들과 이웃에게 나누어 주겠다고 말씀드리지만, 아버지는 펜을 잡을 생각을 하지 않으신다. 아버지의 인생을 글로 남기면 누군가에게 보탬이 될 수 있을 텐데 아쉬운 생각이 든다.

어려서 한지로 만든 책 묶음을 시골 동네에서 종종 볼 수 있었다. 제사를 모시면서 들은 얘기로는 증조부 형제 중에서 문집을 남기신 분들이 계셨다고 한다. 조선 말 증조부 형제들이 활동했던 여러 가지 기록들이 있고, 의병 활동 등도 나타나 있다고 한다. 증조부 형제 분들처럼 대의를 위해서 무엇인가 큰일을 했던 사람만이 글을 쓸 수 있는 것은 아닐 것이다. 한 사람 한 사람의 삶 자체가 나름대로 의미가 있으므로 그것을 공유할 수 있도록 기록하는 것도 바람직하다는 생각이다. 사람은 무언가 남기고 싶은 욕구가 있는 것 같다. 글을 통해 자기 생각이나 경험을 인정받고 싶은 욕구도 있는 것 같다. 어떤 책은 많은 사람에게 읽혀 크게 영향을 주고, 어떤 책은 소수의 주변 사람이나 후손에게만 읽히지만, 과거와 달리 글을 써서 책을 만드는 것이 쉬우므로 용기를 내어 자기의 삶을 기록으로 남기는 일도 시도해 볼 만한 작업이다.

책을 쓰기 위해 지금까지 써놓았던 여러 가지 글들을 정리하는 작업을 했다. 생각 이상으로 옛날에 여기저기 써놓은 글들이 많았다. 고시 공부 과정이 얼마나 험난했고 심리적인 상태는 어떠했으며 어떠한 진전을 이루어 갔는지 상세히 기록되어 있어서 책의 한 꼭지를 구성할 수 있었다. 또한, 경상도에서 교사로서 경험한 여러 가지 재미있는 가르침과 생활했던 것도 잘 정리되어 있어서 다른 한 꼭지를 만들어 낼 수 있었다. 대학교 때는 매일 써 놓았던 것들이 매우 많아서 청춘 시절에 다양하게 고민하고 노력했던 흔적들을 자세히 엿볼 수 있었다. 중고등학교 시절과 마찬가지로 이때는 아버지뿐 아니라 사촌, 이모, 친척, 친구 등과의 편지 교류도 많았다. 그 편지들을 다시 읽고, 잊어버리거나 묻혀버릴 뻔한 얘기를 끄집어내 책에 인용하기도 하고 소재로 삼기도 했다. 다행스럽게 어머니는 내가 여기저기 써놓았던 글들을 버리지 않고 상자에 담아서 창고에 잘 쌓아놓고 계셨다. 책 쓰는 것을 시도하지 않았더라면 이렇게 쌓아놓았던 글들은 모두 의미 없이 사라져 버렸을 것이다. 어떤 글들은 30여 년 된 것도 있고 대개가 20여 년 전후의 글들로 시골 창고에 오래 있었기 때문에 누렇게 변색이 되어 좀이 슬어 있었다. 과거의 글들이 생각의 실마리가 되었기 때문에 읽으면서 구체적으로 어떤 일이 있었는지 정확히 재생할 수 있었다. 그 글들이 없었으면 막연하게 그 무렵에 무엇이 있었다는 정도로 안갯속을 헤매는 것 같은 회상만 할 수밖에 없었을 것이다. 과거의 글을 보면 아주 명확히 그때의 상황을 묘사할 수 있게 되므로 글이 생생해지고 생동감이 생기게 된다. 시골 부모님 댁에 있는 글들은 너무나 오래되고 양도 많아서 일부만 전주 집에 가져다 놓았다. 그렇게 다양하게 기록되어 있는 것들을 그나마 책이라는 형태로 담을 수 있어 매우 다행스럽게 생각한다. 글은 정리하지 않으면 누구도 보기 어렵고 곧 사라지고 말기 때문이다.

어머니는 종종 내게 창고에 쌓여있는 책과 여러 가지 노트들이 수십 년간 많은 공간을 차지하고 있으므로 정리하라고 하셨다. 여러

해 동안 반응이 없자 시골 동네를 돌아다니면서 여러 가지 폐품을 수집하는 아저씨에게 그것들을 가져가라고 했던 모양이었다. 그 아저씨는 고맙게도 내 글들이 쓰여 있는 노트를 보고 기겁하며 중요한 기록들을 어떻게 가져가느냐고 했다고 한다. 그렇게 운 좋게 살아남은 글들을 잘 정리하여 책을 잘 썼다는 평을 듣고 싶다. 근래에 시골에 갈 때마다 창고에 있는 기록들을 뒤적이기도 하고 일부는 가져가기도 하는 모습을 보면서 어머니는 안심이 되는 눈치시다. 어머니도 내가 책을 쓴다고 했더니 아주 좋아하신다. "그래, 너희 아버지처럼 읽지만 말고 한 번 써봐라!" 어머니의 응원에 힘입어 글을 쓰기 시작하니 착착 진전이 있다. 진전이 있으니 재미가 있다. 재미있게 쓰고 있으니 책 쓰기에 대한 도전은 성공한 셈이다.

Chapter 4

몸 쓰는 일

빨간 쇳물

84년 전주교육대학을 졸업한 해에 몇몇을 제외하고 대략 1년 정도 교사 발령을 기다려야 했다. 부모님은 큰아들인 내가 하루빨리 교사를 시작해 동생들 학비 등에 도움을 기대하고 있었다. 고향에 내려갈 수가 없었다. 자취방 월세 등 여러 가지 생활비를 부모님에게 의지할 수 없는 형편이어서 전전긍긍하고 있었다. 이러한 상황은 다른 친구들도 비슷했는데 마침 근처에서 자취하는 친구가 공장에서 일하고 돈을 받았다며 막걸리 파티를 열었다. 그 친구는 생활비를 벌기 위해 공장에서 일하고 있었다. 그 공장에 사람이 필요한지를 물었다. 친구는 더 많은 사람이 필요하다고 말했다. 그곳의 환경이나 근무 조건을 따질 만큼 여유가 있지 않았다. 다음날 그 친구가 일하고 있는 공장에 찾아갔다. 그 공장은 전주 변두리 지역 팔복동 공단에 있었다. 쇠를 녹여 만든 쇳물을 여러 가지 주형에 부어 다양한 철제품을 만드는 곳이었다. 대표적인 상품이 그때 당시 연탄을 태워 방을 따뜻하게 할 때 필요한 연탄보일러와 무쇠솥 등이었다.

공장에서 처음 배치받은 일은 2인 1조가 되어 연탄보일러 부품을 만드는 것이었다. 주물 공장 작업은 상상 이상으로 힘 드는 일이었다. 철제품을 만들기 위해서는 쇳물을 붓는 주형을 만드는데 황토와 다양한 재료를 섞어 만든 흙을 사용한다. 적당한 수분으로 곱게 유지된 흙을 쇠로 만든 틀에 다져 넣어 흙 주형을 만든 다음 그 주형에 쇳물을 부어 굳었을 때 흙을 떼어내면 제품이 완성된다. 이 과정에 강도 높은 노동이 요구되었다.

삽으로 흙을 퍼 담아 쇠뭉치로 다지고, 제품이 만들어지고 나면 흐트러진 흙을 다시 정리하며 아침부터 저녁까지 주로 삽질을 했다. 허리를 굽히고 삽으로 흙을 퍼 담고 정리하는 작업이라 허리가 아파서 힘들었다. 아침에 평상복을 입고 출근했는데 작업복으로 바꿔 입을 때 그 작업복의 감촉이 그렇게 싫을 수가 없었다. 쇳물이 흙으로 만든 주형에 달라붙어 불량품이 나오지 않도록 주형 표면에 흑연 가루를 발랐다. 흑연 가루를 많이 사용하여 작업복과 온몸이 시커먼 검둥이가 되었다. 또한, 주물 공장의 날카로운 쇠붙이에 옷이 스치면서 찢어져 누더기가 되었다. 옷을 세탁한다 해도 몇 시간이면 흑연과 흙가루 때문에 새까맣게 변하기 때문에 작업복을 거의 빨지 않았다. 이렇게 누더기가 된 시커먼 작업복이 밤새도록 공장에서 차갑게 변해 있으므로 3월에 이 옷으로 갈아입는 촉감이란 말로 표현하기 어려울 정도로 섬뜩하고 싫었다. 빨래를 감당하기 어려워 속옷도

입지 않고 작업복을 입었다.

용광로에서 나오는 열로 데운 따뜻한 물이 제공되어 퇴근할 때 샤워를 하긴 했지만, 콧속과 목에 깊이 베인 흑연 가루를 완전히 씻어내기는 어려웠다. 학교 다닐 때 진하게 글씨를 쓰기 위해 연필심에 혀로 침을 묻히려 할 때, 선생님께서 연필심은 흑연이어서 몸에 해롭다는 주의 말씀을 생각하면 이때 몸에 해로운 성분에 많이 노출된 셈이다.

작업 강도가 높고 허리도 아파 좀 쉬엄쉬엄하고 싶어도 하루 할당량이 있어서 쉴 수가 없었다. 또 성의를 가지고 일하지 않으면 불량품이 나오고 그렇게 되면 그 불량품 수만큼 일을 더 해야 하므로 몹시 힘이 들었다. 15일에 한 번 임금을 주는데 첫 임금을 받은 후 일주일가량을 더 일하다가 포기하고 말았다. 어느 날 아침에 일어나보니 코피가 쏟아지고 몸이 아파 도저히 일을 더 할 수가 없었다. 결국, 나는 20여 일 정도 일하다가 손을 들고 만 셈이었다.

그 일을 하는 도중에 사촌 결혼식이 있었다. 결혼식 전날 여러 번 씻고 참석했는데 시골에서 올라오신 어머니가 나를 보시고 눈물을 훔치셨다. 후에 들으니 신경 써서 몸을 씻었음에도 코, 입, 눈, 귀 주변의 흑연 가루 흔적이 완전히 가시지 않은 데다 너무 앙상한 몰골이라 "가난 때문에 아들을 저렇게 고생시키는구나!"라고 어머니는 생각하셨단다.

이렇게 일 한 돈으로 전북대학교에서 TOEFL 강좌도 듣고 생활비에 보태 쓰는 바람에 금방 돈이 바닥나고 말았다. 그런데 돈이 떨어지니 그렇게 힘들게 일한 공장이 생각나는 것이었다. 이때 나는 첫 직장의 중요성을 깨달았다. 사람들은 돈이 필요하면 과거에 돈을 벌었던 일을 다시 하려는 심리를 보인다. 다른 새로운 일을 하려면 우선 해보지 않았기 때문에 두려움이 앞서고 불확실성이 높아 자신이 없기에 기존에 했던 일로 되돌아간다. 그걸 몸소 겪어본 나는 첫 직장이 갖는 중요한 의미를 다른 사람에게 설명하곤 한다.

돈이 바닥 난데다가 마땅히 다른 일은 없고 주물 공장 일을 도중에 그만두었기 때문에 자신감이 떨어졌다. 만약 앞으로 어려운 상황에서 몸 쓰는 일을 할지도 모르는데, 나약한 인간이 어떻게 가족을 부양하고 인생을 자신 있게 꾸려 나갈 수 있을 것인가 하는 의문이 생겼다.

그래서 그 일을 다시 한번 도전하기로 마음먹었다. 그 대신 이번에는 준비를 아주 단단히 했다. 지난번 일을 포기했던 이유 첫째는 먹는 것이 부실했었다. 자취하며 일하러 다니느라 먹는 것을 잘 챙기지 못했다. 둘째는 허리를 많이 쓰는데 충분히 몸을 풀지 못하여 몸의 균형이 상실되었다. 셋째는 그저 돈을 벌기 위한 수단으로 할 수 없이 일한다는 수동적인 생각을 가졌다. 그래서 다시 도전할 때는 적극적으로 건강하게 일을 잘한다는 평판을 들을 정도로 열심히 해보겠다는 결심을 했다. 이러한 의지를 다지고 공장에 찾아가 공장장을 만나 다시 한번 일하겠다고 했더니 "이번에는 버틸 수 있느냐?"고 물어서 자신 있다고 대답했다.

다음날부터 일을 시작하면서 생활 패턴을 바꾸었다. 주로 삽을 들고 일하므로 아침에 일어나면 손가락이 잘 펴지지 않아 세숫대야에 찬물을 채우고 손을 물에 담가 풀어줬다. 또, 아침에 일찍 일어나서 밥을 준비하면서 밖에 나가 국민체조와 대학 군사 교육 때 배웠던 도수체조를 했다. 그리고 아침에 날달걀을 한 개씩 먹었다. 점심은 공장에서 제공하지 않았기 때문에 도시락으로 밥과 멸치와 고추장을 준비했다. 멸치는 칼슘을 보충해주기 때문에 많이 먹도록 노력했다. 저녁 식사 때는 생두부 반모를 먹었다. 비타민 C 보충은 저녁에 시장 산책하면서 사 온 사과나 당근을 1개씩 먹었다. 이런 식단은 특별히 요리하지 않고 먹었기 때문에 맛하고는 관계가 없었다. 단지 몸의 힘을 보태기 위한 수단이었다.

일을 열심히 하는 틈틈이 허리도 돌리고 몸도 풀어줘 아프지 않도록 최대한 신경 썼다. 다시 재도전할 때의 일도 2인 1조의 연탄보일러 부품을 만드는 곳이었지만 곧 능숙하게 되었다. 그래서 옆 팀에 새로 들어온 직원이 와서 일하는 것을 관찰할 만큼 여유 있게 일을 하게 되었다. 일을 처음 시작하는 신참을 지켜보니 아주 우스웠다. 삽질하는 것도 서툴고 팀장에게 지적당하고 생산성은 높지 않은 어리숙한 모습을 눈여겨보는 과정에서 배울 점이 있었다. '신참도 곧 일을 잘하게 되는구나!'라는 것이었다. 시간이 지나면 생각보다 빨리 그도 곧 베테랑이 되어갔다. 그 신참의 우스운 모습을 보는 것도 잠시였다. 곧 그 팀과의 경쟁 관계가 성립되었다. 다행히 공장장이 나의 일 능력을 인정하여 5인 1조의 연탄보일러 본체를 만드는 곳에 배치되었다. 5명이 1인당 15개의 보일러를 만드는 것이었는데 굉장히 어려운 작업이었다. 목표량을 달성하기 위해 작업 전에 삽을 반질반질하게 닦는 것은 물론 삽의 끝은 날카롭게 하여 최대한 근육의 힘을 적게 쓰면서 일하도록 노력했다. 작업 공정에서 누구 하나가 실수를 하면 꼭 불량품이 나왔다. 연탄보일러의 불량품이란 물이 새는 것을 의미하는데 불량품이 발생하면 그 수만큼 더 만들어야 해서 시간과 힘을 많이 소비하므로 여간 신중하게 일하지 않으면 안 되었다. 가장 중요한 쇳물을 주형에 붓는 역할은 팀장이 맡았다. 팀장은 용광로에서 가져온 쇳물의 색깔로 판단했다. 잘못 판단하여 적당한 온도의 쇳물을 붓지 않으면 불량품이 나왔다. 쇳물을 쇳물 바가지에 담아 주형에 부어 넣을 때 쇳물이 대단히 무거워 큰 힘과 구멍에 정확하게 맞추어 넣는 집중력을 요구했다. 그래서 팀장들은 급여 수준이 상대적으로 높았다. 이때 전문가는 어느 경지에 이르러야 하는가를 깨달았다. 그들은 수년간의 시행착오를 거듭하고 연구하는 동안 쇳물 색깔만 보고도 불량품이 발생할 가능성을 판단할 수 있는 정도의 경지에 이른 사람들이었다.

어느 정도 주물 공장 일에 익숙해지며 재미도 있었던 반면 항상 위험이 도사렸다. 물은 차가운 곳에서도 주르르 흘러가는 데 비해 쇳물은 차가운 쇳조각 등에 닿으면 튀는 성질이 있다. 쇳물이 튀어서 옷에 닿으면 옷을 뚫고 피부에 닿기 때문에 굉장히 위험하다. 나는 주물 공장에서 일한 기간이 짧아 딱 한 번 쇳물 파편이 옷을 뚫고 배에 닿은 적이 있었지만 오래 일한 분들은 쇳물로 인해 데인 상처와 쇳조각에 긁힌 훈장이 많이 있었다.

직원들이 그런 어려운 환경에서도 묵묵히 일하는 노고를 지켜보며 숙연해질 때가 있었다. 직원들이 공장에서 가장 즐거워했던 것은 퇴근하기 전에 마시는 막걸리였다. 일과 후에 두부와 김치를 함께 곁들여 술잔으로 마시기보다는 통째로 1병씩 비웠다. 뜨거운 쇳물 옆에서 일하며 땀을 비 오듯 쏟은 후의 막걸리는 꿀맛이라고 했다. 1병씩 마시고도 별로 취하는 느낌이 들지 않는 것은 뜨거운 쇳물을 다루고 수많은 삽질을 하면서 힘을 많이 쏟았기 때문이다. 술을 좋아하지 않는 나는 두부와 김치를 먹으며, 즐거워하는 그들과 함께 했다. 공장 목욕탕에서 세숫비누가 아닌 빨랫비누로 온몸을 비누칠하고 시커먼 흑연 가루와 흙가루를 벗겨 낼 때도 그렇게 즐거울 수가 없었다. 용광로 열을 이용하여 만들어낸 큰 통의 뜨거운 물을 바가지로 퍼서 온몸을 시원하게 끼얹었다.

출퇴근은 일반 버스를 이용했다. 자췻집에서 멀지 않은 곳에 살던 이름이 정구라고 불리는 형이랑 같이 출퇴근을 했다. 지금까지 수없이 많이 일하는 사람을 보아 왔지만, 공장에서 일하는 정구 형만큼 멋진 사람은 없었다. 얼굴 피부는 매우 하얗고 몸매도 좋으며 키도 훤칠했다. 머리도 상당히 많이 길러서 꼭 인기 있는 연예인 모습이었다. 5인 1조의 팀장이었던 그의 주된 일은 주형에 쇳물을 붓는 역할이었다. 1m 이상 긴 손잡이가 달린 바가지에 쇳물을 담아서 주형 입구에 쇳물을 천천히 부으면 주형 안에 있는 틀이 타면서 빨간 불꽃이 일어나는데 그 모습이 그렇게 멋질 수가 없었다. 빨간 불꽃과 함께 이탈리아의 조각상과 같은 그의 멋진 자세와 모습이 그려진다.

하루는 일이 끝나고 막걸리를 마시며 놀라운 그의 이야기를 들었다. 그는 중학교 때 육상 선수였다고 했다. 그런데 불행하게 부상을 당하는 바람에 육상을 못하게 되었단다. 선수 시절부터 예쁜 여학생과 사귀게 됐다고 한다. 그녀는 부유한 집안이고 서울 명문 S대 음대에 진학해서도 정구 형을 좋아해 계속 사귀었다고 했다. 그쪽 부모는 그녀가 그와 사귀는 것을 반대하고 졸업하자마자 맞선으로 다른 남자와 결혼하게 했는데, 그녀가 신혼여행지에서 도망가버려 그녀의 행방을 찾아 그녀의 오빠가 엊그제 찾아왔었다고 했다. 그렇지만 그도 그녀의 행방을 모른다고 하면서 눈물을 흘렸다. 정구 형의 슬픈 이야기를 들으며 정말 울적한 기분으로 덩달아 막걸리를 많이 마셨던 기억이 난다. 그 공장을 그만둔 몇 년 후 교사 시절에 정구 형네 집을 찾아갔을 때 그의 어머니로부터 그가 경상도 어딘가에서 일한다는 얘기를 들었다. 그 아가씨가 어찌 됐는지 궁금했지만 더 이상 알아보려 하지 않았다. 공장에서 유능하고 건강한 노동자로 일하는 총각과 명문대 인텔리 아가씨와 어울릴 수도 있지 않을까? 정구 형의 성실한 생활과 멋진 모습을 보면 서로 사랑하면서 잘 살 수 있지 않을까 하는 생각도 해보았다. 인생이란 무한한 가능성이 있고 삶의 방법도 무궁무진해서 공장에서 몸을 쓰는 일을 하는 사람들도 인품이 훌륭하고 가정을 위해 힘든 일을 마다하지 않는 사람이 많다는 것을 경험을 통해 알고 있다.

공장에서의 일은 먹을 것을 충분히 균형 있게 먹고 날마다 30분씩 체조를 하여 몸의 부드러움을 유지하며 일 잘한다는 평판을 듣기 위해 노력한 결과 점차 숙달되어 갔다. 하루는 공장장이 부르더니 "자네 친구 중에 자네만큼 성실하게 일하는 친구를 더 데려올 수 있는가?"라고 물었을 때 나는 공장을 떠날 수 있는 시점이 되었다는 것을 깨달았다. 가장 힘든 일 중의 하나인 주물 공장에서 일 잘한다는 이야기를 들었으니 어떤 일이든 몸으로 하는 일은 자신이 생겼다. 목표를 성취했으므로 가슴 벅찬 뿌듯함이 있었고, 공장에서 일하면서 번 돈으로 공부를 하고 싶어 2달 정도의 주물 공장 일을 마무리했다. 그때 같이 일했던 교대 친구는 내가 그 일을 그만둔 후에도 주물 공장 일을 조금 더 한 후에 서울로 떠났다.

모아놓은 돈으로 영어 공부와 생활비로 쓰고 돈이 떨어지자 몇 달 후에 서울로 가게 됐다. 주물 공장에서 일했던 친구와 연락이 돼서 알아보니 영등포 근방에 동 파이프 만드는 공장에서 일하고 있었다. 마침 돈도 없고 마땅한 잠자리도 없던 터라 나와 같은 처지의 또 다른 교대 졸업한 친구와 함께 그 동 파이프 만드는 공장에서 일했다. 동 파이프는 엿가락처럼 늘어나는 성질이 있어서 3m 정도 되는 팔뚝 두께의 동 파이프를 지름이 조금 작은 구멍에 집어넣고 기계로 잡아당겨 굵기는 조금 줄이고 길이는 길어지는 작업을 여러 번 반복하면 가늘고 길이가 20m 정도 되는 동 파이프가 되었다. 이렇게 만들어진 파이프는 여러 배관으로 사용하는데 작업 과정에서 파이프들이 부딪치는 소리 때문에 귀가 먹먹했다.

이곳에서 공장에 있는 열악한 기숙사에서 생활했는데 하루는 나를 포함한 친구 둘하고 다른 기숙사 동료들하고 술을 마시다가 사소한 일로 크게 싸우는 바람에 한밤중에 사장까지 달려오는 소동이 일어났다. 그 사건으로 인해 뒤늦게 합류한 나와 또 다른 친구는 그 공장을 그만두고 말았다. 남아서 계속하여 일했던 그 친구는 교사 발령을 받으면 열심히 아이들을 가르치는 것이 꿈이라고 했다. 다음해 꽃 피는 봄에 그 친구는 섬에 있는 학교로 발령을 받았다. 후에 주말에 책을 사러 간다고 한 후 실종되어 생사도 모른다. 이것저것 가리지 않고 열심히 일했던 친구 덕분에 덩달아 주물 공장 일과 동 파이프 만드는 일을 체험했다. 오랜 시간이 지난 지금도 쇳물의 붉은 색깔과 동 파이프 부딪치는 소리가 어우러져 가끔 생각나곤 한다.

우리나라가 이렇게 잘살게 된 것은 그렇게 열악한 조건에서도 묵묵히 일하며 질 좋은 물건들을 만드느라 애쓴 노동자들의 공이 크다. 어려운 집안 사정 때문에 어쩔 수 없이 선택했든, 개인이 원해서 선택했든 간에 땀과 눈물이 쌓여 우리나라의 부를 축적할 수 있었다. 제조업에 종사하는 사람들을 보면 항상 고마움을 가지고 있다. 언젠가 교사 시절 일본 마키노 노보루가 썼던 "제조업은 영원하다"라는 책을 읽은 적이 있다. 산업에서 제조업의 비율이 낮아졌다고 해도 세계의 강국을 보면 제조업이 밑바탕에 있다. 미국과 러시아의 첨단 항공 우주산업, 중국의 놀랄만한 제조업 확장, 독일과 일본 제조업의 핵심 기술력 등을 보면 제조업이 강해야 나라가 강하다는 것을 알 수 있다. 제조업에 종사하는 사람들과 기업인들에게 경의를 표한다.

거울 만들기

초등학교 동창생 중에 중학교와 고등학교에 진학하지 못한 친구들이 있었다. 그들은 명절 때면 선물을 한 아름 들고 고향을 찾아와 친구들에게 흥미로운 서울 생활의 이야기를 멋지게 풀어 놓았다. 나도 언젠가 서울에 가서 친구들이 이야기하는 것들을 꼭 보고 싶었다. 고등학교 졸업 후 대학에 곧바로 진학하지 못하고 이런저런 일을 하면서 공부를 병행하는 생활을 하고 있었다. 서울 친구들에게 가보기로 했다. 친하게 지냈던 한 친구를 찾아갔다. 그 친구는 방 한 칸에서 문밖에 연탄 화덕이 있고 그 옆에서 간단히 조리할 수 있는 곳에 살고 있었다. 시골에서는 방이 아무리 적어도 부엌이 따로 있고 마루와 마당도 있어 사는 공간이 비좁다는 생각이 들지 않지만, 친구 집은 너무 비좁고 답답했다.

모처럼 시골에서 올라온 나를 위해 친구는 다방에서 커피를 사주고, 생맥주 마시는 곳에도 데려가 주었다. 처음으로 생맥주를 먹어

봤는데 술잔이 매우 크다고 생각했다. 그 친구가 일하는 곳에 함께 가보았다. 지하에 있는 인형 공장이었다. 일터는 인형을 만드는 과정에서 생긴 흰 가루 먼지 등이 온통 쌓여있었고 직원들은 꼭 밀가루를 뒤집어쓴 모습이었다. 서울의 첫인상은 굉장히 충격적인 모습으로 다가왔고 도시에서 사는 공간과 일터가 상상했던 만큼 낭만적이지 않았다. 일자리를 알아보기 위해 직업소개소에 가게 됐다. 종로 어딘가로 기억한다. 직업소개소에는 여러 사람이 앉아 있었고 나도 차례를 기다려 일할 곳을 알아보았다. 추천받은 모든 일이 허드렛일이었다.

처음 일하게 된 곳은 한정식 전문 식당이었다. 커다란 식당이었고 나에게 맡겨진 일은 주방에서 그릇 닦는 일이었다. TV에서 보는 접시 닦기와 달리 큰 식당에서 그릇 닦는 일은 매우 힘이 들었다. 주방장이 있고 요리를 하거나 요리를 돕는 아줌마들이 있었는데 그녀들은 나를 일본말로 "아라이"라고 불렀다. 우리말로 씻는다는 뜻이다. 한식집의 특성상 상에 차려지는 그릇이 많아 씻어야 할 그릇들이 엄청나게 쌓였다. 당시는 고무장갑도 사용하지 않아서 손이 마를 시간이 없었다. 일보다 더 힘들었던 것은 아줌마들이 주방에서 심심하면 자꾸 농담하고 놀려대는 것이었다. 고등학교를 갓 졸업한 순진한 시골 출신이라서 농담을 여유 있게 받아들이기도 쉽지 않아 얼굴이 빨개지면서 어서 빨리 그 주방을 벗어나고 싶은 생각밖에 없었다. 며칠간 더 일하다가 주방에서 그릇 닦는 일을 그만두어 버렸다.

다시 직업소개소에 갔더니 가스통 나르는 일을 소개해 주었다. 소개받은 곳에 찾아가 보니 큰 자전거에 가스통을 싣고 인근의 가게나 집에 가스통을 배달하는 일이었다. 3년 동안 고등학교를 자전거로 통학하여 자전거 타는 것에는 자신 있었지만 복잡한 거리에서 가스통을 싣고 자전거 타는 것은 너무 위험할 것 같았다. 아무리 어려워도 지나친 위험을 안고 일을 한다는 것이 썩 내키지 않아서 그 일은 시도해 보지도 않고 다른 일을 소개해 주도록 부탁했다.

다시 소개받은 일은 간판 만드는 곳이었다. 기술자가 아크릴 위에 글씨를 써주면 조그마한 실톱으로 아크릴을 글자 모양대로 잘라내는 것이 주된 일이었다. 이 작업은 거의 의자에 앉아서 하므로 시간이 느리게 가고 답답해서 견딜 수가 없었다. 숙련되지 않아서 작업하다가 실톱을 부러뜨리는 일이 많아 주인에게 매우 미안하기도 했다. 이 일도 곧 그만두게 되었다. 별다른 능력이나 전문적 기술이 없으면 만족스러운 직장을 구하기가 매우 힘들다는 것을 깨닫게 되었다.

얼마 후 거울 만드는 공장에서 일하고 있던 고등학교 1년 선배의 권유로 그 유명한 구로공단에 발을 디디게 되었다. 거울 만드는 공장은 구로공단역에서 멀지 않은 곳에 있었다. 거울을 사용하기만 했던 나는 거울 만드는 공정이 생각보다 복잡함에 놀랐다. 어떤 물건이나 마찬가지로 공산품은 금방 만들어지는 것이 아니다. 처음 배치받은 곳은 유리의 한쪽 면에 금속 막을 입히는 공정이었다. 유리와 유연한 금속조각들을 일정하게 배치한 다음 기계에 넣어 작동시키면 금속이 분해되면서 거울 한쪽 면에 얇은 막을 만들어 얼굴 등이 반사되게 하는 원리였다. 이 기계 옆에서 유리를 알맞게 배열하거나 금속조각을 기계에 붙이는 작업 등을 하는 것은 재미있었지만 기계가 작동할 때 굉장히 참기 어려운 냄새가 났다. 폐가 어떻게 되지 않나 걱정스러울 정도로 고약하고 강한 냄새여서 빨리 다른 일을 하고 싶었다.

반장에게 다른 일을 좀 하게 해달라고 부탁해서 조그마한 프레스 기계를 다루는 역할을 하게 되었다. 프레스 기계로 쇠끝을 납작하게 만들어 그곳에 구멍을 뚫는 일이었다. 프레스 기계의 원리는 간단했다. 구멍 뚫을 부분을 밀어 넣고 발의 페달을 밟으면 위에서 아주 강한 힘으로 내리찍어 구멍을 뚫었다. 쇠가 다른 쇠를 깎고 구멍을 뚫는 공정을 직접 체험하면서 인간의 힘은 대단하다는 것을 배웠다. 사람이 직접 할 수 없는 일을 기계의 힘을 빌려 무엇이든 해내고 만들어내는 창조성은 무한할 것이라는 생각도 했다.

그 공장에서 일하면서 처음 1주일 동안은 선배의 집 다락방에서 기거했다. 서울 생활의 호화로움과 멋있는 삶에 대한 환상은 깨어진 지 이미 오래라 다락방에서 잠자는 게 놀랄만한 일은 아니었다. 다만 선배 식구들이 잠자는 방위에 있는 다락방은 편한 잠자리가 아니었다. 굉장히 조심스러워 어서 빨리 잠잘 곳을 옮기고 싶었다. 친절하게 잘 대해 주신 선배의 어머니께 그간 고마웠다는 인사를 드리고 공장 기숙사에서 지내게 되었다. 기숙사의 여건은 굉장히 열악했다. 직원들이 넓은 방에서 함께 잠을 자야 했고 공동 화장실을 이용했으며 샤워실은 따로 없었다. 시골에서 목욕하듯이 공장에서 나온 나무 조각으로 솥에 불을 지펴 물을 끓인 후 큰 통에 물을 부어 넣은 다음 목욕을 했다. 그때까지 나는 태어난 후로 공중목욕탕에 한 번도 가본 적이 없어서 몇몇 다른 직원들처럼 그러한 방법으로 목욕을 했다.

저녁에는 간식을 먹는 재미가 있었다. 식당에 내려가서 남은 밥을 가져다가 비빔밥을 해 먹곤 했는데 아주 맛이 있었다. 특별히 다른 간식을 먹지 않기 때문에 굉장히 맛이 있었다. 가끔 선배 직원들이 라면을 끓였다. 방에 있는 전선의 전기를 끌어다가 물을 끓이는 아주 위험한 방법을 썼다. 그렇게 하면서도 감전되어 사고 난 적이 없는 것이 기적이었다.

공장에서는 위험한 일이 많았다. 내가 작동하는 프레스 기계는 작았다. 손이 기계에 들어갈 일이 거의 없어 상대적으로 안전했다. 다른 프레스 기계를 다루는 직원들은 위험이 남아 있었다. 60여 명 직원 중 손가락이 절단된 사람이 3~4명 있었던 기억이 난다. 지금은 프레스 기계에 인지하는 시스템이 설치돼 있어서 손이 위험한 곳에 들어가면 기계가 자동으로 멈춘다고 한다. 당시 그 공장에는 그러한 시스템을 갖춘 기계가 없었다. 다루고 있던 프레스 기계 작동이 능숙해짐에 따라 나는 점점 안절부절못하게 되었다. 숙련된 사람은 더 위험한 공정에 투입되는데 거기에서 손가락이라도 잘리면 어떻게 될 것인가 하는 걱정이 되기 시작했다. 그리고 쇠를 번쩍번쩍하게 하는 도금 처리 공정도 여러 가지 약품 처리를 하므로 위험하게 느껴졌다.

나는 그러한 걱정을 하고 있었지만 다른 직원들은 참 재미있게 살고 있었다. 쉬는 날이 되면 나는 갈 곳이 없어서 기숙사에 틀어박혀 책을 보거나 삭막한 공단을 걸어 다니면서 구경하는 것이 전부였다. 동료 직원들은 기숙사에 남아 있는 직원들에게 깨끗한 옷을 빌려 옷을 최대한 멋있게 차려입고 밖으로 나갔다. 나처럼 갓 시골에서 올라온 숙맥들에게는 같이 밖에 나가서 놀자는 제안도 하지 않았고 같이 따라가고 싶은 생각도 없었다. 어서 빨리 위험한 공장 생활을 벗어나 대학 진학 공부를 하고 싶었다.

당시의 노동 집약적이고 열악한 환경의 구로공단은 지금 몰라보게 발전했다. 구로공단역 이름이 구로디지털단지역으로 바뀌었듯 산업 형태가 바뀐 것이다. 시대에 따라 하는 일과 외양은 달라지지만, 사회와 개인의 욕구 충족을 위한 생산 작업은 계속될 것이고 그 과정에서 수많은 즐거움과 어려움이 공존하리라 생각한다. 구로공단에서 하던 일을 그만두고 다시 고향으로 돌아가 대학 입시 공부를 시작했다. 이것저것 서울 경험이 공부하지 않으면 평생 쉽지 않은 삶을 살 것 같다는 인식을 하게 해주었다.

대입 학력고사를 치른 후에 다시 서울에 올라가 일을 했다. TV와 전화 등의 받침대를 만드는 곳이었다. 이 공장의 직원은 10명 정도밖에 되지 않았다. 나는 다른 공장에서 생산한 받침대의 각종 부품을 모아 조립하여 상자에 넣고 수송 차량에 싣는 작업을 했다. 공장장과 나만 일터에 상주했고 나머지는 판매원들로서 출퇴근했다. 공장이랄 것도 없는 중곡동의 조그만 일터였다. 일 자체는 어려움이 없었다. 제품에 상표 붙이는 일도 했는데, 오리가 주인공인 도널드덕 그림이었다.

사장이 출근하면 판매원들과 함께 "젯디(ZD)!"라고 큰 소리로 외치면서 거수 인사를 했다. 무슨 의미인지도 모르고 따라 하다 어느 날 사장에게 그 뜻을 물으니 'Zero Defection'의 약자로 일을 완벽하게 처리하고 물건의 결함이 없어야 함을 강조하는 의미라고 했다. 그러나 그러한 구호와는 달리 물건 디자인 자체가 투박한 데다 튼튼하지 못해서 좋은 물건이라고 생각되지 않았다. 반품이 끊임없이 들어오고 직원들은 월급을 받는 데도 어려움이 있었다. 기본이나 구조를 튼튼하게 하지 않으면 좋은 결실을 얻기 어렵다.

일이 숙달되어 큰 상자도 요령 있게 들 수 있게 되고 나사못도 기계를 이용하여 정확하고 손쉽게 끼울 수 있었지만, 잠자리가 문제였다. 공장 한쪽을 이용하여 합판으로 칸막이를 해서 침대를 가져다 놓고 혼자 공장을 지키면서 잠을 자는데 몹시 추웠다. 옷을 모두 껴입고 이불을 여러 개 뒤집어쓰고 잤다. 정확히 12월 말까지 전혀 난로나 난방도 없이 잠을 자본 경험은 내가 생각해 봐도 대단한 것이었다. 아침에 부스스 일어나 세수를 하는데 일터 넘어 2층 가정집에서 끌어온 차가운 수돗물로 간단히 얼굴만 씻는 정도였다.

그렇게 초라한 모습으로 세수한 후 월급날 식대를 주기로 약속하고 밥을 먹는 식당으로 향하곤 했다. 식당 아주머니들은 나를 '도널드 총각'이라고 불렀다. 식당 아주머니들은 도널드 총각인 내가 가면 밥과 국을 많이 줘서 배부르게 먹었다.

일을 시작하고 조금 지나면 일터 옆집 2층에 사는 아가씨가 계단을 내려오곤 했다. 그 아가씨의 눈빛을 잊을 수가 없다. 짧은 순간 말없이 차디찬 눈빛을 보이며 학교에 가는지 출근을 하는지는 모르지만 그렇게 내려다보면서 가곤 했다. 춥게 밤을 지내고 몸도 풀리지 않은 상태에서 그 아가씨의 차가운 눈빛을 보면 마음까지 추워짐을 느끼곤 했다. 세상을 살아가면서 그녀를 조금은 이해할 수가 있었다. 어렵고 힘들게 살아가는 사람에게 따뜻한 미소를 짓는 게 쉽지 않음을 깨달은 것이다.

언젠가 세월이 흘러 교사 시절 서울에서 포항 가는 버스에 도널드 총각을 위해 따뜻한 밥을 주었던 식당 아주머니가 타고 있는 것을 보았다. 어떤 남자분하고 옆자리에 앉아 매우 다정하게 이야기하고 있었다. 내리면서 인사를 하는데 나를 알아보지 못했다. 옛날에 도널드 총각이라고 소개하고 친절하게 음식을 주셔서 고마움을 느끼고 있다고 말씀드렸다. 하시는 모든 일이 다 잘되기를 바라며 헤어졌다. 친절은 항상 기억에 남는 법!

같은 일터에서 일한 것은 아니지만 서울에서 갖은 고생을 하며 일했던 친구들도 세월이 감에 따라 많이도 성장하고 발전했다. 어엿한 중소기업 사장으로 많은 직원에게 월급을 주는 친구도 있다. 그 친구들을 만나면 그들이 정말로 많은 선행을 하고 있다고 칭찬해 준다. 다른 사람들을 먹여 살리는 사람들이야말로 존경받아 마땅하다고 생각한다. 공장일이나 사업에서 중요한 역할을 하며 일자리 창출과 나라의 부를 키우는 데 힘을 보태는 친구들도 자랑스럽게 생각한다. 아울러, 짧지만 그간의 경험을 통해 조금이나마 그들을 이해할 수 있는 나 자신도 자랑스럽게 생각한다.

광화문 시대

교육청에서 일하면서 지방 교육정책에 관해서 자세히 알게 되고 또 전문가가 되어갔지만, 중앙에서는 어떻게 정책이 결정되는지 매우 궁금했다. 지방에 살아도 중앙에서 어떤 일이 벌어지고 있는지 알아야만 지방에서 교육정책을 펼쳐 나가는 데 큰 도움 될 것이라는 생각을 했다. 궁금증이 일어나면 참을 수 없는 성격인지라 중앙부처 일을 경험해보고 싶은 욕망이 점점 커졌다. 그래서 일단 서울에 있는 교육부에 쫓아 올라가 인사과장에게 교육부에서 잠깐 일하고 싶다는 뜻을 전달했다. 중앙에서는 일손이 부족하다면서 언제든지 가능하다는 메시지를 주었다.

이 뜻을 교육감을 비롯한 간부들에게 말했더니 적극적으로 돕겠다고 했다. 부교육감은 이왕에 교육부에서 일하려면 제일 바쁘고 교육청을 소상히 꿰뚫는 일을 하는 부서에 근무해야 다시 지방에 되돌아왔을 때 도움이 된다면서 교육복지정책과에서 근무할 수 있도록 주선해주었다. 교육부에 올라가기 몇 달 전부터 차근차근 준비했다. 컴퓨터를 활용한 문서작성과 통계작업을 능숙히 하기 위해 아침 출근 전에 컴퓨터 학원을 2달 동안 다녔다. 교육부로 첫날 출근을 하자마자 바로 일을 시작하게 되었다. 출근 첫날부터 관련 부처 국장 회의 자료를 만들어야 했다. 그 회의 자료를 만드느라 자정이 가까워서야 퇴근할 수 있었는데, 그때까지 과장과 직원들이 무엇인가 열심히 일하는 모습을 보고 '중앙부처는 다르긴 다르구나!'라고 생각했다. 교육부에서는 조그마한 통계작업부터 공문서 작성과 발송 등의 기초적인 실무 작업까지 혼자 스스로 했으므로 시간과 에너지가 많이 소비되었다. 지방에서 일할 때 기획서 등은 많이 만들어 보았지만, 통계작업이나 공문서 수발 등의 일은 거의 하지 않았었다.

매우 급하게 서울에 올라오는 바람에 숙소도 정해지지 않아서 할 수 없이 퇴근 후 이모네 집 신세를 져야 했다. 서울에 올라올 때는 첫날 인사하고 업무를 받은 후 청사 인근의 오피스텔을 얻을 생각이었는데 회의 자료를 만드느라 바빠 부동산 중개소에 가보지도 못하고 전주에 있는 처가 전화로 부동산 중개인과 연락하여 방을 구했다. 7월 초 그 무더운 날 광화문에 있는 비좁은 청사에서 땀을 뻘뻘 흘리며 아무 준비도 없이 출근 첫날부터 밤늦게까지 일했던 생각을 하면 지금도 웃음이 나온다.

처음 1주일간은 너무나 바쁜 데다 적응하느라 정신이 없었다. 촌사람이 서울에 올라오면 위축되듯이, 중앙부처의 모든 사람이 똑똑하고 일도 잘하는 것처럼 보이는데 신속하기까지 해서 기를 펼 수가 없었다. 새로운 구성원은 적응하는 데 크고 작은 어려움을 겪게 된다. 조직 문화나 일하는 방식을 정확히 알지 못해 순간순간 대응하는 데 순발력이 떨어지기 때문일 것이다. 심리적인 영향도 커서 큰 조직에 있었거나 상위 조직에 있던 사람이 작은 조직이나 하위 조직으로 옮길 때는 위축감이 덜하다. 하지만 거꾸로 큰 조직이나 상위 조직으로 옮기면 마음의 부담감이 더 크게 작용한다. 특히 초창기에 마음이 편안하지 않은 것은 분명한 것 같다.

1주일이 지나가며 점차 심리적으로 안정되어 처가 전화로 물색해 놓은 오피스텔을 찾아가 보았다. 오피스텔 이름이 '광화문 시대'였다. 청사 후문에서 200m 떨어진 가까운 거리여서 밤늦게 퇴근해도 전혀 문제 될 게 없었고 출퇴근하는 데 소비하는 에너지를 절약할 수 있었다. 문제는 비싼 임차료였다. 처가 꾸리는 살림살이에 영향을 받았던 것 같다. 언제가 처는 "돈은 벌어도 부족한데 순수하게 중앙부처 경험을 쌓는 일에 비용이 지나치게 많이 드는 것 같다."라는 이야기를 했다. 내가 벌어들이는 연간 수입의 상당 부분을 지출했으니 그런 이야기를 할 법도 했다. 내가 얻는 이익은 돈으로 따질 수 없는 많은 가치가 있다는 논리로 처를 설득했다. 후에 중앙에서 보고 듣고 배운 것을 지방 교육정책 과정에 참여할 때 도움 줄 수 있었고 그때 키운 안목은 세상을 넓게 아는 데 큰 도움이 되었다. 지방에서 중앙부처의 일 경험은 도전 정신이나 호기심 등이 없으면 쉽게 추진하기도 어렵고 도전 정신이 있을지라도 여러 가지 집안 사정이 뒷받침되지 않으면 쉽게 추진할 수 없는 일인데, 나는 두 가지가 충족되어 중앙부처 경험을 쌓았던 것에 대해 큰 행운이라고 생각한다.

'광화문 시대' 오피스텔은 청사에 가까이 있고 비싼 만큼 편리했다. 공간도 침대가 2개나 있고 넓어서 교육청에서 교육부에 볼일 보러 왔다가 잠자리가 필요한 직원에게 인심을 썼다. 가족들도 가끔 주말에 서울에 올라와 오피스텔에 머물면서 가까운 경복궁이나 청계천 등을 구경했다. 아들들은 호텔 같다고 하면서 매우 좋아했다. 서울의 유명한 곳을 돌아다니며 구경하고 쉬기에 안성맞춤이었다. 돈은 좀 들었어도 잠을 충분히 잘 수 있어서 좋았다. 대부분 직원이 밤늦게까지 근무하고 먼 거리의 집까지 왔다 갔다 하면서 만성적인 피로를 느끼는 것 같았다. 나는 숙소가 가까워 통근 시간이 절약되어 다행이었다. 금요일 퇴근 후에 전주로 내려가 가족과 함께 보낸 다음 월요일 새벽 서울에 올라왔으므로 주말 부부의 애환과 심리도 경험했다. 직장 이동이 빈번해지고 자녀 교육 문제까지 겹쳐 주말 부부들이 많을 수밖에 없는 현대인에게 '부부는 함께 살아야 한다'라는 옛날 분들의 말씀을 따르기 쉽지 않은 경우가 발생하는 것은 어쩔 수 없는 것 같다.

내가 일했던 부서는 전체 농어촌 교육지원 사업을 담당하고 있었기 때문에 농어촌 교육에 대한 시야가 넓어졌고, 향후 교육청에서 어떤 방향으로 농어촌 교육을 지원할 것인지 생각하는 좋은 기회였다. 내가 맡은 일 중 가장 논란이 많고 어려운 일은 학교 통폐합 업무였다. 교육청에서 학교 설립과 폐지 업무를 맡고 있을 때 정책 방향은 소규모학교 통폐합을 적극적으로 추진하지 않는 것이었다. 농어촌 소규모학교가 많은 전북은 작고 아름다운 학교 육성이 바람직스럽다는 정책을 펴고 있었다. 따라서 소규모학교에 대한 지원 방안을 연구할 정도였다. 그러나 교육부에서 업무를 맡았을 때 소규모학교의 정책 방향은 통폐합하여 적정 규모의 학교와 학급 규모를 유지하여 학생들이 잘 배울 수 있도록 하자는 것으로 잡혀 있었다. 학생 1인당 투입되는 비용이 소규모학교가 훨씬 더 많은 것은 차치하고라도 소규모학교에서는 학생들이 잘 배울 수가 없다는 이유에서였다. 한 예로 학생들은 또래 아이들을 통해서 배움의 기회가 많은데 소규모학교에서는 너무나 또래 아이들이 적어서 그러한 기회가 줄어든다. 그러한 논리는 일면 설득력이 있지만, 문제점도 있었다. 특히 초등학교의 어린 학생들은 집 근처의 학교가 폐교되면 버스를 타고 먼 거리 학교에 가게 되어 이동 시간이 만만치 않다. 이 마을 저 마을 한두 명 학생을 태우러 이동하면서 기다리는 시간이 길어져 어린 학생들이 힘들어하고 방과 후 교육이 쉽지 않다.

어린 학생일수록 집 근처의 학교에 다니는 것이 바람직하다고 생각하지만, 초등학교 분교에서 두 학년 학생을 함께 가르칠 때 어려움이 많았다. 학생 수가 지나치게 적으면 열정이 줄고 학생들도 활력이 떨어진다. 이러한 경험을 토대로 학생들의 교육과정이 정상적으로 운영될 수 있도록 하되 지역주민과 학부모의 의견을 존중하여 학교 통폐합을 결정하도록 방향을 설정하고 추진하였다. 지역적 여건이 모두 다르므로 중앙에서 강제적으로 학생 수 기준으로 학교를 없애는 정책은 부작용을 초래할 수 있다는 것을 인식하고 있었기 때문이다. 학교 통폐합은 학생이 이익을 크게 얻을 수 있기도 하고 오히려 좋지 않은 결과를 초래할 수도 있으므로 학생과 지역 상황을 가장 잘 알고 있는 학부모와 지역주민의 의견이 존중되어야 한다.

내가 맡고 있었던 교직원 사택 지원 사업은 교직원들을 위해 베푸는 행정이어서 집행 과정에서는 시원시원하게 일을 진행시킬 수 있었다. 그런데 감사원 감사를 6주 동안 받으며 감사의 고통을 뼈저리게 실감했다. 당시 감사장에 가장 많이 호출된 사람 중의 한 명으로 인정되어 감사를 마친 후 수고 많이 했다는 위로를 받았다. 감사관은 경제성과 합리성에 기초한 시각으로 감사를 진행했다. 교직원 사택이 필요한 곳은 농산어촌 오지의 학교가 많다. 이런 곳은 하숙집과 살만한 집을 구하기 어려우므로 교직원의 사택 지원 요청이 잇따른다. 이러한 학교는 학생 수가 줄어 곧 통폐합에 직면할 수도 있다. 학교 교직원 사택 지원기준에 대해 나와 감사관의 시각이 달라서 그 간격을 좁힐 수가 없었다. 결국, 감사관의 이해를 돕기 위해 현지 방문을 추진하여 겨우 납득시킬 수 있었다. 언젠가 폐교될지 모르는 적지 않은 농산어촌 오지 학교가 사택이 필요하다는 것을 감사관도 인식하였다. 그 결과 좀 더 사택 지원의 합리성을 도모하라는 주의를 받는 수준에서 감사가 마무리됐다.

학교 통폐합 정책은 아주 민감한 사안이어서 청와대에 호출되어 정책 추진 상황을 설명해야 했고 국회에도 수없이 많은 자료를 제출해야 했다. 교육부 차관이 학교 통폐합 정책을 기초 자치단체장들에게 발표할 수 있도록 자료를 준비하는 과정에서 그 바쁜 차관이 하나하나 얼마나 심혈을 기울이는지도 지켜보았다. 한 가지 정책수행을 하는 데 있어서 살펴보고 설명해야 할 기관, 단체, 이해관계자가 수없이 많아서 논리적으로 확실하게 정립이 되지 않은 정책은 자원을 소모하여 나라에 손해를 끼칠 수 있다는 것을 깨달을 수 있었다. 나는 겨우 3가지 사업을 가지고도 챙겨야 할 것들이 수없이 많았다. 수시로 장관과 간부들에게 일의 진행 상황이 체크되었다. 당시 학교 통폐합은 1,000억 원가량 예산이 소요되어 관심을 기울이지 않을 수 없었다.

교육부에서 이러한 일을 하는 동안 직원들의 이름과 얼굴을 외웠다. 지식뿐만 아니라 사람을 아는 것도 힘이 되기 때문이었다. 그리고 교육부 여러 정책 결정 과정을 하나라도 놓치지 않기 위해 귀를 쫑긋 세우고 진행 상황을 수시로 유심히 확인했다. 지방에서 계속 근무했으면 알지 못했을 경험과 중요한 국가 교육 정책들의 전개 과정을 살펴볼 수 있었던 기회는 가치 있는 자산이 되었다. 정책이 팀장, 과장, 국장 손에 의해 수없이 고쳐지고 다듬어지는 과정을 보고 겪으며 배웠다. 상사는 말로만 잘하라고 시키는 것보다 연필을 들고 핵심을 바로잡아 줄 수 있는 능력이 필요함을 함께 배웠다. 바쁘고 힘든 일을 맡은 부서장일수록 일 잘하는 사람을 선호할 수밖에 없다는 것도 보았다. 지나치게 균형을 추구하는 정책 입안은 안정감은 있지만, 좀 더 발전적인 방향으로 나아가기가 힘들다는 것도 알았다. 일이 추진되려면 균형이 약간 무너져야 하는데 잘못되는 방향으로 무너지면 손실이 크므로, 용기를 가지고 잘되는 쪽으로 균형을 조금 기울게 하여 바람직한 성과를 내는 것도 깨달아 가며 그 귀중한 배움을 나중에 잘 활용해 보고 싶었다.

전쟁이 만든 운명

인간은 살아가면서 크고 작은 경험으로 이루어진 결과물을 안팎으로 쌓아간다. 몸에 축적되며 만들어진 경험이건 깊은 사유를 통해 산출해낸 경험이건 사람의 삶을 이룬다. 신체적 경험과 사유 체험 모두 경험으로 이해하면 좀 더 쉬울 것 같다. 경험을 그냥 마음에 묻어놓는 경우가 있고, 다른 사람에게 이야기로 전달하기도 하고, 예술 작품으로 만들거나 책으로 묶어 많은 사람이 간접 경험을 할 수 있게 하기도 한다. 어려서는 무조건 몸으로 때우는 식의 경험을 제일로 여겼지만, 나이가 들수록 시간과 공간의 제약으로 사유 경험에 무게가 더해지며 다른 사람의 경험을 어떻게 유익하게 활용할 것인가에 관심이 쏠린다.

고등학교 때 교련을 가르치는 선생님이 계셨다. 교련은 즐거운 시간은 아니었다. 햇볕이 쨍쨍 내리쬐는 운동장에서 줄을 맞추어 행진하거나 나무로 된 총을 가지고 군사훈련을 하는 것을 좋아하는 학생은 없었다. 그런데 선생님에게 불평하는 친구들은 거의 없었다. 선생님이 전쟁에 관한 전문가라는 것을 모두 다 알고 있었으므로 선생님의 이야기 한마디면 힘들어도 열심히 따르기 위해 노력했다. 그 선생님은 고등학생 때 6.25가 발발하여 직접 전쟁터를 누빈 전설적인 용사였다. 가장 잊히지 않는 그 선생님의 경험담은 첫 전투 장면이다. 어렵게 전우들과 함께 고지를 점령하고 각자 흩어져서 낙오된 적병이나 숨어 있는 적들을 소탕하는 임무를 수행하던 중 부상당한 장교를 호위하며 후퇴하는 4명의 적과 느닷없이 마주쳤다고 한다. 순간적으로 마주치자 적병 중 1명이 순식간에 튀어 달아났는데 그 즉시 나머지 3명을 모두 사살했다고 한다. 무서움에 가까이 가서 죽었는지를 확인하지 못하고 총탄이 떨어지면 재장전하며 계속 쏘아대고 있을 때 선임 하사가 달려와서 총을 내려놓도록 했을 때야 겨우 총 쏘는 것을 멈출 수가 있었다고 한다. 고등학교 학생이 전쟁에 나가 처음으로 전투를 하고 적병을 사살하는 것이 얼마나 처절한 경험이었는지를 있는 그대로 진솔하게 설명해주시면서 얼굴에 그늘을 드리우던 모습이 지금도 잊히지 않고 있다. 선생님이 그 후에도 수많은 전투에서 살아남아 장교가 되어 고등학생들에게 군사훈련을 가르치게 된 여정이 얼마나 극적이고 고통스러웠을지 우리 학생들도 충분히 이해할 수 있었다. 우리는 그분에게 꼼짝할 수가 없었다. 우리가 잘못을 저질러 눈빛을 쏘아 보낼 땐 무서움까지 느꼈을 정도였다. 언젠가 대학을 다닐 때 우연히 같은 버스에 타게 되었다. 나는 의자에 앉아 있고 선생님은 서 계셔서 자리를 양보했더니 끝까지 서 계셔서 덩달아 같이 서서 목적지까지 갔던 기억이 있다.

고향 동네는 노령산맥의 산골짜기에 있다. 산골 마을임에도 6·25 때 인명피해가 거의 없었다. 동네 어른들은 우리 동네 위치가 커다란 싸움에 휘말리지 않는 타고난 입지 조건이어서 복을 타고난 동네라고 했다. 우리 동네에서 태어난 걸 자랑스럽게 여겨야 한다고 했다. 그런데 이데올로기의 대립에서 수많은 고초와 어려움을 경험한 분이 있다. 당시 동네 사랑방에서 놀고 있던 19세 청년 3명이 갑자기 들이닥친 빨치산에게 끌려갔다. 아버지 형제분 한 명도 함께 산으로 끌려갔다. 2명은 우여곡절 끝에 탈출에 성공했지만 1명은 탈출하지 못하고 빨치산 활동을 계속하다가 지리산에서 국군에게 포로로 잡혔다. 그 후로 감옥살이를 계속하게 되었다. 그분 부모는 우리 동네에서 살고 계셨고 너무나 기막힌 운명에 말이 없었다. 그분 아버지가 마을 밖 외로이 떨어져 있는 커다란 팽나무 아래에 늘 앉아 있던 모습이 떠오른다. 주위의 어른들 이야기로는 6.25 전쟁이 끝난지가 오래되어서 그가 공산주의를 버리고 자유 민주주의로 전향하면 감옥살이로부터 풀려 나올 수 있는데도 전향하지 않고 있다고 했다. 순진한 어린 청년이 빨치산 활동을 하면서 공산주의 사상을 신봉하게 되어 쉽게 바꿀 수가 없는 모양이라고들 했다. 그분은 그렇게 감옥살이를 계속하다 환갑이 다되어서 석방되어 고향으로 되돌아왔다.

19세에 산으로 끌려갔던 사람이 환갑이 다 되어서야 고향으로 돌아온 사건은 산골 마을에서 대단히 큰일이었다. 그것도 공산주의 사상을 버린 것도 아니고 미전향 장기수의 꼬리표를 붙이고 고향 마을에서 다시 살게 된 것이다. 20대 교사였던 나는 그분을 보면서 분단된 조국과 갈라진 이념 때문에 아까운 청춘을 감옥에서 보내고 환갑이 다되어 새 삶을 시작하는 모습에 안타까움을 금할 수 없었다. 그분의 살아온 삶은 너무나 시대에 동떨어져 동네에서 제대로 적응할 수가 없었다. 과거식의 농사법도 사라지고 사람들의 사고도 모두 달라지고 사람 자체도 크게 바뀌어 설 자리가 거의 없어 보였다. 그분이 생각한 이상적인 삶을 위해 농사를 열심히 지었지만 신통치 않았다. 결국, 끝까지 공산주의 사상을 버리지 못하고 북한에서 살기를 희망하여 남과 북의 당국자들이 합의하여 북한으로 가서 살게 되어 더 이상 그분을 볼 수가 없게 되었다. 북한에서의 삶도 이방인으로 남을 수밖에 없을 것이라는 생각을 한다. 그분의 삶은 극적이지만 전쟁은 너무나 많은 삶의 운명에 오래도록 큰 아픔을 남긴다.

지혜로운 경험

사람은 이것저것 잘하고 싶고 잘 알고 싶은 욕망이 있다. 이러한 욕망을 적절히 잘 절제하여 올바른 방향으로 접근하기도 하고 그릇되게 다가갈 수도 있다. 어려서부터 주변에는 담배 피우는 분들이 계셨다. 아버지는 상당히 오랜 기간 담배를 피우셔서 담배를 사다 드리는 심부름을 자주 하곤 했다. 외할머니도 담배를 굉장히 즐기셨다. 어느 날 갑자기 아버지는 담배를 뚝 끊으셨는데 그 후로 어머니가 담배를 피우기 시작하여 지금까지 틈틈이 담배를 피우신다. 그런데 이상하게 나는 어린 시절과 청소년 시절, 성인 시절에도 담배를 피우고 싶다는 호기심이 전혀 발동되지 않았다. 담배 피우는 것이 몸에 좋지 않다는 이야기를 받아들여 그 가치관이 분명하게 자리를 잡았던 모양이다. 전혀 담배 피우는 시도조차 해보지 않은 것에 대해 주위 친구들은 참 희한하다고 한다. 호기심에서라도 한 번쯤 담배를 입에 댈 시도를 하지 않은 것에 대해 지나치게 착하다는 표현까지 들을 정도였지만 그래도 입에 대고 싶지 않았다. 아버지는 술을 지나치게 드시던 시절이 있었지만 절대로 도박에는 손대지 않았다. 과거에 시골 농촌에서는 농한기에 수많은 어른이 도박으로 인해 가족이 불화를 겪고 심지어 재산을 탕진하여 어려움을 겪는 경우도 종종 있었다. 주위에서 많은 사람이 즐기는 도박에 아버지는 전혀 참여하지 않으셨고 그 점에 대해서는 어머니도 매우 안심하고 좋아하셨다. 나도 마찬가지였다. 어려서부터 동전을 가지고 돈 따먹기부터 시작하여 청년 이후로 주변 친구들이 만날 때마다 고스톱이나 포커 등의 놀이를 하며 돈을 주고받는 것을 구경하면서도 전혀 직접 해보고 싶다는 생각이 없었다. 그런 놀이에 호기심이 발동하지 않는 걸 보면 스스로 나 자신이 대견했다. 이런저런 일 경험도 많이 하고 구경하기도 좋아하여 다양한 경험 추구를 끊임없이 했는데도 사회에서 일반적으로 칭찬하지 않는 일에 대해서는 시험 삼아 시도해 볼 생각도 하지 않아 법 없이도 살 수 있는 사람이라는 평을 듣기까지 했다. 남을 괴롭히거나 힘들게 하는 일이 거의 없었기 때문에 얌전하다는 평도 들었다.

문제는 세상은 착하고 선한 삶만이 존재하는 것이 아니고 수많은 갈등과 싸움 폭력 등이 뒤섞여서 굴러간다는 데 있다. 그러므로 바르지 못한 삶의 세계를 모르면 세상을 이해하는 데 어려움이 있을 수 있고 너무 순진하여 불이익을 당할 수도 있다. 기본적으로 세상은 선이 악을 물리치고 바르게 진행되어 가지만 나쁜 측면의 모습을 알지 못하면 적을 알지 못하고 싸우는 꼴이 되어 어려움을 겪을 수 있다. 좋지 않은 경험을 이해하는 데 간접 경험의 방법에 의존하는 것이 삶의 지혜다. 날마다 쏟아지는 사건 사고 소식을 반면교사 삼아 스스로 선과 악을 판단할 수 있는 분별력을 기를 수 있다고 생각을 한다. 호기심 충족을 위해 닥치는 대로 경험하기보다는 신중하게 생각하여 선택적으로 경험할 필요가 있다. 호기심 충족 경험은 이성적인 접근이 필요하다. 중독 위험성이 큰 마약이나 도박 등의 직접 경험 호기심을 억누르기 위해서는 강한 의지가 필수다. 경험해보고 싶다고 전부 해보려다 수렁에 빠져 헤어 나오지 못할 수도 있기 때문이다. 자기 발전과 사회에 도움이 될 수 있는 대상을 선택적으로 경험을 하는 판단력이 요구된다.

호기심은 세상을 배우고 싶고 알고 싶어 하는 열망이므로 우리가 사는 세계에 대해 의문을 가지게 된다. 호기심이 많으면 현상에 대해서 정확히 이해하고 싶어 끊임없이 질문한다. 초등학생 아들이 질문을 많이 한다. "지구는 어떻게 스스로 돌기 시작했어요?" "팽이는 돌다가 곧 쓰러지는데 왜 지구는 끊임없이 돌까요?" 나는 아직도 지구가 계속 도는 이유를 속 시원하게 대답하지 못하고 있다. 아들은 이 의문을 품게 되어 이와 관련된 호기심 충족 경험을 언젠가 이루게 될 것이다.

Chapter 5

영국에서 살아보기

기숙사 친구들

영국에서 생활하는 동안 처가 아이를 낳은 후 데리고 오기 전 1년 가까이 대학 공동기숙사에서 지냈다. 35세의 유부남이 20대의 세계 여러 나라 학생들과 같이 살았던 경험은 보통 사람이 쉽게 체험할 수 없는 특이하고 값진 것이었다. 대학에서는 외국의 학생들이 생활하기에 불편함이 없도록 기숙사에 신경을 많이 써서 이용하는 데 모자람이 없었다. 다른 학생들과 살았던 기숙사는 전형적인 유럽풍의 3층짜리 연립 주택 비슷한 구조로, 빨간 벽돌로 지어져 고풍스러운데다가 창문도 멋있게 디자인되어 있어 운치 있었다. 내가 살았던 2층은 복도를 사이에 두고 모두 10개의 방이 있었다. 중간에 마음대로 요리할 수 있도록 조리 시설이 아주 잘 되어 있었고 냉장고도 2개나 비치되어 있어서 자취하는 데 전혀 문제가 없었다. 화장실과 샤워실은 양쪽 끝에 2곳이 설치되어 있었고 방을 제외한 복도 등 기숙사 내부는 따로 환경미화원 아줌마들이 날마다 깨끗이 청소했다. 프랑스 2명, 폴란드 1명, 홍콩 1명, 한국 2명, 그리스 2명 터키 1명, 남아프리카공화국에 둘러싸여 있는 조그만 나라 레소토 1명 이렇게 10명이 같이 살았다. 낮에는 강의 듣거나 도서관에서 공부하느라 바빴지만, 아침저녁으로 얼굴을 마주 보고 주말에도 같이 보내는 경우가 많아서 저절로 친해졌다.

식사는 각각 자기 나라 방식대로 요리해서 먹었다. 처음에는 외국 학생들을 의식해서 고추장 된장 김치 등을 활용한 요리를 꺼렸지만, 좀 친숙해지자 한국 음식을 마음대로 해 먹었다. '장'이라고 불리는 한국 친구가 있어서 함께 한국 음식을 요리할 때도 있었다. 프랑스 학생들은 듣던 대로 음식을 시간을 들여 정성스럽게 만들어 천천히 먹었다. 생각한 것과 달리 그들은 주로 육식보다 여러 가지 과일과 채소를 즐겨 먹었다. 덕분에 그들은 호리호리하고 날씬한 몸매를 가진 것 같다. 그에 비해서 레소토 출신 학생은 거의 채소를 섭취하지 않고 고기를 프라이팬에 익혀서 남방 쌀로 만든 밥에 얹어서 먹었다. 그는 뚱뚱했고 감기에도 자주 걸렸다. 이러한 식단과 몸매는 아래층에 살았던 아프리카 친구들도 비슷했다. 그리스 친구들은 먹는 양이 많았다. 그리스에서 온 한 친구는 엄마가 보내준 음식이라면서 달고 맛있는 음식을 푸짐하게 쌓아놓고 먹으며 우리에게 맛보는 것을 권했다. 그 친구의 엄마는 아주 맛있는 음식을 자주 보내줘서 마음속으로 '그리스 엄마들은 한국 엄마들처럼 아들 사랑하는 마음이 넘치나 보다.'라고 생각했다. 또 다른 그리스 친구는 커피를 조그만 컵에 어찌나 진하게 타서 마시는지 한잔 권하여 마셨다가 잠을 못 이루어 혼이 났었다. 홍콩 친구는 부엌에서 음식 만드는 걸 잘 보지 못했다. 순식간에 라면 등을 끓여서 자기 방에 들어가 먹었으므로 이야기할 기회가 별로 없었다. 터키 친구는 마트에서 피자나 그 비슷한 인스턴트 음식을 주로 사 먹었다. 후에 터키에 여행 가서 그들이 주로 먹는 케밥을 먹어 보고 나서야 그 터키 친구가 왜 피자를 즐겼는지 이해할 수 있었다. 폴란드 친구도 음식 만드는 것을 즐겼다. 그 모습을 구경하며 "남자가 음식 만드는데 시간을 많이도 들인다."라고 농담을 했다. 서로 색다른 음식 냄새에 호기심을 가졌고 각 나라의 특색 있는 음식을 맛보기도 했다. 그 친구들은 고추장, 멸치, 마른김, 김치를 신기해하며 맛보는 시도를 했다. 한국 라면은 매우 좋아해서 선물로 주곤 했다. 가스레인지, 냉장고, 프라이팬이나 도마, 주전자 등은 공용이었기 때문에 사용하고 씻어 놓으면 다른 학생들이 사용하면 됐고 냉장고도 적당히 빈 곳을 찾아 자기네 음식을 보관하면 됐다. 요리하느라 부엌이 너무 복잡하면 탁자에 둘러앉아 기다리며 서로 농담도 하고 놀기도 하며 시간을 보냈다. 저녁에 방에서 혼자 공부하다가 틈만 나면 나와 차를 마시든지 마주친 학생들과 이야기하며 쉬는 공간이 부엌이었다. 밤이 깊도록 부엌에서 누군가가 이야기하는 소리, 음식 만드는 소리 등이 끊일 시간이 없었다. 나만 30대이고 나머지는 젊은 20대였지만 모두 친구가 되어 지냈다. 10명 중 전공이 같은 사람이 없어서 관심도 다르고 잘하는 것도 달랐지만 그 때문에 서로에 대한 호기심으로 이것저것 물어볼 수 있어 좋았다.

나라도 다르고 개성도 다른 10명이 모여서 만들어내는 사건이 많았다. 가장 갈등이 많았던 부분은 놀이 문화 차이였다. 평소에는 모두 공부하랴 과제 제출하랴 눈코 뜰 새 없이 바빴지만, 주말이 되면 서양 친구들은 노는 것에 몰두했다. 금요일 저녁이면 각 층에 있는 공동 부엌 겸 휴게실을 이용해 파티를 열곤 했다. 특히 그리스 친구들이 파티를 자주 열곤 했는데 그리스 음악을 크게 틀어 놓고 술과 음료를 마시며 떠들어 댔다. 우리에게 같이 놀자고 권유하는 것 말고는 파티에 참석하건 안 하건 신나게 놀았다. 그런 파티 문화에 익숙지 않은 몇몇 친구들은 굉장히 스트레스를 받았다. 잠깐 같이 술 몇 잔 마시고 이야기하다 방에 들어와 밤새도록 계속되는 파티의 시끄러움을 참아야 했다. 지금 생각하면 그때 파티는 아주 좋은 기회였다. 시끄럽다고 불평해도 파티가 금방 끝나지 않으므로 이왕이면 같이 어울려서 실컷 놀면서 사람들이나 몽땅 사귀고 영어 말하기 연습도 했으면 기숙사 생활이 훨씬 더 풍요로워지지 않았을까 하는 아쉬움이 있다. 그때는 파티하는 학생들에게 배려심이 없다고 투덜댔다. 아침이면 그들은 언제 그랬냐는 듯이 밝게 웃으며 인사하고 밤새 어지러워진 부엌 겸 휴게실을 정리하고 있었다. 그렇게 주말에 재미있게 노는 것이 삶에 활력을 주는 것 같았다. 시끌벅적하며 지내는 낙천성이 부럽기도 했다. 나는 프랑스 친구와 폴란드 친구 사이의 방을 사용하고 있었다. 프랑스 친구들은 그리스 친구들처럼 요란한 파티를 열지는 않았다. 끊임없이 친구들을 초대해서 조용히 이야기하는 것을 즐겼다. 폴란드 친구는 여자 친구를 데려와 밤새도록 낄낄거려 조용히 잠자는 데 방해가 되었다. 그 기숙사는 외관의 아름다움과는 달리 방의 방음시설은 좋지 않아서 옆방에서 떠들면 공부하거나 잠을 자는 데 방해되었다. 하루는 폴란드 친구에게 내가 공부 때문에 매우 신경이 곤두서 있으니 여자 친구 기숙사 방에 가서 노는 게 어떠냐는 제안을 했다. 그 후 그는 여자 친구 기숙사로 놀러 다녔기 때문에 조용히 지낼 수 있었다.

한번은 터키 친구가 농구 경기를 하자고 제안하여 체육관에 몰려가 신나게 농구를 하며 놀았다. 그 친구는 터키의 명문대학 졸업 후 은행에서 잠깐 근무하다가 MBA 과정을 공부하러 온 엘리트였다. 나의 영어 발음에 문제가 많다며 정확한 영어 발음을 종종 지도해 주었다. 영어를 좀 더 유창하게 구사했다면 기숙사 친구들과 좀 더 깊이 있는 대화를 할 수 있었을 텐데 그러지 못해 아쉬움이 있다. 마지막 학기에 접어들면서 모두 향후 진로 때문에 바빠서 재미있는 이벤트는 많이 줄어들었다. 나도 그 기숙사에서 가족 기숙사로 옮겼기 때문에 외국 친구들과 날마다 얼굴 맞대고 지낼 수 없게 되었다. 그 친구들도 1년 후에 모두 고국으로 돌아가거나 기숙사를 떠났기 때문에 다시는 볼 수가 없었다. 그들과 버밍엄대 동문 겸 기숙사 동료 학생으로서 많은 시간 동안 부대끼고 살았기 때문인지 가끔 그들이 어떻게 살고 있을까 궁금해진다. 모두 성실하고 유능한 친구들이어서 고국에서 중요한 일을 하고 있으리라 생각한다. 그 친구들을 겪으면서 그 나라 사람 대부분이 그들과 비슷하리라고 생각했다. 잠시 겪은 사람을 그 나라 사람 전체로 확대해 해석하는 것은 지극히 비합리적이지만, 기숙사 친구들은 나를 어떻게 생각했을 것이며 나를 통해 한국에 관한 어떤 이미지를 갖게 됐을지 궁금하다. 혹시라도 다시 외국 학생들과 같이 지낼 기회가 생긴다면 좀 더 적극적으로 우정을 나눠볼 생각이다. 여러 나라 학생들과 함께 생활하는 것은 30대 중반 나이에 흔한 경험은 아니어서 두고두고 자랑거리가 되었다.

주중에는 과제를 해결하느라 매우 바쁘고 주말에는 좀 한가했다. 주말을 즐기는 방법은 럭비와 축구 등 스포츠 구경이었고 가끔 직접 공을 차기도 했다. 대학 기숙사가 있는 동네와 옆 동네의 럭비 경기가 주말마다 있었다. 관심 있는 동네 사람들이 모두 모여 응원을 했다. 그들이 나에게 어느 편이냐고 묻곤 했을 때 대학 기숙사가 있는 동네 편이라고 대답하며 같이 어울려 열심히 지켜보았다. 봄, 가을은 물론 겨울에도 푸른 잔디 경기장에서 격렬하게 부딪히면서 조금이라도 더 전진하려 싸우는 모습은 전쟁이나 다를 바 없었다. 경기장 라인 뒤에 서서 지켜보며 뛰는 선수의 숨소리까지 직접 들었으므로 더욱더 흥미진진했다. 영국을 신사복을 입은 점잖은 사람들이 사는 곳으로만 생각했는데, 럭비 경기하는 사람들은 머리카락을 빡빡 밀어버리고 굉장히 거칠게 보이는 모습이 많았다. 축구 경기하는 곳에 가보아도 청년들의 모습이 거칠어 보여 영국에 가기 전에 가졌던 선입견이 모두 사라졌다.

럭비는 영국의 문화를 반영한 것으로 공격적이고 한 치의 양보도 없이 이기기 위해 사력을 다하는 스포츠다. 흙이 메말라 있는 경우가 드물어 경기가 시작되면 유니폼과 온몸이 흙투성이가 되고 유니폼이 찢어지기도 해서 볼만한 구경거리였다. 진흙밭에서 모든 체면을 잊고 뒹굴다 보면 흙과 일체감을 느끼게 되고 그냥 기분이 좋아 무아지경이 되는 걸 경험으로 알고 있다. 비 오는 날 흙 운동장에서 축구를 열심히 해보거나 갯벌에 가서 흙으로 온몸이 뒤범벅되어 게 등을 쫓아다니면 알 수 있다. 인간은 동물이기 때문에 땅을 밟고 활동하면 기분이 좋아진다. 그러나 문명이 발전할수록 흙을 멀리하고 깨끗해지려 해서 뭔지 모를 답답함을 느낄 때가 많아진다. 영국은 잔디밭과 흙에서 뛰고 노는 활동을 굉장히 즐기지만 우리는 땅 위로 아파트를 지어 흙에서 멀리 떨어지기 위해 노력하는 것처럼 보인다. 아마 우리도 좀 더 잘사는 나라가 되면 흙에 가까이서 살고자 하는 욕망이 커질 것이다. 럭비 경기는 몸과 몸이 격렬하게 부딪치므로 자칫 큰 부상으로 이어질 수 있어 심판의 권위가 대단했다. 축구의 경우 심판이 선수의 과도한 행동에 대해 경고하면 축구화 끈을 만지작거리든지 고개를 돌리고 외면하는 때도 있지만, 럭비 심판의 경고에 선수들은 아주 공손하게 받아들였다. 사납게 경기할 때와는 달리 양처럼 고분고분해졌다.

럭비 구경을 하면서 저 친구들이 전쟁하러 나가면 규율을 존중하며 전력을 다해 싸울 것이라는 생각을 했다. 럭비와 축구뿐만 아니라 야구 비슷한 크리켓 구경을 하면서 영국은 자기들이 만들어 낸 다양한 스포츠를 통해 체력을 기르고 소속감과 일체감을 가진 국민을 길러내고 있다고 생각했다.

주말 낮에는 여러 가지 운동경기를 쫓아다니며 구경을 하고 저녁에는 딱히 공부 외에는 할 일이 없었다. 가족과 떨어져 주말을 보내는 것은 매우 외로운 일이었다. 사랑하는 가족들을 보고 싶지만 금방 고국으로 달려갈 수도 없어 종종 맥주를 마시러 가곤 했다. 나와 같이 주말이면 갈 곳이 없는 학생들을 위해 대학에서는 기숙사 옆에 펍을 운영하고 있었다. 그곳에서 온 나라 학생들이 모여 맥주잔을 앞에 두고 문을 닫을 때까지 떠들며 보냈다. 유럽 친구들은 대부분 교환 학생으로 나이가 어렸고 아프리카 쪽에서 온 친구들은 그에 비해서는 나이가 좀 있었다. 그들은 거의 영국 정부의 지원을 받고 있었다. 처음에는 BBC가 왜 그리 상세하게 아프리카 소식을 전해 주는지 이해할 수가 없었다. 우리나라에서는 아프리카에 관한 뉴스는 대규모의 사건 외에는 별로 접할 수가 없지만, 영국은 자기 안방처럼 소상하게 아프리카 소식을 전했다. 점차 깨달은 것이지만 영국과 아프리카는 경제적으로 밀접한 관계였다. 우선 시장에서 아프리카에서 재배한 여러 가지 농산물을 쉽게 접할 수 있었다. 그 외에도 자원 거래와 인적 교류가 대규모로 이루어지고 있었다. 어떤 투자보다 인적자원에 대한 투자는 초기 비용이 많이 들어갈 수 있지만, 장기적으로 큰 이득을 준다는 것은 모두 다 알고 있지 않은가? 아프리카 학생들과 이야기 나누어 보면 영국에서 공부할 기회를 준 것에 대해 매우 고마워하고 있었다. 그들은 고국으로 돌아가 중요한 일을 할 가능성이 있어 그들에 대한 투자는 더욱 가치가 큰 것으로 생각되었다.

영국에서 2년간 공부하면서 상당히 많은 돈을 썼다. 내 돈을 쓰고 살았으면서도 영국에 대해 호의적인 생각을 가지는 데 영국의 지원을 받아 공부한 아프리카 학생들은 영국에 대해 더욱더 호의적일 것이다. 우리도 이제 외국 학생들에 대한 과감한 투자를 고려해볼 만하다. 그리고 공부뿐만 아니라 일하러 온 외국인, 결혼하여 온 외국인, 외국 여행객 등에게 웃으며 친절하게 무엇인가 도움을 주면 반드시 좋은 결실이 있을 것이라는 생각을 한다.

영국의 다른 대학도 마찬가지겠지만 버밍엄대학도 졸업생을 체계적으로 관리하며 수시로 도움을 요청해 온다. 졸업한 지 15년이 넘는데도 계속해서 1년에 여러 차례 편지와 소식지를 전해온다. 나는 졸업하면서 시골 부모님 댁의 주소를 버밍엄대학에 남겨 놓고 왔다. 처도 마찬가지였다. 시골 동네 우편배달부 아저씨는 영어로 된 우편물이 오면 당연히 나와 처에게 온 편지로 알았고 아버지 어머니는 그것을 모았다가 우리 부부에게 전해 주곤 했다.

2008년 5월에 버밍엄대학에서 보내온 편지 내용의 일부다.

"버밍엄대학이 영국에서 항상 Top 수준의 좋은 대학으로 평가를 받는 것은 현재 일하고 있는 교수와 직원 그리고 공부하고 있는 학생들뿐 아니라 졸업생 여러분이 함께 이루어 가고 있기 때문입니다. 버밍엄대학에서 졸업생 여러분이 받은 수준 높은 교육에 대하여 자랑스러움과 고마움을 느끼는 것은 매우 멋진 경험일 것입니다. 졸업생들과 접촉을 유지하면서 가장 큰 기쁨 중의 하나는 여러분들이 버밍엄대학에 대하여 생각하고 있는 따뜻한 마음과 열정을 느낀다는 것입니다. 올해는 학생들을 위해 30만 파운드의 기금을 조성할 계획입니다. 72명이 50파운드를 기부하면 3년 동안 2명에게 장학금을 줄 수 있습니다."

편지 내용은 대학 소식도 전하고, 대학에 대해 자부심을 느끼게 하면서 구체적으로 도움을 요청하여 언젠가 나도 학생들을 위해 도움을 주고 싶다는 마음을 가질 수 있도록 매우 사려 깊게 구성하는 것이 특징이다. 이러한 편지를 버밍엄대학에서 공부한 세계 각지의 수많은 졸업생에게 계속해서 보내면 대학에 대한 일체감과 뭔가 기여하고 싶은 마음이 생길 거라는 생각을 한다. 그러한 마음을 각인시키게 되면 기부금이 아니라도 어떤 일을 하건 영국에게 이익이 되는 방향으로 일 처리를 할 비율이 높을 것이다.

공동기숙사 생활을 하며 즐겁게 지내는 동안 처와 어린 아들이랑 함께 살 수 있는 가족 기숙사를 구하기 위해 동분서주했다. 가족 기숙사는 학생들의 요구만큼 많지 않았기 때문에 몇 달 전 예약을 해야 했다. 기숙사 담당 직원이 빈방이 있다고 해서 찾아가 봤더니 햇볕이 들지 않았다. 아이 키우기가 적당하지 않아 보였다. 사정을 이야기하고 햇볕이 잘 드는 방을 부탁했다. 그런데 방이 빌 때마다 찾아가 보면 다른 조건들이 좋지 않아 처와 아들이 도착할 무렵이 되자 매우 초조했다. 다행히 가족이 도착하기 1주일 전에 마음에 드는 가족 기숙사를 구하여 이사할 수 있었다. 정들었던 공동기숙사 친구들과 헤어지고 가족이 살기에 필요한 것들을 준비하기 위해 1주일을 정신없이 보냈다.

드디어 차를 몰고 런던 히드로 공항에 처와 아들을 픽업하러 가는 날은 말 그대로 날아가는 기분이었다. 처는 돌도 되지 않은 아기를 데리고 오느라 너무나 지쳐 있었지만, 기쁜 모습을 감추지 않았다. 아기와 함께 반가움, 기대, 설렘을 가득 안고 있었다. 오랫동안 떨어져 살다가 그렇게 세 식구가 함께 모여 가족 기숙사 생활을 시작했다. 가족과 함께 생활하면서 크게 달라진 점은 아들이 너무 어려 온종일 돌봄이 필요해 외국 학생들을 만날 기회가 줄어들었다. 가족과 함께 생활하면서부터 우리말만 사용하면 됐으므로 답답함이 해소되어 좋았다. 한국인 가족들이 이웃에 있어 서로 초대하여 식사를 함께하곤 했다. 주말에는 기숙사 주차장에서 남자들은 족구를 하고 여성들은 잔디밭에서 고기를 구워 아이들과 먹으며 놀았다. 기숙사 주차장에서 시끌벅적 한국 사람들이 족구를 하고 있으면 외국인들이 신기하다는 듯 구경하며 지나갔다. 영국 TV 퀴즈 프로그램에서 족구가 어느 나라에서 유래 됐는지를 묻자 한국이라고 대답하여 정답으로 인정받는 것을 본 적이 있다. 주말에 말이 서로 잘 통하는 가족끼리 모여서 노는 것은 매우 즐거웠지만, 기숙사에서 외국인들과 함께 생활하면서 겪는 즐거움은 거의 없었다. 대신, 외국인과 겪은 여러 가지 간접 경험을 듣고 얻을 수 있는 정보는 늘어났다.

기숙사에서 가족과 함께 생활하면서 하루도 거르지 않고 산책했다. 영국 사람은 집 근처를 여유 있게 산책하는 것이 일상이다. 우리 가족도 덩달아 날마다 기숙사에 붙어 있는 공원을 산책했다. 넓지만 사람들이 붐비는 공원이 아니어서 한적하여 여유가 있었다. 아기가 실내에만 있으면 답답해하고 밖에 바람 쐬는 것이 아기의 건강에도 좋을 것 같아서 더욱더 열심히 산책했다. 그 공원 연못에는 기러기들이 살고 있었다. 계절이 바뀌면 이동하는 철새인데도 1년 내내 그 연못에서 살았다. 심지어 알을 낳아 부화하여 큰 기러기로 성장하는 것까지 지켜보았다. 공원에 여우들이 살고 있었다. 강하고 현명한 기러기 부부는 여우의 침입을 받지 않는 안전한 장소를 차지하여 자손을 퍼트리는 데 성공했다. 연못가에 둥우리를 만들어 알을 낳은 기러기는 실패했다. 연못 중간 조그만 섬의 기러기 부부만이 10여 마리의 새끼기러기를 큰 기러기로 성장시킬 수 있었다. 영국에서 두 번째로 큰 도시에 여우들이 살만큼 잘 가꾸어진 숲이 유지된다는 것이 매우 부러웠다. 기숙사 근처의 온갖 꽃들과 푸른 잔디와 그림 같은 집을 배경으로 서 있는 나무들이 지금도 눈에 생생하다. 후에 한국에 돌아와서 영국에 다시 여행할 때 그 가족 기숙사에 꼭 다녀오기로 처와 약속했었다. 그런데 유감스럽게 그 가족 기숙사들은 오래되어 헐리고 현대식 집이 지어졌다고 들었다. 우리가 살았던 집은 사라졌어도 마음속에 남아 있어 영국에 다시 갈 일이 있으면 그 기숙사 주변의 공원과 외국 학생들이랑 함께 살았던 공동기숙사를 둘러볼 꿈을 간직하고 있다.

버밍엄대학 부부

영국에서 교육행정을 공부할 계획을 세웠다. 어느 대학이 입학을 허용해 줄지 알 수가 없어서 10여 군데 이상의 대학에 교육행정을 공부하고 싶다는 편지와 함께 입학 신청서를 제출했다. 다행스럽게 5개 대학에서 입학이 가능하다는 통지를 받고 어느 대학에서 공부할지 행복한 고민에 빠지게 되었다. 버밍엄대학을 선택했다. 런던 다음으로 2번째 큰 도시에 있는 버밍엄대학은 영국 중부에 있어 교통이 좋고 우수 졸업생들을 다수 배출한 명문대학이었다. 교육 분야에 우수 강사진이 포진돼 있고 교육과정도 다양하여 배울 것이 많다는 판단으로 그 대학을 선택했다. 9월에 학기를 시작하여 1년 동안 집중하여 여러 과목을 배우고 논문을 쓰면 학위를 받을 수 있었다. 한국에서 서울대 행정대학원 석사과정 3학기를 공부하는 중에 영국에서 공부하게 되어 공부 자체에 대한 부담은 갖고 있지 않았다. 잔뜩 긴장하여 대학에서 진행하는 오리엔테이션에 임했다. 이렇게 긴장하기는 세계 각국에서 온 학생들도 마찬가지였던 것 같다.

영국은 국가에서 차지하는 수입 중 영어 산업에서 벌어들이는 수입이 상당 부분 차지하고 있고 대학에서도 외국에서 공부하러 온 학생들의 등록금 수입이 차지하는 비율이 높아 외국 학생을 위한 배려에 관심을 기울이고 있었다. 대학은 오랫동안 외국인 학생들을 가르쳐온 노하우가 있어 외국 학생들의 눈높이에 맞추어 공부에 불편이 없도록 시스템을 잘 갖추고 있었다. 공부 시간에 무엇을 가르칠 때는 반드시 자료를 함께 제공했다. 중학교 때부터 독해는 마르고 닳도록 해왔기 때문에 자료를 보고 핵심은 파악되어 공부하는 데 큰 지장은 없었다. 가장 곤혹스러운 것은 교수들이 질문을 던지는 것이었는데, 자료에 있는 것을 바탕으로 짧게 주요 단어로 답해도 무슨 말인지 금방 이해하고 피드백을 해주었다. 적극적으로 토론에 개입하지 못하고 수동적으로 몇 마디 나열하는 수준이어서 나 스스로 수업에 만족하지 못하는 것이 안타까울 뿐이었다. 버밍엄 교육대학은 공부하러 온 학생들 대부분이 현직 교사나 교감 교장들이었고 나처럼 순수하게 가르치지 않고 교육행정 일을 하는 사람이 드물었다. 영국에서는 교육행정이라는 것이 학급 경영부터 시작하여 학교 경영이 주류를 이루기 때문에 당연히 교사 교장들의 행정업무 수행 능력을 넓히는 데 초점을 두었다. 아울러 어떻게 하면 교육 목표를 효과적으로 달성할 수 있을 것인가를 주로 논의했다. 학급 행정과 학교 행정에서 교사들이 어떤 리더십을 발휘해야 학생 성취도를 높일 수 있는가에 대한 논의가 핵심이었다. 나도 가르친 경험이 꽤 있었기 때문에 공부 진도를 어려움 없이 이해하고 따라갈 수 있었다. 다양한 국적을 가진 학생들을 위해 세계 여러 나라의 교육에 대한 폭넓은 이해를 돕기 위한 강의도 이루어졌다. 그 과정에서 각각 자기 나라의 교육 시스템 등에 대해 중간중간 이야기할 기회가 있었으므로 다른 나라에 대한 이해도 높아지게 되었다.

나의 이름은 광휘이므로 외국 학생들이 발음을 너무 힘들어했다. 그래서 교수와 학생들에게 Ko 라고 불러 달라고 했더니 좋아했다. Korea의 Ko를 연상하여 부르는 것이 좋겠다는 생각으로 그렇게 불러 달라고 했다. 덕분에 영국에 2년 있는 동안 그들은 부르기 쉬운 Ko를 연발해서 토론 시간에는 죽을 맛이었다. "Ko, 어떻게 생각해?"라는 질문을 그때 수도 없이 들어서 머릿속에 각인이 되어 체계화되었는지 지금도 복잡한 상황에서 "Ko, 어떻게 정리할까?" "Ko, 너의 생각은 어떤가?"라고 스스로 물어 생각 정리를 하려고 노력한다. 이것이 습관화되어 직원들이 보고서 등을 가져왔을 때 "당신의 생각은 어떤 것인가?"를 분명히 하도록 요구하곤 한다. 항상 생각하고 질문하는 게 인생에서 매우 중요하다는 걸 영국 대학원 교육에서 절실히 깨달았다.

처는 한참 후에 버밍엄에 도착하여 공부를 시작했다. 처음부터 내가 공부하러 갈 때 같이 동행하지 못한 것은 여러 가지 이유가 있었다. 영국에 공부하러 갈 무렵 처는 큰아들을 임신하고 있었다. 함께

하면 영국에 도착하자마자 출산을 해야 했다. 영국의 의료 시스템에 대하여 전혀 모르는 데다 영어 의사소통이 원활하지 못했고 갓난아기를 어떻게 길러야 하는지 상식이 없었다. 처와 같이 영국으로 갈 엄두를 내지 못했다. 당시 처는 시골 부모님 댁에서 가까운 나의 모교 중학교에서 사회 과목을 가르치고 있었으므로 아이를 낳으면 부모님 댁에서 함께 아이를 키우기로 하고 나 혼자 떠났다. 결혼 후 1년 만에 헤어지는 우리 부부의 애달픔은 말로 표현할 수가 없었다. 처에게 너무나 미안했다. 결혼하여 바로 시댁에 들어가 사는 것은 현대 여성에게 큰 용기가 필요하다. 처음으로 출산하는 처 옆에 남편이 곁에서 지켜주지 못하고 멀리 타국에 있는 것도 요즘 신세대에게는 이해 못 할 부분일 것이다. 게다가 시부모의 도움을 받는다고 해도 남편 없이 아이를 기르는 것은 보통 힘든 일이 아니다.

큰아이가 태어날 무렵에는 안절부절못하며 공부고 뭐고 손에 잡히는 게 없었다. 다행히 순산하여 처와 아이가 건강하다는 소식을 듣고 너무나 기뻐서 기숙사 친구들에게 아이의 아빠가 되었다고 자랑했다. 다음날 공부하러 가서도 자랑했다. 이때 외국 학생들이 축하해주던 말이 생각난다. “Ko! 너의 아들이 현명하고 건강하며 행복하길 바란다.”라는 축복의 말이었다. 우리나라는 아이를 낳으면 산모의 안부를 묻고 아이에게 “어! 잘생겼다!” “누구를 닮았다.” 등 외관상의 이야기를 많이 하지만 외국 학생들은 아이에게 “현명할 것이다.”라는 이야기를 가장 많이 했다. 그러한 축복을 받은 재신이는 앞으로 현명하고 훌륭한 사람이 될 거라는 확신을 한다.

나중에 둘째를 낳을 때는 다행히 옆에 있었다. 외국에서 큰아이 낳는 것을 상상만 하다가 둘째 아이 출산 때 옆에서 지켜보면서 가슴이 두근거리고 산모와 태어날 아이가 어찌 될까 봐 불안하고 초조해서 견디기가 힘들었다. 거기에 더해 그렇게 힘든 과정을 거치며 첫 아이를 낳을 때 옆에서 지켜주지 못한 생각까지 겹쳐서 가만히 있지 못했다. 처는 출산의 힘듦을 혼자서 경험했으면서도 그에 대해서 한 번도 섭섭함을 내비치지 않지만, 지금도 나는 여전히 미안한 마음을 갖고 있다.

큰아이 낳고 기른 고마움에 보답하기 위해서 버밍엄 대학원에서 열심히 공부하면 1년 만에 학위를 받을 수 있다는 것을 처에게 알리고 준비하도록 했다. 나는 2년 과정의 유학 연수 과정이지만 1년 만에 학위를 받을 자격을 갖추고 남은 1년은 처 공부 뒷바라지할 계획을 세웠다. 처는 아이 낳고 기르며 학생들을 가르치느라 바빠 짧은 기간에 내가 다니고 있는 교육대학원에서 요구하는 조건을 충족시키기가 쉽지 않았다. TOEFL 점수 높이고 응시원서 관련 자료 등을 챙기는 일은 많은 노고와 시간이 걸리는 것이었다. 처는 열심히 준비하였다. 나는 나대로 혼자 공부하면서 1년 만에 학위 받는 조건을 갖출 수 있도록 노력했다. 처는 영어 공부를 열심히 하였지만, 너무 기간이 촉박하여 최종 심사에서 영어 점수가 모자라 곤란을 겪게 되었다.

무슨 수를 써서라도 처를 도와주고 싶은 마음으로 지도 교수였던 린 데이비스(Lynn Davis)를 찾아갔다. 영어 점수가 약간 모자라지만 처는 언어 능력이 있고 또 교사로서 현직에 있으며 나보다 월등히 공부를 잘한다고 처를 소개했다. 처가 대학에 입학하여 공부 잘하는 걸 보면 교수님도 자랑스러워하게 될 것이라고 이야기하며 도움을 줄 것을 부탁했다. 잘 되지도 않는 영어를 가지고 그 교수와 비서에게 여러 번 쫓아다니면서 부탁했다. 상냥하고 사려 깊었던 그 교수의 도움으로 처는 아슬아슬하게 나와 같이 버밍엄 교육대학 동문이 됐다. 처가 공부하려는 의지가 강하여 응시원서에 그러한 내용을 감명 깊게 썼던 것도 큰 영향을 주었던 것으로 보인다. 그러한 의지가 없었다면 처는 영국대학에서 공부하지 못하고 아기를 돌보면서 나의 뒷바라지와 여행을 하면서 보냈을 것이다.

처의 강한 의지와 나의 마음이 더해져 부부가 같이 버밍엄대학을 다니는 기쁨을 누리게 되었다. 부부가 함께 공부하는 것은 보람되고 즐거웠지만, 첫 돌 무렵의 아이를 둘이 키우면서 공부를 함께 하는 것은 부부간의 협조와 이해가 매우 많이 필요했다. 듣고자 하는 강의를 신청할 때도 누군가 아이를 돌봐야 했으므로 서로 의논하여 우선순위를 정해야 했다. 나는 처가 공부를 시작했을 때 이미 학위 수여 요건을 갖추었지만, 교수들에게 특별히 부탁하여 원하는 강의를 마음대로 들을 수 있는 자유를 누렸다. 논리는 간단했다. 이미 석사 학위를 받을 수 있는 요건을 갖추었으므로 2년 차에는 내가 듣고 싶은 과목을 마음대로 선택하여 청강할 수 있도록 부탁한 것이다.

처와 나는 서로 많은 과목을 듣기 위해 노력했다. 예컨대 내가 오후 1시에서 3시 강의를 듣게 되면 처는 3시에서 5시 강의를 들었다. 내가 수업을 마치고 강의실 문을 나서면 기다리던 처가 아기를 나에게 맡기고 바로 수업을 듣기 위해 강의실로 뛰어갔다. 그 덕분에 우리 아기는 버밍엄 교육대학에서 유명 인사가 되었다. 외국인들은 칭찬하는 데 너그럽고 적극적으로 좋은 점을 이야기했다. 오고 가는 교수들이나 학생들이 아기에 대한 칭찬을 매우 많이 하는 걸 들을 수 있었다. 주로 아기가 듣는 말은 lovely(사랑스러운), cute(귀여운), healthy(건강한) 같은 용어였다. 긍정적이고 사랑스러운 단어를 늘 접하며 살았기 때문에 아이의 잠재의식에 간직되어 행복한 삶을 살 수 있을 거라는 확신을 하게 됐다. 여유가 있을 때는 대학 구내에서 운영하는 카페에 가서 커피나 홍차를 마시며 부부가 정답게 이야기하는 멋진 시간을 갖기도 했다. 건물 내에는 모두 카펫이 깔려 있어 아기가 여기저기 기어 다녀도 크게 신경 쓰지 않았다. 집에서 씻기면 되는데 지나치게 깔끔 떨 필요가 없었다. 처는 주로 우유를 탄 커피를 마셨고 나는 우유를 탄 홍차를 마시며 여유 있는 tea time을 가진 것이 지금도 생각나고 그립다. 영국에서 tea time을 face time 또는 break time이라고도 한다. 일상에서 차를 마시며 얼굴을 맞대고 이야기한다는 의미와 바쁜 와중에 짬을 낸다는 뜻을 함께 가지고 있는 tea time은 일상생활에서 매우 유익하다고 생각한다.

한국에 돌아온 후 차나 커피를 마시는 것은 여유와 조금 거리가 먼 경우가 많았다. 피로를 달래기 위해 커피를 마시고 다시 일을 시작한다든가 습관적으로 자극적인 커피와 차를 마셔 몸을 각성시키는 경우가 대부분이었다. 이렇게 조급하게 마시는 습관을 버려야 할 것 같다. 편안함과 여유로움을 가지고 차나 커피를 즐기는 것은 삶의 아늑함과 기분 좋은 행복을 만드는 데 중요하다.

가족이 아름다운 대학 캠퍼스에서 종종 여유 있는 시간을 가지면서도 열심히 공부해야 했다. 다행히 처는 쉽게 대학 생활에 적응할 수 있었다. 처는 교육과정 분야를 공부했는데 보고서 쓰는 방법은 내가 터득한 요령을 공유했다. 교수들이 "Ko의 아내!"라고 말 한마디라도 처에게 따뜻하게 건넸던 모양으로 처는 눈 깜짝할 사이에 어려운 공부에 적응해 갔다. 사람마다 정도의 차이는 있겠지만 환경에 대한 적응은 여성이 훨씬 빠른 것 같다. 나는 처가 영국에 오기 전에 혼자서 아무 부담 없이 강의실, 도서관, 기숙사 세 꼭지만을 오가며 열심히 공부했는데도 많은 어려움을 겪었다. 나중에 성적표를 받아보니 성적이 너무나 실망스러웠다. A학점은 눈을 씻고 봐도 찾아보기 힘들었다. 그런데 처는 아이를 돌보고 집안일 하며 공부했는데도 나와는 달리 학점이 매우 뛰어났다. 굳이 변명 거리를 찾자면 처는 영어 능력이 뛰어났기 때문에 공부를 잘 할 수 있었고 나는 영어 실력이 너무 형편없어서 고생만 하고 결과가 신통치 않았던 것 같다. 처는 영국 유학 생활의 좋은 결과에 대해 매우 흡족해했고 즐거웠는지 그때를 회상하며 다시 한번 영국에 가서 공부하고 싶다고 했다. 그에 비해서 나는 영국 생활에서 의사소통의 답답함 때문에 별로 내키지 않았다.

공부 과정 중에 토론의 어려움뿐 아니라 보고서 과제를 작성하는 데도 보통 힘이 드는 게 아니었다. 객관식 시험이면 순발력 있게 금방 잘 해냈을 것이다. 수강 신청 과목마다 15페이지의 보고서 평가를 하므로 주제 선정부터 글 쓰는 방식까지 교수의 지도를 받아 가며 완성해야 했다. 영어 글쓰기가 잘되지 않아 다른 사람의 글을 내 글처럼 약간 바꾸어 쓰고 싶은 유혹이 강했다. 그러나 교수들은 다른 무엇보다도 다른 사람의 글을 내 글처럼 쓰는 것에 대해서만큼은 절대 관용이 있을 수 없다는 것을 항상 강조했다. 글을 쓰면서 인용하기 위해서는 방대한 자료들을 읽어야 했고 내가 쓰고 싶은 논리 순서로 짜 맞추어 보고서를 만드는 일은 고된 작업이었다. 우리글을 가지고도 논문형식의 보고서를 창의적으로 만들기 위해서 매우 힘든 과정을 거쳐야 하는데 하물며 영어로 자기주장을 다른 사람들의 글을 찾아 인용해 가면서 논리적이고 독창적인 보고서를 만드는 것은 몇 배나 많은 시간과 공부가 필요했다. 겨우 보고서 쓰는 것에도 끙끙거리고 힘들어하며 조금씩밖에 진척이 되지 않았다. 마지막 학기에 석사 학위 논문을 쓰는 것은 상상 이상의 힘든 작업이 필요할 것이 뻔했다.

논문 쓰는 것이 두려워 차일피일 미루고 있던 차에 지도 교수가 불러서 갔더니 같이 논문을 쓰자고 했다. 지금 생각하면 그녀는 매우 친절하고 자상하게 학생들을 보살피는 분이었다. 몇 번 더 만나서 주제를 정하고 논문 쓰기를 시작했다. 교수는 딱 한 가지만 요구했다. 며칠에 한 번씩 만날 날짜와 시간을 잡아놓고 교수를 찾아볼 때마다 최소한 5페이지 이상씩을 반드시 써 오라는 것이었다. 교수와의 약속 날짜에 맞추어 반드시 5페이지 이상의 글을 써야 하는 압박감은 상상 이상으로 컸다. 찾아갈 때마다 교수는 나의 글을 꼼꼼히 읽고 연필로 수많은 수정을 했다. 힘이 들었지만 이런 방식으로 교수의 지도를 받으며 하루하루 시간이 지나자 어느덧 논문 한 편이 완성되어 있었다. 교수는 나의 심리나 영어 능력을 꿰뚫어 보고 있었던 것 같다. 한꺼번에 많은 분량을 써오도록 한다든지 논문 전체 초안을 완성 후 교수가 지도해 주는 방식으로는 논문을 완성하기 어려우리라는 걸 헤아렸을 것이다. 초등학생 글짓기 지도하듯이 세심하게 체크하고 지도를 받은 덕택에 무사히 논문을 완성했는데 나도 모르는 사이에 신통하게 완성된 것 같아서 기쁨이 매우 컸다. 영어로 보고서 쓰고 논문 쓰는 것이 얼마나 어려운지를 깨닫고는 기회 봐서 박사과정까지 마치는 방안도 모색해보겠다는 생각은 자라 목처럼 쑥 들어가고 말았다. 영어로 박사 논문 쓰는 것은 내 영어 실력으로는 지나친 욕심이라는 것을 알아차린 것이다. 박사 논문을 쓰던 학생이 스트레스로 한밤중에 병원에 실려 간 일도 발생했다는 것이 소문만은 아닐 거라는 확신을 하게 됐다. 그 후로 외국에서 박사 학위까지 공부하고 온 사람들을 보면 얼마나 처절하게 공부했을까 하는 생각과 함께 그 어려움을 극복한 의지에 대하여 존경심을 가지고 있다.

영국 교수들에게 배우면서 그들이 가지고 있는 정보력이 대단하다는 것을 알았다. 그들은 세계 공통어인 영어로 다른 나라 사람과 의사소통을 힘들이지 않고 원활히 할 수 있는 데다가 세계 각국에서 공부하러 온 학생들이 자기 나라의 교육에 관해 이야기한 것을 모으면 그것이 정보 자산이 되었다. 세계 각국에서 모인 학생들은 끊임없이 교수들로부터 "그러면 그런 사례에 있어서 당신네 나라는 어떤가?"라는 유형의 질문을 받게 되고 논문을 쓸 때도 영국과 자국의 비교 논문을 쓰는 경우가 많아서 영국 교수들은 가만히 앉아서 세계 여러 나라의 교육에 대해 소상히 알 수 있었다.

영국 교수들은 강의에 매우 개방적이었다. 어떤 교수가 강의할 때 다른 교수가 조력하는 경우가 많았다. 특히 내 지도 교수는 강사들의 강의를 세심하게 지켜보며 끊임없이 도와주고 체크했다. 교사 경험이 상당히 있는 나에게 그러한 장면은 매우 신선하고 충격적이었다. 교사들이 수업할 때 동료 교사가 계속 지켜보고 있거나 경험 많은 교사가 경험이 적은 교사를 옆에서 돕기가 쉽지 않다. 물론 대학 상황과 초중고 사정이 다르긴 하지만 수업하는 모습을 누군가가 지켜보는 것과 지켜보지 않는 것은 매우 큰 차이가 있다. 가르치는 것을 개방하게 되면 우선 수업 준비부터 많은 시간과 노력이 필요하고 수업 진행 과정에서도 누군가가 지켜본다는 부담감 때문에 마음이 편할 리가 없다. 수업 개방은 수업의 질을 높일 수 있는 한 방법이다.

2년째 공부할 때는 처를 뒷바라지하고 아기를 돌보느라 바쁘긴 했어도 공부에 대한 부담은 적었다. 그래서 마음에 드는 과목이나 프로그램을 실컷 수강하고 참여하게 되었다. 영국의 각급 학교와 대학까지 현장 방문하는 프로그램에도 열심히 참여했다. 교수가 직접 우리 학생들을 인솔하고 다니기 때문에 학교 측의 설명도 자세하고 여러 가지 자료를 듬뿍 안겨 주어 우리를 기쁘게 했다. 각급 학교에 갔을 때 교실에 꾸며놓은 환경을 보고 깜짝 놀랐다. 온갖 기발한 아이디어로 만들어 낸 학생 작품들을 교실과 학교 공간 곳곳에 배치해 놓았고 교실이 집처럼 멋지게 꾸며져 있었다. 나의 처음 교사 시절 가르치는 것만이 교사의 본분인 것으로 알고 교실 환경구성에 무관심했던 것이 반성 되었다. 영국이 여러 가지 창의성이 탁월함은 기본 지식교육뿐만 아니라 다양한 예술, 체육, 음악 활동 등에서 비롯됐다는 것을 금방 알 수 있었다.

한번은 유명한 사립 고등학교에 방문했을 때 감동을 크게 받았다. 마침 우리로 말하면 현충일 행사 비슷한 메모리얼 데이 행사가 있었다. 학교 선배들이 전쟁터에서 싸우고 묻힌 곳을 답사하여 찍은 슬

라이드를 넘기며 모든 학생이 지켜보는 가운데 선생님이 설명하고 있었다. 아주 짧은 시간이었지만 강하고 엄숙한 어조로 설명하는 동안 누구도 떠들거나 장난치는 사람은 없었다. 선생님의 설명이 끝나고 그 행사가 끝났음을 알리는 학생 대표의 선언이 있자마자 우리 학생들처럼 소란스러운 본래 모습으로 돌아갔다. 선생님이 설명하는 동안 나라를 위해 싸웠던 전사자와 학생들 모두 일체가 된 것 같았다. 그 분위기에 압도되어 지켜보던 우리까지 그 느낌을 고스란히 전달받을 수 있었다. 뭐랄까 전쟁이 일어나면 선배들처럼 전선으로 달려갈 것 같은 느낌을 그 학생들이 가지고 있다는 생각을 한 것이다. 영국은 세계에 구축해 놓은 역사적 기반 위에서 많은 영향력을 행사하고 있고 앞으로도 영어권 여러 나라와 서로 도와가며 그 힘을 유지할 것으로 보인다. 그들의 언어인 영어 하나만으로도 막강한 영향력을 유지할 수가 있음에도 학생들에게 나라를 사랑하는 교육을 게을리하지 않는 모습이 아직도 머릿속에 선명하게 그려져 있다.

영어 말하기

지금까지 영어에 매달려 쏟아부은 에너지는 셈하기 어려울 정도로 많다. 영어는 학생 시절이나 고시에서 좋은 성적을 얻기 위한 점수 획득 대상이었다. 각종 시험에서 영어 문법과 독해 능력을 평가했기 때문에 영어 말하기 공부에 대한 필요성이 없었다. 영어 문법이나 어휘력은 상당한 수준에 올라 눈으로 읽고 이해하는 데 어려움은 없었다. 반면에 아주 쉬운 수준의 영어조차 말로 표현할 수 없고 귀로 알아듣지를 못했다. 영어에 들어간 그 많은 시간과 노력으로 다른 분야의 공부나 연구에 몰두했더라면 탁월한 전문가가 됐을 것이다. 너무나 그 시간이 아깝다는 생각을 지울 수가 없다.

영어 듣기를 처음으로 공부하게 된 것은 33살 때 사무관 인턴 시절이었다. 서울 종로에 있는 영어 학원에서 몇 달 동안 배웠다. 수업 방식은 AFKN 등을 들려주고 이해하는 것인데 갑자기 어려운 수준의 영어 듣기여서 알아듣기가 어려웠다. 교육청에 발령 나서 근무하던 중 영국 유학 연수를 갈 수 있는 기회가 갑자기 찾아와 부랴부랴 영어 듣기 공부를 더 하게 되었다. 영국대학에서 요구하는 수준으로 토플 점수를 끌어올리는 데 간신히 성공했다. 문제는 영어로 의사소통을 해본 적이 없는 상태에서 영국에 가게 된 것이었다. 마음이 매우 편치 않았다.

9월 학기에 맞추어 35세 나이에 영국 히드로 공항에 도착한 날부터 대화가 통하지 않아서 쩔쩔매야 했다. 여행의 경우 입국 절차가 아주 간단하다. 2년이나 머무르는 나에게는 영국에 공부하러 온 목적이나 거주 예정지 등을 시시콜콜 물어 잘 대답해야 했다. 하지만 말이 원활히 통하지 않아서 할 수 없이 같이 비행기를 타고 갔던 일행 중 영어를 잘하는 아가씨에게 통역을 부탁해서 겨우 문제를 해결하고 입국을 할 수 있었다.

영어를 제대로 알아듣지 못하고 유창하게 말하지 못해 발생하는 스트레스는 굉장했다. 그것도 아주 기본적인 것부터 다시 공부해야 하는 고통이 컸다. 영국 관공서에 거주지 신고를 하러 갔을 때 담당 공무원은 한국 어디에서 살았는가를 물었다. 그래서 전주라고 대답하자 스펠링을 물어서 당시 표기법으로 또박또박 대답했는데 'C'를 알아듣지 못했다. 나는 '시' 정도로 약하게 발음하는데 그 공무원은 '씨'처럼 강하게 발음하는 것이 옳다고 했다. 그때 처음으로 그 영국 공무원으로부터 C 발음을 올바로 배웠다. 그전에는 C 발음을 정확히 발음할 동기가 없었던 것 같다. 선생님들이 잘 가르쳐 줬어도

'시'나 '씨'의 차이가 없는 줄 알았을 것이다.

영국에 도착한 지 며칠 후부터 공부가 시작되었다. 교수들이 공부할 내용에 대해서 반드시 복사해서 나눠줬기 때문에 무얼 공부하는지 개략적인 내용은 읽어보면 금방 이해할 수 있었다. 문제는 이야기를 제대로 이해하지 못하여 핵심을 정확히 모를뿐더러 질문을 받아도 영어로 말하는 훈련이 되어 있지 않았기 때문에 정확히 답변할 수가 없었다.

하루는 예쁘고 친절한 나의 담당 교수였던 린 데이비스(Lynn Davis)가 부르더니 대학원생을 소개하여 영어에 관한 도움을 받도록 했다. 소개받은 아가씨는 영국인으로 대학원 박사과정에 있었고 이름은 커스틴(Kirstin)이라 했는데 아주 친절하고 자상하게 나의 영어의 부족한 점을 많이 도와줬다. 그녀는 연구하느라 매우 바쁨에도 불구하고 일주일에 몇 번씩 연구실에서 영어를 가르쳐 주기도 하고 리포트를 제출할 때도 이것저것 손질해 주는 정성을 보여줬다.

하루는 커스틴이 A to Z map을 아느냐고 내게 물었다. Z 발음을 알아들을 수가 없다고 대답했다. 그녀가 웃으면서 'Z' 철자를 써주며 자세히 발음을 가르쳐주었다. 'Z' 발음은 혀끝이 입 윗부분에 닿지 않게 하고 하는 발음인데 나는 통상 혀끝을 입 윗부분에 대고 엉뚱하게 발음했었다. 그래서 그녀의 Z 발음을 알아듣지 못한 것이다. 이렇게 알파벳의 기초적인 발음을 정확하게 하지 못하고 잘 알아듣지도 못해서 어려움을 겪은 것이 한두 번이 아니다.

영어 말하기와 듣기의 취약은 수업 시간에 큰 부담으로 다가와 어떻게 하면 공부할 때 영어의 미숙함을 보완할 것인가를 궁리했다. 함께 공부하는 클래스 메이트에게 도움을 요청하기로 했다. 우간다에서 온 아민(Amin)이라는 친구가 있었는데 그에게 부탁하여 수업이 끝난 후 어떤 과제가 제시되었는지 반드시 재차 확인했다. 리포트 초안을 써서 그 친구에게 먼저 보이고 커스틴에게 2번째 수정을 받아 교수에게 제출하는 방법을 썼다. 영국에 공부하러 온 아프리카 친구들은 영어를 공용어로 쓰고 있는 나라들이 많아 영어 구사가 능숙하였다. 그들이 수업 시간에 이야기하는 것을 가만히 들어보면 내가 익히 알고 있는 것이 대부분이었지만, 아주 사소한 내용을 적극적으로 발표하고 교수들 또한 그러한 이야기에 경청하며 피드백하는 열의를 보여주었다.

우리말도 유창하면 능력 있게 보이듯이 영어가 유창한 친구들은 똑똑해 보이고 나처럼 영어가 어눌한 사람은 꼭 바보처럼 보여서 수업 시간에 썩 기분이 좋지 않았다. 영어 말하기가 어눌해서 똑똑하게 보이지 않았을 나에 대해 '영국인들은 어떻게 생각했을까'라는 궁금함이 있었다. 영국에서 돌아와 전북대 교육행정 박사과정을 공부하게 되었을 때 방글라데시에서 온 학생이 있었다. 모두 한국인이었기 때문에 교수들이 영어로 수업을 진행하지 않고 우리말로 했다. 이름이 '오바이둘헉'이라 불린 그 학생은 수업을 완벽하게 이해하지 못했다. 교수가 영어로 아주 간단한 것을 물으면 아주 간단하게 영어로 대답하는 정도였다. 그 친구는 방글라데시의 최고 명문대학을 졸업한 수재였다. 아주 영리하고 사귐성도 좋아 술좌석에 어울리기도 하며 잘 지내기는 했지만, 수업 시간에는 한국어가 미흡해 공부가 어려울 수밖에 없었다. 아마 영국인의 눈에 Ko가 영리하긴 하지만 영어 소통이 부족해 공부할 때 지적인 활동을 충분히 못하고 있다고 생각했을 것 같다.

영어 능력향상을 위해 시간당 일정한 과외비를 주고 영어 아르바이트하는 학생에게도 배워봤지만 실제로 큰 진전을 이루지 못했다. 버밍엄대학에서 개설하고 있는 영어 능력향상 과정에 빠짐없이 청강하는 열성도 보였다. 그것도 부족해서 우리 대학 가까운 College에 개설된 영어 학습 프로그램에도 참여해 영국에 도착한 지 얼마 되지 않은 사람들과 함께 기초적인 영어를 배웠다.

이렇게 영국에서 여러 가지 방법으로 영어 말하기 능력향상을 위해 많은 시도를 했지만, 영어 회화 향상에 가장 중요한 것이 빠져 있었다. 실수하더라도 창피해도 자꾸 떠들어대고 과감하게 이야기해 보는 뻔뻔함이 부족했다. 이것이 영국에서 2년이나 살았음에도 불구하고 자신 있게 영어로 이야기할 수가 없는 결정적 원인으로 생각된다.

처는 영국에 도착하자마자 나와 달리 누구에게나 적극적으로 이야기하고 문제 해결을 위해 나서고 하더니 금방 영어를 유창하게 구사했다. 가정생활에서 발생하는 여러 가지 소소한 일을 전화에서부터 직접 부딪치는 방식까지 동원하여 손쉽게 풀어나갔다. 이렇게 영어를 쉽게 습득해가는 처와 달리 영어 습득에 어려움을 겪는 나를 비교해봤다. 처가 언어 표현에 부끄러움 없이 적극적으로 도전하는 태도가 나와 크게 달랐다. 여러 가지 상황에서 쉬운 영어로 쉽게 표현을 잘하는 사람을 많이 보았다. 영어는 기본적으로 알파벳을 정확하게 발음하고 또박또박 이야기할 수 있으면 큰 문제가 없을 것이라 여긴다. 열심히 연습해서 초급수준에서 편하게 영어로 말하는 것이 목표다.

영국 밖 여행

영국 생활 초창기에는 공부에 대한 부담이 크고 처가 영국에 도착하기 전이라 유럽 여행은 생각조차 하지 못했다. 더구나 여행을 썩 즐기는 편이 아니어서 적극적으로 어딘가 구경하고픈 마음도 없었다. 그런데 처가 영국에 오자마자 불가피하게 주말은 물론이고 영국에서 자주 있는 연휴에 무조건 여행을 추진해야 했다. 처는 역사교육을 전공하여 중고등학교에서 사회를 가르치고 있는 만큼 여기저기 구경하며 이야깃거리를 만들어 아이들에게 생생한 경험을 전달하고 싶은 욕심을 가지고 있었다. 처음 유럽 여행을 추진할 때 차를 스스로 운전하여 각국을 돌아다니자고 처가 제안했다. 자동차를 몰고 다니며 영국과 프랑스의 해협을 통과하여 이 나라 저 나라를 여행했다는 일부 유학생들의 경험담을 듣고 우리도 시도해 볼 것인지를 여러모로 검토해 보았다. 하지만 생소한 지역의 운전에 대한 부담에다 갓 돌을 지난 아기까지 돌보며 하는 여행이 쉽지 않음을 알고 여행사를 통해 단체로 여행하는 계획을 세웠다.

단체 여행도 어린 아기와 함께하는 일은 보통 어려운 것이 아니었다. 접이식 유모차를 준비하고 10일 이상 아기가 먹을 분유, 기저귀, 보온물병, 아기 옷 등 짐이 매우 많았다. 버스로 프랑스를 지나 여러 나라를 거쳐 이탈리아까지 내려갔다 되돌아오는 긴 여정이었다. 처는 한국에서 혼자 아기 키우며 고생했던 것을 보상이라도 받으려는 듯이 각 여행지를 즐겁게 구경하고 공부하였다. 아이를 안고 다니다가 너무 힘들면 업기도 하고 유모차에 태우기도 하면서 따라다니는 데는 큰 체력이 필요했다. 여행이 막바지에 접어들 무렵에는 어서 빨리 영국 집으로 돌아가 쉬고 싶었다. 그러나 처가 즐거워하는 모습을 보면 힘든 표정도 지을 수 없어서 참고 또 참으며 아이를 열심히 돌보며 쫓아다녔다. 유럽의 다른 나라 여행은 나와 처도 처음이어서 볼만할 것이 많았다. 영국과 유럽 다른 나라를 비교하며 여행하는 게 재미있었다. 같은 유럽이지만 문화와 전통이 약간씩 달라서 호기심을 유발하기에 충분했다.

여기저기 구경하는 것으로 보상을 받아 하루하루 여행이 잘 진행되고 있었는데 이탈리아 로마에서 크게 고생한 경험을 하게 되었다. 유모차에 아이를 태우고 동행한 여행객들과 조금 떨어져 유적지를 보고 있는 동안 초등학교 고학년 정도 되는 소년 소녀 몇 명이 내 곁에 모여들었다. 그리고 갑자기 한 소년이 내 오른손을 잡자마자 화난 표정으로 뿌리쳤다. 아무 일도 없었다는 듯이 그 무리는 조용히 사라졌다. 조금 떨어진 곳에서 이것을 보았던 처가 달려와 이상하다면서 “지갑이랑 제대로 있어요?”하고 물었다. 아차 싶어 호주머니를 만졌을 때 지갑이 사라졌다는 것을 알았다. 소매치기를 당한 것이었다. 아마 소매치기를 당해 보지 않은 사람은 그 기분 나쁜 감정이 어느 정도인지 잘 모를 것이다. 코앞에서 빤히 눈을 들여다보며 나의 지갑을 소매치기했다. 나의 눈에 집중했던 그 소매치기 소년의 두 눈을 지금도 똑똑히 기억한다. 한국에서 만든 신용카드와 영국에서 만든 신용카드가 함께 소매치기 됐으므로 먼저 영국 은행에 국제 전화를 걸어 카드 분실신고를 했다. 한국은 시차로 한밤중인데도 전화하여 분실신고를 했다. 돈이 함께 사라졌으므로 여행에 필요한 돈은 가이드한테 임시로 빌리고 사건을 경찰에게 신고하는 등 상황 정리하는데 애먹었다. 남은 여행이 재미가 없어지고 힘이 뚝 떨어졌다. 그나마 여행 막바지여서 영국으로 곧 돌아가게 되어 다행이었다. 그 사건으로 이탈리아 로마에 대한 부정적인 인식이 가득 차게 되어 다시는 로마에 가지 않겠다고 다짐하게 되었다. 사람들은 부정적인 경험을 되풀이하지 않으려는 속성이 있다. 외국에서 오는 사람들에게 친절하고 좋은 경험을 하게끔 노력해야 하는 이유를 뼈저리게 느끼게 되었다. 후에 교육부 연수원에서 교육받는 과정에 유럽 방문 프로그램이 있었다. 방문하는 나라 협의를 할 때 일부 연수생이 로마를 가보자는 제안을 했다. 일일이 쫓아다니면서 나의 소매치기 경험을 이야기하고 그곳을 제외할 것을 설득해 다른 나라를 방문하였다.

그만큼 로마에서의 고생스러운 경험이 로마에 대한 부정적 인식을 강하게 남겼다.

이탈리아 로마에서 소매치기 사건으로 인해 여행을 떠나고 싶어 하지 않는 나에게 처가 파리를 다시 한번 자세히 둘러볼 것을 제안했다. 유럽 여행에서 돌아온 뒤에 얼마 되지 않은 데다 아기를 돌보며 여행하는 게 쉽지 않음을 경험한 터라 썩 달가워하지 않고 반대했다. 파리는 한번 여행한 곳인데 또다시 여행할 필요가 있느냐는 나의 의견에 대해 처는 루브르 박물관 등을 다시 한번 자세히 살펴보며 공부하고 싶다고 했다. 서로의 의견이 너무 팽팽해서 크게 부부싸움을 했고 결국 처는 혼자서 파리로 떠났다. 처음에는 차라리 아이를 혼자 돌보며 영국에 있는 것이 낫겠다 싶었다. 그런데 처가 떠난 후에 보통 후회스러운 것이 아니었다. 혼자서 아기 우유 먹이고, 기저귀 갈고, 울면 달래고, 잠재우고 하는 것은 처와 함께할 때와는 완전히 다른 힘든 일이 되어 버렸다. 가족은 고생스러워도 함께 하면 고생이 줄어들고 즐기는 것을 함께 하면 즐거움이 배가 되는 평범한 진리를 처가 떠난 후에야 되새길 수 있었다. 처는 여행 후 돌아와 파리의 보고 싶은 곳을 마음껏 둘러보았다고 이야기했지만, 서로 섭섭한 마음을 숨길 수 없었다. 이 일이 있었던 뒤로 처가 어디를 여행한다고 하면 가기 싫어도 덩달아 따라나섰다. 고생스러울 때도 있지만 혼자 집에 있는 것보다 몇 배 즐겁고 기분 전환도 되며 가족 간의 관계도 돈독해지기 때문이다. 그럭저럭 처를 따라다니다 보니 이제는 여행을 즐기는 사람이 되어 버렸다. 여행하자고 먼저 제안한 적이 한 번도 없었던 내가 1년에 1번 이상은 꼭 해외여행을 하자고 점점 강하게 주장하고 있다.

처는 파리를 혼자 다녀온 후로 곧 노르웨이의 피오르 해안을 한번 보아야 한다고 했다. 역사와 사회를 가르치는 교사의 직업의식이 발동한 것이다. 우리 스스로 여행 계획을 자유스럽게 세워 보는 것도 괜찮겠다 싶어 둘이서 열심히 여행 계획을 짜기 시작했다. 우리 부부가 다니고 있던 버밍엄대학에는 수많은 나라의 학생들이 유학을 와 있어서 비행기 표를 살 수 있는 회사가 학교에 상주했다. 그 회사를 통해 우선 피오르 해안을 볼 수 있는 노르웨이의 베르겐에 가는 비행기 표를 예약했다. 노르웨이 베르겐에 있는 유스호스텔에 직접 전화해서 방도 예약했다. 그리고 베르겐에서 머무는 동안 돌아다니면서 보고, 먹고, 할 것들을 책과 인터넷을 통해 알아본 다음 비행기에 탑승했다.

베르겐에서 교통수단은 버스, 택시, 기차를 이용하고 피오르 해안을 따라 배를 타면서 여유로운 여행을 할 수 있었다. 유럽의 다른 관광지와 마찬가지로 여행안내에 대한 정보는 얼마든지 얻을 수 있었다. 그 정보를 이용하여 원하는 대로 계획을 세워 돌아다니면 되었다. 이때의 여행은 전혀 고생스럽지 않았다. 아기가 울면 쉬면서 돌보고 피곤하면 편하게 눌러앉아서 맛있는 현지 음식을 사 먹으며 놀면 되었으므로 전혀 부담이 없었다. 주로 버스를 이용할 정도로 교통편도 좋아서 돈이 많이 들지도 않았다. 또 유스호스텔에서 음식 조리도 할 수 있었으므로 가져간 김과 멸치조림을 반찬으로 하여 밥도 해 먹었다. 남들이 잘 가지 않는 해변 마을에 기차를 타고 가서 과일도 사 먹고 차도 마시면서 여유 있게 한나절을 보내고 숙소에 되돌아왔던 기억이 지금도 생생하다. 후에 한국에 돌아와 교육부와 교육청 공무원들과 함께 베르겐에 다시 방문할 기회가 있었다. 이때는 가이드가 여행 일정대로 우리를 안내하여 이곳저곳을 구경하게 해주었지만, 그전에 가족과 함께한 여행만큼 뿌듯한 행복감은 없었다. 여행사를 통한 여행은 편리하기는 하다. 반면 이것저것 신경 쓰지 않고 따라다니게 되므로 수동적인 여행이 된다. 마음속에 강한 인상으로 남은 자유로운 가족 여행과 비교된다. 고생스럽더라도 한번쯤 스스로 여행 계획을 세워 보고 실제 여행을 해보면 여행이 끝난 후에 나름대로 굉장한 자부심을 가질 수 있다. 왜냐하면, 그것은 약간의 용기가 필요하기 때문이다. 용기는 도전 후에 더 커지는 경향이 있다.

98년도에는 우리나라의 외환위기로 인한 IMF 사태가 있던 해였다. 그 여파가 영국 유학생에게 미쳐서 상당히 아껴 쓰는 생활을 해야 했다. 원화 가치가 급격히 하락하여 1파운드당 1,000원 근처 환율이 2,000원까지 치솟았다. 한국에서 똑같은 액수의 돈을 송금하면 IMF 이전보다 영국에서 쓸 수 있는 파운드화는 절반밖에 되지 않았다. 영국에서 IMF 이전의 생활을 유지하려면 2배의 한국 돈을 송금하든지 아니면 영국에서 생활비를 절반으로 줄여 쓰는 내핍 생활을 해야 했다. 견디다 못한 일부 유학생들은 한국으로 되돌아가기도 하고 일부는 생활비를 극도로 아껴 쓰고 버티면서 아르바이트를 하기도 했다. 이와 같은 상황은 우리 한국 학생뿐 아니라 IMF 직격탄을 맞은 태국 등 동남아시아 학생들도 마찬가지였다.

이 같은 상황을 예의 주시하던 버밍엄대학은 IMF로 어려움을 겪고 있는 학생들이 학업을 계속할 수 있도록 1인당 500파운드씩을 지원하는 결정을 했다. IMF 위기를 겪고 있는 아시아 학생들에게 모두 500파운드의 현금을 주기로 한 결정은 대단한 것이었다. 그러한 대학 행정을 펼친 버밍엄대학에 대해서 지금도 경이로움과 고마움을 가지고 있다. 쉽게 지원할 수 있는 액수의 돈이 아니었을 뿐만 아니라 그렇게 신속하게 학생의 어려움에 대한 지원 방안을 생각하고 실행한 행정에 대해서도 감탄했다. 우리나라에 유학하고 있는 학생들의 나라에 비슷한 상황이 발생하면 대학 측에서 그렇게 재빨리 조치할 수 있을까에 대해서는 교육행정가로서 자신 있게 이야기하기 어렵다. 우리 부부는 뜻밖에 각각 받은 500파운드씩 합해서 1,000파운드를 받아들고 그 돈으로 무엇을 할 것인가를 의논했다. 둘 다 공부를 마치고 귀국하기 몇 달 전이었으므로 귀국하기 전에 이스탄불을 방문하기로 했다. 그해 초에 이스탄불을 여행할 계획이었으나 IMF로 돈을 아껴 쓰는 처지여서 그 여행 계획을 취소했었다. 이스탄불은 한국에서는 먼 곳이지만 영국에서는 가까워 상대적으로 적은 비용으로 여행을 추진할 수 있었다. 역사교육전공자인 처는 대학 측의 재정지원으로 동서 문명이 만나는 곳인 이스탄불을 직접 방문하고, 공부할 기회를 뜻하지 않게 갖게 된 것에 대해 매우 기뻐하고 고마워했다.

노르웨이 여행을 우리 스스로 계획 세워서 추진한 경험이 있었기 때문에 이스탄불도 비슷한 방식으로 여행했다. 우선 비행기 표를 예약하고 이스탄불 시내에 있는 호텔에 직접 전화해서 숙박 예약을 하고 이스탄불로 날아갔다. 이스탄불은 동서양이 만나는 도시로 유적지가 몰려 있고 교통도 편리하여 아주 여유 있게 돌아다닐 수 있었다. 아침을 먹고 아기를 유모차에 태우고 시내로 나가서 가고 싶은 곳을 우리 컨디션과 기분에 따라 정하여 돌아다니기 때문에 부담이 없었다. 점심과 저녁도 현지 식당에 들러서 터키 고유의 음식을 이것저것 맛보고 갖가지 커피나 과일도 마음 내키는 대로 즐길 수 있었다. 그때의 여행도 매우 즐거웠으므로 조금만 용기를 가지고 스스로 여행 계획을 세워 즐겨보는 시도를 한 번쯤 해볼 것을 지금도 지인들에게 권하고 있다.

이스탄불 여행이 버밍엄대학에서 우리에게 지원한 돈으로 가능했기 때문에 외화의 중요성과 경제의 건강함이 얼마나 중요한지 생각하곤 한다. 한국은 동남아시아보다 경제적으로 훨씬 더 우월하다고 생각했다. 그런데 IMF 외환위기를 겪으면서 우리나라와 동남아시아 학생들이 똑같은 재정지원 대상이 되어 매우 자존심도 상하고 마음이 편치 않았다. 한 가정이나 개인도 파산하면 아무리 잘 살았거나 교양이 있게 살았을지라도 가난한 사람으로 전락하는 것과 똑같은 이치였다. 한 국가도 건강한 경제적 토대를 갖고 있지 않으면 세계에서 언제든지 외면받고 국민이 어려움을 겪게 될 가능성이 있다. 이를 깨닫게 한 것은 IMF 외환위기가 우리에게 준 큰 선물이라고 할 수 있다. 처와 나는 지금도 가끔 버밍엄대학에서 준 돈으로 이스탄불 역사 기행을 한 것에 관해 이야기하면서 최소한 그때 받은 혜택만큼 누군가에게 되돌려 주어 선순환할 수 있도록 하자고 다짐하고 있다. 영국은 사람의 심리 분석을 잘하는 것 같다. 영국에서 공부한 대부분이 이런저런 이유로 영국에 호감을 느끼게 하는 갖가지 정책을 탄력성 있게 실행한다. 조그마한 호의로 두고두고 고마움을 느끼게 만드는 그들의 성숙한 행정력이 부러웠던 사례이기도 하다.

야외 나들이

버밍엄은 런던 다음으로 큰 도시이기 때문에 유학생이 많았다. 한인회가 조직되어 매년 회장과 총무가 각종 행사를 주관했다. 내가 1년간 총무를 맡게 되었다. 총무의 역할은 가족 행사를 주관하고 주소록을 관리하고 소식을 알리는 편지를 발송하는 것이 주된 일이었다. 행사가 있을 때 수백 통의 편지를 보내는 것도 큰일이었다. 저녁내내 처와 함께 편지 봉투에 풀칠했던 적도 있다. 영국 국적을 가진 분은 손에 꼽을 정도로 적었다. 봉사자를 뽑아서 운영했지만 나름대로 서로 간에 연락처를 공유하며 도움을 주고받을 수 있는 시스템은 갖추어져 있었다. 1년에 두어 번 가족 행사 모임은 바비큐 파티를 하며 각각의 가족이 먹을 음식을 마련해 와 함께 모여 나눠 먹으면서 가벼운 스포츠를 하는 수준이었다.

주로 모임은 Licky Hill이라는 제법 높은 언덕에서 이루어졌다. 버밍엄은 높은 산이 없어서 그 언덕에 오르면 시내가 한눈에 보이고 잔디가 시원하게 펼쳐져서 아이들이 뛰어놀기에 안성맞춤이었다. 사람들은 가끔 모여서 서로 이야기하며 여흥을 즐겨야 스트레스도 풀리고 기분이 좋아지는 것 같다. 공부에 찌든 생활에서 해방되어 자유롭게 말이 통하는 사람끼리 모여 수다 떠는 것을 좋아했다. 말없이 편하게 소파에 앉아서 쉬는 것보다 수다 떨며 노는 것이 스트레스 지수를 더 낮춘다는 연구 결과를 언젠가 TV에서 본 적이 있다. 한국에서와는 달리 체면을 차릴 필요도 없이 그저 편하게 아이들이 뛰노는 모습을 보면서 돼지고기를 구워 가져온 음료와 음식을 먹으며 소박한 이야기를 나누는 그 자체를 사람들은 아주 많이 즐겼다. 회장과 총무의 가장 큰 역할 중 하나는 한꺼번에 대규모로 모이는 이러한 행사를 추진하는 것이었다.

이러한 행사 외에도 종종 마음에 맞는 가족끼리 수시로 Licky Hill에 올라가 놀았다. 우리 부부도 Licky Hill에 소풍 가는 데 이용하기 위해 햄퍼 바구니를 샀다. 햄퍼에 접시와 컵 나이프를 담고 빵과 과일 포도주와 커피를 함께 넣어 들고 적당한 잔디를 찾아서 자리를 펴고 앉아 먹고 마시며 아장아장 잔디밭을 걷고 있는 아이의 모습을 보는 것이 그렇게 행복할 수 없었다. 서양 영화에서 보는 그런 장면을 연출하며 여유 있는 시간을 가져 본 것이다. 한국에서의 소풍은 영국 스타일로 구성이 되지를 않았다. 가까운 곳에 소풍 가더라도 가벼운 격식을 갖추기보다도 편리함에 대한 추구와 빨리빨리 문화가 어우러져서 영국에서처럼 여유가 없었다. 한국에서는 밖으로 나갈 때 일단 음식부터 모양을 갖추어 준비해 가기가 어렵고 주위에 사람이 없으면 심심해져서 재미가 없었다. Licky Hill 같은 영국 대부분의 소풍 장소는 조용하고 차분하여 그 분위기에 맞게 햄퍼 바구니가 잘 어울렸다. 귀국할 때 가지고 온 햄퍼 바구니는 한 번도 사용하지 못했다. 그 햄퍼는 영국에 있을 때 소풍 가면서 사용했던 추억을 알리는 장식품으로 전락하고 말았다. 그 Licky Hill 숲에 조그만 찻집이 있었다. 도자기 커피잔에 커피, 우유, 설탕을 적당히 넣어서 티스푼으로 가볍게 저은 다음 천천히 맛을 음미하면서 주위의 푸른 숲과 잔디를 감상하며 다정하게 우리 부부가 마주 보며 이야기 나누곤 하던 추억의 찻집이었다.

한국에 돌아오더니 처는 완전히 딴사람이 되어서 집에서도 인스턴트커피를 후다닥 타서 하루에 여러 잔씩 마셔대곤 했다. 천천히 함께 여유 있게 이야기하며 마시자고 몇 번 말을 해도 아이들에게 잔소리하랴 집안일 신경 쓰랴 바쁘게 말하고 일하며 커피를 들이켰다. 똑같은 소풍 가는데 왜 한국에서는 여유가 없는지 지금도 잘 모르겠다. 음식도 금방 배부르게 먹어버리고 즐거운 여유를 갖지 못한다. 술도 금방 입에 부어 넣기 바쁘다. 우선은 먹고 마시는 것을 조금씩 천천히 해야 여유의 기쁨을 누릴 수 있을 것 같다.

처는 영국에 있는 동안 많은 곳을 구경하는 것이 기회비용 측면에서 큰 이득이라는 생각을 하고 있었다. 영국에 있는 동안 상대적으로 비용이 적게 들고 시간적 여유가 있으므로 영국에 대해서 속속들이 살펴보고 귀국하면 그게 남는 장사가 된다는 논리였다. 그래서 주말마다 여행 계획을 짜서 실행하느라 바빴다. 영국은 자동차 여행이 편리하게 되어 있었기 때문에 지도를 잘 연구하면 그리 어렵지 않게 가고 싶은 곳을 가볼 수 있었다. 당시는 네비게이션이 없었으므로 미리 목적지에 도달하는 큰길에 대해 외우다시피 해야 했고 지도를 봐가며 운전을 하는 동안 신경을 많이 써야 했다. 우리 한국과는 달리 운전석이 오른쪽에 있고 도로는 왼쪽으로 달리며 수시로 둥근 교차로가 나타나기 때문에 헷갈리지 않기 위해 조심해야 했다.

자동차는 영국에 도착하자마자 10여 년 된 중고차를 샀다. 로버 자동차로 빨간색이었다. 구형 자동차여서 날씨가 매우 춥거나 습기가 많을 때 시동이 잘 걸리지 않아 2년 동안 사용하면서 긴급서비스 지원을 여러 번 받아야 했지만 일단 시동만 걸리면 문제가 전혀 없었다. 로버 자동차 공장은 우리 가족이 사는 곳에서 그리 멀리 떨어져 있지 않은 지역에 있었다. 이 자동차 공장은 100여 년의 역사를 가지고 있었으며 한때 유럽 자동차 산업의 심장부로 불릴 만큼 호황을 누리기도 했었다고 들었다.

우리가 살고 있었던 때는 로버 자동차 공장이 쇠락의 길을 가고 있던 때라서 정부에서는 그 공장을 존속시켜 노동자들을 고용하기 위해 애쓰고 있었다. 그러한 노력에도 결국 그 자동차 공장은 중국 자동차 회사에 팔리게 되었다. 100년 역사를 가진 그 자동차 공장을 분해하여 중국에 싣고 가서 자동차를 생산하고 있다고 한다. 영국에 있을 때 수시로 로버 공장 앞 도로를 지나가면서 보면 건물들이 고풍스럽고 주위 전경도 삭막하지 않아서 눈길을 끌었다. 그뿐만 아니라 그 회사의 자동차를 끌고 다녔으므로 하루빨리 경쟁력을 갖추기를 바랐었다. 그러나 한번 경쟁력을 잃기 시작한 회사는 두 번 다시 경쟁력을 회복하기가 쉽지 않음을 그 후의 결과가 말해주고 있다. 역사적으로 사라져간 로버 자동차를 우리 부부는 대학 강의를 받으러 가거나 쇼핑을 하면서도 끌고 다녔으며 잉글랜드 구석구석뿐만 아니라 멀리 스코틀랜드까지 여행하면서 신나게 이용했다.

귀국할 때 우리 가족의 발이 되어 준 그 차를 팔아야 했다. 한국 사람에게 팔았다가 고장이라도 나면 원망을 들을까 봐 차를 수리도 하고 사고팔기도 하는 게러지(garage)에 가서 한 푼이라도 더 받고 팔기 위해 협상을 벌였다. 돈도 돈이지만 2년 동안 정들었던 차의 값을 제대로 받고 싶은 마음도 있었다. 어떤 곳에서는 거저 맡겨도 인수하지 않겠다고 했고, 어떤 곳은 일단 맡겨 놓으면 구매자가 나타나서 팔리는 값에다가 수수료를 떼고 나머지를 돌려주겠다고 했다. 어떤 곳은 100파운드를 주고 인수하겠다는 곳도 있었다. 여기저기 발품을 팔며 협상한 결과 만족스러운 값에 팔 수 있었다. 돈을 받아쥐고 게라지 주인에게 왜 이 차를 인수했는지 물어보았다. 그 주인은 엔진이 좋아서라고 간단히 대답했다. 한국에 되돌아와서 빨간색 로버가 생각나서 빨간색 승용차를 사자고 제안했더니 처가 펄쩍 뛰었다. 영국에서는 빨간 차가 아주 흔하지만, 한국은 공무원이 빨간

차를 타고 다니는 것은 어색하다는 것이었다. 결국, 검은색 차를 샀다.

그 오래된 빨간색 로버에 아이 좌석을 설치하여 돌이 지난 아기를 태우고 텐트와 온갖 생활용품을 싣고 스코틀랜드까지 가서 괴물 네스가 나온다는 호수 근방에서 야영도 하고 꼭 유령이 나올 것 같은 안개가 자욱한 산악지형을 조심조심 지나면서 긴장했던 생각도 난다. 큰길이 아닌 작은 길로 시골 구석구석을 돌며 양을 키우고 농사도 짓는 집에서 하룻밤 잤던 추억도 있다. 옥스퍼드와 케임브리지에 달려가 유서 깊은 대학도 방문해 보고 곳곳에 있는 박물관도 구경했다. 주말에 특별히 다른 여행 계획이 없으면 빨간 로버를 몰아 집에서 그리 멀지 않은 셰익스피어의 생가 마을에 가서 값싸고 맛있는 Fish & Chips도 사 먹고 분위기가 있는 찻집에서 오가는 관광객들을 구경하면서 여유 있게 차를 마시다가 되돌아오곤 했다. 영국에 있으면서 처와 함께 이런저런 시행착오 과정을 거치며 여행의 참맛을 알게 되어 서양 사람들처럼 기회만 되면 부지런히 세계 여러 나라를 돌아다니는 것이 풍성한 삶을 사는 데 도움 된다는 생각을 가지게 되었다.

Chapter 6

열린 배움

서당 공부

아버지는 고향 인근 고을에서 알아줄 정도로 전통 예절과 족보에 대한 지식을 두루 갖추고 계신다. 그렇게 전문적인 지식을 갖추기까지 쏟아부은 열정이 대단했다. 어느 해 가을 우리 집 1년 벼농사의 결실을 거두어들이는 날이 잡혀 있었다. 지금이야 추수 때 콤바인이 논을 오가면서 벼를 베고 낟알을 모아 자루에 담아버리는 작업을 한꺼번에 하지만 당시에는 벼를 베어서 말린 다음 묶어서 집으로 옮겨 마당에 낟가리로 쌓아놓은 후 날짜를 정해 줄기와 낟알을 분리하는 일을 수작업으로 했다. 이 작업을 하기 위해 동네 어른들이 많이 모여 작업을 하던 중 아버지가 온다 간다는 말도 없이 사라지셨다. 가장 중요한 역할을 해야 하는 아버지가 문중의 족보 편찬 관련 작업을 하기 위해 추수 일을 팽개치고 떠난 것이다. 어머니의 한숨이 깊을 수밖에 없었다. 밤늦게 술에 잔뜩 취한 채 아버지가 돌아오셨다. 아버지가 집안일에 관심이 없고 족보 만드는 일에만 온 힘을 쏟아붓는 것을 어린 나는 이해할 수 없었다. 또한, 어머니 혼자서 일꾼들과 함께 힘겹게 일하시는 모습이 아버지의 그러한 모습과 대비되어 마음이 편치 않았다. 살림은 날이 갈수록 가난하게 되어 가는데도 전혀 집안 살림에 보탬이 되지 않는 문중 일을 하는 아버지를 못마땅하게 말씀하시는 어머니의 편이 되어가고 있었다. 집안 살림은 관심도 없으시면서 수레에 문중 제사에 필요한 돼지를 싣고 땀을 흘리면서 10리도 더 먼 곳으로 길을 떠나신 모습은 아주 대조적이었다. 아버지는 그러한 열정과 한학과 족보에 밝은 것을 인정받아 향교에서 일도 맡으시고 문중에 관련된 여러 가지 일도 하셨다.

아버지는 이러한 지식을 우리 형제들에게 알려주고 싶어 틈만 나면 족보와 집안 내력 등에 관해서 이야기해주셨지만 우리는 아예 관심이 없었다. 아버지의 말씀이 너무 어려운 데다가 집안 살림에 전혀 보탬이 되지 않는다는 어머니의 실용주의 시각에 동조하던 때였다. 아버지는 더 이상 우리에게 가르치려 하지 않으셨다.

대신 한문은 배워야 한다고 주장하셨다. 그리고는 동네에서 제일 한문에 조예가 깊고 서당 훈장도 하셨던 할아버지에게 부탁하여 오랫동안 문이 닫혀 있던 서당을 열게 하셨다. 우리 형제 대표로 내가 서당에 다니게 되었고 아랫집 친구랑 후배들까지 10여 명이 함께 서당 공부를 시작했다. 겨울방학이 시작될 무렵이었다. 서당은 학교 공부보다 훨씬 더 힘이 들고 지루했다. 하루 일정은 너무 빡빡해서 온몸이 근질거리고 방바닥에 앉아서 공부하니 몸도 뻣뻣해졌다. 아침밥을 먹은 후 서당에 달려가 오전 공부를 하고, 점심을 먹은 후 오후 공부를 하고, 저녁 식사 후로도 공부해야 하니 보통 힘든 일이 아니었다. 공부 방법은 완전히 암기식이었다. 명심보감을 배웠는데 완전히 암기하지 못하면 다음 진도를 나갈 수가 없었다. 나는 암기력이 부족해서 지지부진했다. 서당 훈장님은 전날 암기했던 내용을 아침에 외운 후에 성공하면 그다음 내용을 가르쳐 주었다. 하루 내내 목소리를 높여서 외우며 공부하기가 쉽지 않았다. 간신히 명심보감을 통째로 외우는 데 성공하긴 했지만, 옛날 서당 공부 방법을 체험했다는 데 대해 더 큰 의미를 두고 있다.

옛날 어른들이 아주 어려서부터 그렇게 혹독한 교육을 받은 것에 대해 놀라울 뿐이다. 그런 방식으로 수년 동안 공부하면 극기심을 몸에 체득할 뿐만 아니라 옛날 고전들의 좋은 글귀를 달달 외우고 또 외워서 말이 청산유수가 될 수밖에 없고 암기하는 내용이 유학에 관련된 것이므로 유교 사상이 철저히 머리에 각인 될 수밖에 없었을 것이다. 그에 비하면 현대식 교육은 여러 과목을 공부하고 다양한 방법으로 배우기 때문에 창의성이나 유연성이 높아질 수밖에 없다. 그러나 아직도 우리나라 교육이 아직도 암기식 위주의 공부가 많다는 것은 옛날 서당식 교육이 여전히 우리 교육에 영향을 끼치고 있음을 알 수 있다.

서당교육이 단점만 있는 것이 아니다. 서당교육은 기본적으로 철저하게 개별 수업이 진행된다. 나는 아랫집 친구와 함께 명심보감을 배웠고 어떤 학동은 사자 소학을 배우고 다른 학동은 천자문을 배우는 등 능력과 수준을 고려하여 가르치는 내용도 처음부터 다르게 시작했다. 똑같은 명심보감을 배우면서도 친구와 나는 진도가 달랐다. 친구는 암기력이 좋아 토끼처럼 저만치 앞서갔고 나는 거북이처럼 느릿느릿 배워갔다. 10여 명이 각각 배우는 수준과 배운 정도에서 많은 차이가 났다. 유추해보면 옛날 장기간 서당에서 공부한 사람들은 수준 차이가 엄청나게 다른 배움의 결과를 가졌을 것이다. 공부 내용뿐만 아니라 공부하는 학동들도 연령대가 크게 달랐다. 나이 차이에도 불구하고 함께 공부하고 틈만 나면 같이 놀았으므로 당연히 친해질 수밖에 없었다. 낮은 학업 수준의 아이들은 훈장님뿐만 아니라 높은 학업 수준의 학동들에게 한문의 뜻과 해석 방법을 물어가면서 익힐 수 있었다. 자연스럽게 높은 수준의 학동들은 가르치며 배우는 학습을 경험하게 된다. 그리고 철저히 암기하고 넘어가는 학습을 지향하여 공부를 대충 대충하는 습관이 사라져 학교 공부할 때 도움이 되었다. 지루하게 진행되는 수업이었지만 외우는 글들은 모두 옛 어른들의 좋은 말씀이었기 때문에 어느 틈엔가 올바른 언행을 해야 한다는 잠재의식이 자리 잡았다.

명심보감을 배우면서 제일 처음 외운 것이 "착한 일을 하는 사람은 하늘이 복으로써 갚고 착한 일을 하지 않는 사람은 하늘이 화를 내린다."라는 뜻의 글귀였다. 이러한 내용을 아침부터 저녁까지 외우고 또 외우게 되므로 착한 일을 하지 않으면 벌 받을 느낌이 들었다. 명심보감을 그렇게 반복 또 반복하여 외운 덕분에 사람들을 위해 좋은 일을 한다는 마음가짐으로 하루하루를 살고 있다. 사람들과 부대끼며 살면서 늘 좋은 일만 할 수는 없지만, 마음속에 사람들에게 좋은 일을 많이 한다는 생각을 하는 삶과 그렇지 않은 삶은 큰 차이가 날 수밖에 없다.

서당에서 밤늦도록 공부를 하면서 자연스럽게 동네에 어떤 행사가 있는지 얘기했다. 주로 누구네 집에서 제사를 지내고 어떤 집에서 잔치가 있는지에 관한 정보였다. 그런 집에서 음식을 가져다가 먹는 것이 큰 즐거움이었다. 밤늦게 서당을 마치면 어린 학동이 지나가는 어둡고 무서운 골목에 먼저 달려가 숨어 있다 갑자기 뛰쳐나가 놀라게 해 울게 만든 추억도 생각이 난다. 훈장님이 잠시 자리를 비운 사이에 밖에서 신나게 놀아버린 기억도 생생하다. 많은 나이 차이에도 공부뿐만 아니라 놀고먹는 데도 친구처럼 서로 어울려 재미있게 지낸 것이 즐거움으로 남아 있다. 서당교육을 받은 웃어른들은 우리보다 훨씬 더 공부도 많이 하고 좋은 추억을 많이 가지고 있으리라 생각한다.

원격교육

나의 정규 대학 교육은 교육대학 졸업으로 끝이 났지만, 직장생활 하면서 다양한 방법으로 이른바 평생교육을 계속하고 있다. 방송통신대학 원격교육을 활용하여 배움의 기회를 확대한 것은 인생에 있어서 매우 의미 있는 일이었다.

교대 졸업 후 대학원에 진학하고 싶었다. 그러나 대학원을 진학하기 위해서는 대학 4년의 과정을 마쳐야만 했다. 내가 다니던 때 교육대학은 2년제였다. 옛날 자료를 정리하던 중 교육대학 시간표를 발견하고 처에게 보여줬더니 “고등학교 시간표 같아요. 놀 틈을 찾기 어렵네요.”라고 말했다. 2년 동안 많은 시간을 바쁘게 공부했지만, 대학원을 진학하기 위해 방송통신대 3학년에 편입하기로 했다. 방통대는 직장생활을 하며 배울 수 있는 장점이 있었기 때문이다. 라디오를 통해 방송강의를 듣거나 교수의 녹음테이프를 들으면서 공부하고 시험도 휴일에 치르기 때문에 부지런하기만 하면 되었다. 방통대는 학기마다 배우는 교과목이 많아 부지런히 공부하지 않으면 중도에 포기하기가 쉽다.

방통대 여러 학과 중에 가장 호기심을 끈 것은 중국어였다. 서당교육을 어려서 받은 데다가 장래 중국의 힘이 크게 팽창할 것이라는 예측 그리고 남북이 통일되면 자가용을 끌고 중국에 여행할 수 있겠다는 것도 고려했다. 중국어과에 등록해서 교재를 받았다. 처음 한 달 동안 녹음테이프를 들으면서 열심히 공부했지만 별 진전이 없었고 재미가 없었다. 그래서 과감하게 포기했다. 스스로 선택해서 배우는 공부는 우선 재미가 있고 흥미가 있어야 지속할 수 있는데 재미와 흥미가 없으니 더 공부할 의욕이 사라졌다.

다시 선택한 과는 행정학과였다. 당시 행정고시를 공부할까? 라는 생각이 모락모락 피어날 때라서 체계적으로 공부해 두면 장래 고시 공부에 도움이 될 것 같았다. 서점에 가서 교재를 살펴보니 일단 쉽고 재미가 있었다. 행정학은 중단 없이 즐겁게 끝낼 수 있었다. 한 학기에 한 번 교수들한테 몇 시간 직접 강의를 듣는 것도 매우 유익했다. 방통대 교재를 집필하신 분들은 유명 교수였을 뿐만 아니라 집에서 자유롭게 공부할 수 있도록 교수들의 목소리로 강의 내용을 잘 녹음해 놓았다. 틈나면 녹음테이프를 들어가며 공부할 수 있었다. 꾸준히 공부하면서 행정학에 대해서는 자신 있다는 생각을 가지게 되었다. 거기에 더하여 서울대 행정대학원 교수들의 방송강의를 들을 기회가 많아짐에 따라서 그분들한테 직접 배우고 싶은 욕심이 생겨났다. 그곳에 입학 결심을 하여 후에 이 욕망을 실현하였다. 방송 등 원격교육을 통한 배움은 의지만 있으면 얼마든지 기회가 널려 있다.

지금은 컴퓨터를 활용한 사이버 교육을 통하여 옛날보다 편리하게 무한대에 가까운 공부를 할 수 있다. 교육부 연수원에서 장기 연수를 받을 때 일주일에 1과목 사이버 교육을 받아야 했다. 하루는 영국에서 같이 공부했던 행자부 국장이 강의를 와서 점심을 함께하던 중에 내가 사이버 강의를 억지로 듣고 있다는 이야기를 꺼냈다. 그는 3과목의 사이버 강의를 개설하고 있다고 했다. 사이버 강의를 컴퓨터에 올려놓기 위해서는 심혈을 기울여 강의 내용과 공부 방법을 연구한다고 설명했다. 그는 "내가 저 사이버 강의를 한다면 어떻게 할 것인가?" "저 과목의 보완할 점은 무엇인가?" 등 강의를 하는 사람 입장으로 공부하면 재미있을 거라고 말해주었다. 그 말을 듣고 강의하는 교수가 된 기분으로 사이버 강의에 참여하니 훨씬 더 집중력 있고 재미있게 공부할 수 있었다.

원격교육의 성공 여부는 공부하는 사람 마음먹기에 달려 있다. 공부하고자 하는 사람이 가르치는 사람과 대면 기회가 거의 없으므로 원격교육은 본인이 진정으로 공부하고자 하는 것이 무엇인가를 고민하여 선택하고 스스로 생각하면서 주도적으로 공부해야 지속할 수 있다. 사이버 교육도 자칫 과정을 마쳤다는 것에 의미를 둔다면 시간 낭비일 수 있다. 원격수업은 무엇인가를 배워야겠다는 의지로 참여하면, 바쁜 현대인들이 빠르게 변화하는 흐름에 합류할 수 있는 길을 제시해 줄 뿐만 아니라 배움의 욕구를 채울 수 있다. 지금은 원격매체가 더욱 발전하여 마음만 먹으면 얼마든지 멀리에서도 배울 것들을 선택하여 생동감 있게 보고 들을 수 있어 배움의 풍요로움을 한껏 누릴 수 있어 축복의 시대다.

방통대 행정학과를 졸업한 후 교육학 공부를 더 할 필요를 느꼈다. 교육대학 2년 동안 많은 교육학 관련 공부를 했지만, 교육에 대한 지식의 폭과 깊이를 더해야겠다는 생각으로 다시 방통대 교육학과 3학년에 편입하게 되었다. 다양한 과목을 배워 교육행정가로서 갖춰야 할 소양과 지식을 업그레이드할 수 있었다. 그중 가장 관심 깊게 공부한 과목이 "미래사회와 교육"이었다.

이 과목은 아득히 먼 곳이 아니고 10년 또는 20년 후의 우리 사회는 어떻게 변할 것이고 어떻게 대응할 것인가에 관해 다루었다. 여러 가지 과제와 함께 미래를 어떻게 보는지 알 수 있었다. 과학과 윤리라는 관점에서 과학과 기술의 발전이 인간의 가치에 큰 충격을 주고 있음을 강조하고 있었다. 의학, 컴퓨터, 우주개발, 핵공학의 사용에 있어서 윤리성은 중요한 문제로 대두되고 있다는 문제 제기도 있었다. 특히 우리가 사는 지구의 유한한 자원과 무한한 기술을 보는 시각을 다시 한번 점검하게 되었다.

미래에 대해 낙관론자들은 인간의 기술이 유한한 자원을 극복할 수 있다고 보지만, 비관론자들은 기술이 인간의 파멸을 초래하는 결과에 이를 수 있다고 보고 있다. 지금까지 경험에서 볼 때 미래 예측은 현재 자신이 처해 있는 상황과 밀접하게 관계가 있다. 가정이 가난에서 벗어나지 못하고 하루하루 삶이 생활고로 팍팍하여 밝은 희망이 보이지 않을 때는 미래를 매우 부정적으로 보았다. '우주 전쟁이 일어나서 지구가 멸망할 것이다. 이데올로기의 대립으로 인한 핵전쟁으로 지구의 생물이 사라질 것이다. 남북전쟁이 일어나 우리나라는 또다시 초토화될 것이다. 빈부격차가 더욱더 심해져서 사회가 무질서해질 것이다.' 등등의 온갖 비관적인 상상을 하곤 했다.

세월이 흘러 온갖 비관적인 생각을 떠오르게 하는 가난에서 벗어나자 어두운 미래 예측이 희한하게도 밝아지게 되었다. 가난하고 어려울 때 밝은 미래는 너무나 먼 곳에 있었다. 생활이 안정되자 미래에 대한 희망이 점점 커짐을 느낄 수 있다. 아버지도 가난한 생활고에 시달릴 때는 술로 위안 삼고 세상의 어두운 면만 보시더니 가정이 안정을 찾게 되자 술부터 끊으셨다. 장래 펼쳐질 좋은 세상에 행복하고 건강하게 더 오래 살겠다는 의지 셨다. 어머니는 어려운 시절엔 수시로 눈물짓고 한숨짓던 분이 웃음을 찾으시고 손자인 재신이와 재혁이가 결혼해서 아이 낳고 행복하게 사는 모습을 보시겠다고 하신다.

대개 사람은 잘살게 되면 자원의 고갈과 환경문제 등에 대해 걱정하면서도 미래를 낙관적으로 본다. 낙관적으로 미래를 보기 위해서는 현재를 즐겁고 행복하게 살아야 하는 이유다. 그러면서 지금 누리고 있는 아름다운 행복을 다음 세대가 더욱더 영속적으로 누리게 하기 위한 노력도 게을리할 수 없다. 나도 젊은 시절 비관론자였다가 어느 틈에 낙관론자가 되어 가끔 혼자 웃을 때가 있다.

컴퓨터, TV, 라디오 등의 매체를 이용한 원격교육은 무궁무진하게 배움의 기회를 열어주었다. 특히 라디오를 통한 원격교육은 내가 세상을 이해하는 지혜와 지식을 늘리는 데 큰 도움이 되었다. 어느 날 라디오 프로그램에서 양창순 박사의 강연을 들었다. "나르시시즘은 우리말로 자기애(自己愛)라고 표현하며, 사람들은 자기 위주로 살아가기 때문에 개개인의 자기애가 충족될 수 있도록 존중하고, 알아주고, 보상해 주면 인간관계도 좋아지고 일도 잘하게 된다는 것이다. 인정받지 못하고 억압받고 알아주지 않으면 공격적으로 되고 협조하지 않게 된다. 일단 사람을 감정의 동물로 규정하고 사람들에게 잘해주고 관심 가지면서 자기애를 충족시켜 주는 리더십을 발휘함으로써 열심히 일하고 행복하게 살아가게 할 수 있다"라는 내용이었다.

시골에 계시는 어머니는 젊은 시절부터 항상 "사람은 자기 잘난 맛에 산다."라고 말씀하셨다. 그 말씀을 잘 이해하지 못하다가 근래에 그 뜻을 좀 알 것 같다. 사람들은 자기가 잘났다는 것을 보여주기 위해서 여러 가지를 과시한다. 잘난 것을 보여주기 위해 좋은 것을 보이고 좋지 않은 것을 숨기려 한다. 자기가 잘났다고 생각하기 때문에 다른 사람들을 무시하기도 한다. 자기주장이 옳고 남의 주장을 옳지 않다고 한다. 잘난 점을 보여주기 위해 경청하기보다 더 말하려 한다. 그렇다고, 자기 잘난 맛에 사는 것이 단점만 있는 것은 아니다. 좋은 평판을 얻기 위해 예절 바르게 행동하기도 한다. 다른 사람들을 위해 자비와 자선을 베풀기도 한다. 자랑거리를 더욱더 많이 만들기 위해 극기하고 노력하여 성공하기도 한다.

자기라는 주체가 없으면 세상은 의미가 없다. 자기가 있어야만 주변도 볼 수 있고 우주도 볼 수 있다. 자기가 세상의 주인이다. 세상의 주인인 개개인을 인격체로 보아주지 않으면 사는 맛이 날 수가 없다. 따라서 개개인이 잘났다는 것을 인정해줘야 한다. 칭찬도 해주고 지지도 해주고 일의 잘한 결과에 대해 격려도 해주고 자존감을 살려 주어야 한다. 사람들의 현재 있는 그대로를 인정하고 잘 대해줘야 한다. 분노하며 욕하고 부정하는 것은 개개인의 존재를 무시하는 것이다. 살맛이 나지 않는 세상을 만드는 말과 행동은 함부로 사용하지 말아야 할 것들이다. 라디오 원격교육으로 들었던 "자기애"와 어머니가 말씀하시는 "사람은 자기 잘난 맛에 산다."라는 철학은 사람의 인정욕구를 잘 표현한 것 같다.

배움 맛보기

4학년 때 아버지가 주판을 사다 주셔서 다른 학생들과 함께 주산을 배우기 시작했다. 다른 학생들은 눈 깜짝할 사이에 주판을 튕겨 숫자를 가감했지만, 나에게는 너무나 어렵고 힘들었다. 1주일 다니다가 그만두어 버렸다. 아버지는 그에 대해 나무라지 않으셨다. 주산을 계속 공부하여 상당한 수준에 올라갔던 친구들은 계산을 빨리 하여 수학 공부를 훨씬 수월하게 하는 것을 볼 수 있었고 또 일상생활에서도 수치에 밝아 여러모로 도움을 많이 받는 것을 볼 수 있었다. 주산 배우기를 일찌감치 포기한 덕분에 숫자와 관련한 문제에서 더듬거리는 불편을 감내해야만 했다.

6학년 때에는 글씨를 너무나 못 쓰는 것에 대해 아버지의 걱정이 태산 같았다. 아버지는 한학을 오래 공부하여 기본적으로 붓글씨를 잘 쓰는 데다가 글씨를 잘 써야 남에게 지식인으로 인정받을 수 있다는 생각을 하는 분이어서 내가 학교에 개설된 붓글씨 프로그램에 참여하기를 희망했다. 아버지의 희망대로 붓글씨를 배우기 시작했지만 많은 참을성이 필요했다. 빨리 글씨 쓰는 것을 자랑으로 여겼던 나는 붓글씨를 잘 쓴다는 칭찬을 들을 수가 없었다. 한 달 정도 붓글씨를 배우다가 흐지부지 그만두고 말았다. 글씨를 잘 쓰지 못하는 것이 큰 불편은 아니지만, 대충대충 갈겨쓰는 습관으로 인해서 메모할 때 정확성이 떨어지고 정리가 잘되지 않아서 애를 먹었다. 글씨를 또박또박 정확히 바르게 쓰는 사람은 대부분 메모 정리도 잘하면서 주변 정리도 잘하는 것을 볼 수 있다. 후에 대학과 고시에서 주관식 시험을 볼 때 글씨를 잘 못 쓰는 것이 큰 부담이 되었다.

고등학교 졸업 후 1년간 이런저런 일을 하는 도중에 서울에서 25일간 대학 입시 학원에 다닌 경험이 있다. 물리와 화학을 위한 단과반에서 배웠다. 고등학교 3학년 때 치른 대입 학력고사에서 물리와 화학은 15문제 중 절반을 맞추는 정도의 부진 과목이었다. 단과반에 등록하여 물리와 화학을 공부하는데 그렇게 재미있을 수가 없었다. "서울에 있는 학원 강사들은 모두 다 이렇게 잘 가르칠까?"라는 생각까지 할 정도였다. 강사는 나이 지긋한 분이셨는데 강의를 듣고만 있어도 별 어려움 없이 핵심을 달달 외울 수 있게 만들었다. 한 달을 채우지도 못했지만, 그때 학원에서 공부한 것만으로 그해 대입 학력고사에서 물리와 화학은 거의 모두 정답을 맞힐 수 있었다. 대학 입학과 관련하여 사교육은 물리와 화학을 학원에서 배운 경험이 전부다. 학원의 문제 풀이 위주의 교육은 경쟁력이 있고 학원의 필요성은 사라지지 않을 것이라는 생각을 하게 되었다.

대학에 갓 입학했을 때 성적이 우수하다는 이유로 장학금을 받게 되었다. 이때 받은 장학금으로 가장 하고 싶은 것이 대학생이라면 누구나 시도하는 기타 치며 노래 부르는 것이었다. 돈을 받자마자 달려간 곳이 악기 파는 곳이었다. 기타를 하나 사서 기타를 다룰 줄 아는 친구한테 아주 기초적인 도레미 음을 내는 것부터 시작해서 쉬운 코드를 잡는 법 등을 배우다가 좀 더 기타를 잘 다루고 싶은 욕심이 생겼다.

가까운 곳에 있는 기타 학원에 다니기 시작했다. 그 기타 학원 원장은 다리가 불편한 분이었는데 손의 기능은 탁월해서 여러 가지 악기를 아주 잘 다루었다. 가장 자신 있게 연주하는 악기가 만돌린이었다. 그분은 만돌린을 애잔하고 구슬프게 연주하곤 했다. 나하고는 코드가 안 맞았다. 나는 갓 대학에 입학하여 여학생들이 많은 곳에서 신나고 즐겁게 노는 기분으로 하루하루 생활하고 있었다. 내겐 즐거운 노래가 필요한 때였다. 1달 동안 아주 기초적인 것만 배우고서 그 기타 학원을 그만두고 1달 배운 실력으로 대학 내내 신나게 노래하면서 보냈다. 나는 음악 감각이 더디어서 기타를 연주할 때 악보를 보지 않으면 연주를 할 수가 없었다. 기타의 특성상 흥이 나면 악보 없이 열정적으로 연주해야 하는데 번거롭게 악보를 보면서 연주하면 아무래도 흥이 떨어졌다.

미숙한 연주실력임에도 자취방에서 친구들과 어울려 큰 소리로 떠들며 노래 부르곤 했다. 매우 시끄러웠던지 이웃에서 자취하며 살고 있던 여학생들로부터 꽥꽥 소리 지르며 노래 부른다고 핀잔을 듣기도 했다. 서툴지만 흥이 나면 시끄럽게 연주하던 실력으로 우리 대학 축제 때 참여하여 우수상을 받았다. 이때 사용했던 기타는 경상도 교사 시절에 가지고 다니다가 망가졌다. 그 이후 이것저것 바빠서 기타를 다시 살 생각을 못 했다. 곧 다시 마련하여 예전에 즐겁게 노래 불렀던 분위기를 느껴볼 생각이다. 음악은 사람을 즐겁게 해주고 뭔가 한 가지 악기를 다루며 즐기면 행복한 삶을 영위하는 데 큰 도움을 줄 수 있는 걸 경험으로 알고 있다.

남자들이 대개 그렇듯이 영웅적인 사람이 되고 싶고 싸움도 잘하여 나를 거스른 자는 두들겨 패주어 굴복시키고 싶은 꿈을 꾼다. 특히 싸움에서 패하면 복수하고 싶고 기어코 상대방 무릎을 꿇게 하고 싶어진다. 나는 싸움에 자신이 없을 뿐만 아니라 맞으면서 끝까지 싸우려는 싸움닭 성질도 없어 싸움을 아예 회피하곤 했다. 하루는 덩치 큰 친구와 말다툼하다 결국 몸싸움까지 가고 완패했다. 너무나 분하고 화가 나서 싸움을 배우기로 했다.

장학금에서 남은 돈 일부를 가지고 당장 합기도 학원에 등록했다. 대학생이 화가 나서 합기도 학원에 등록한 것은 너무 감정적이지 않았나 하는 생각을 하지만 다른 사람과 싸움에서 패하는 모욕은 없어야겠다는 생각이 너무 강했다. 합기도의 기초 배우기는 매우 단순하고 힘겨웠다. 상대방을 때리지 않는 걸 배우는 게 우선이었다. 저녁에 도장에 가면 몸을 풀고 난 후 배우는 동작이 한 달 내내 잘 넘어지는 낙법이었다. 낙법은 앞으로 넘어질 때 옆으로 넘어질 때 뒤로 넘어질 때 다치지 않는 기술이었다. 다치지 않게 넘어지거나 피하는 요령을 배우는 동안 처음 합기도 학원에 등록했을 때의 분노는 어디 가고 싸우지 않고 다치지 않는 게 최선이라는 생각이 자리 잡기 시작했다. 방어 기술과 싸움 회피하는 마음만 있으면 되겠다는 생각이 합기도를 배우면서 자라났다.

행정고시 합격 후에 1년간 중앙과 지방의 여러 기관에서 인턴 수습 기간을 갖는 동안 고향에서 판소리 배움을 경험했다. 행자부와 산자부에서 일하게 될 두 명의 동기와 함께였다. 오전에는 군청 행정을 경험하고 오후에는 판소리 대가 신재효 선생님의 생가 바로 옆 국악 당에서 판소리를 배웠다. 초등학생들과 함께 배웠다. 이것저것 많이 배워봤지만, 판소리만큼 어려운 것도 없었다. 판소리는 선생님이 먼저 부르면 따라 부르는 형태로 배우는데 나이 든 사람이 배우기는 매우 힘들었다. 아이들은 금방 따라 부를 수 있었지만, 우리 셋은 스스로 생각해도 한심할 만큼 더디게 배웠다. 처음에 단가를 배우기 시작했다. 판소리보다 쉽고 또 아주 짧아서 수없이 반복해서 따라 부르자 겨우 그런대로 흉내를 낼 수 있었다. 배운 단가는 백발가였다. 백발가의 첫 대목은 "백 년 영화가 그 얼만가!"로 시작된다. 백발가는 젊은 사람이 부르기에는 너무 인생무상을 노래한 것이라서 밝고 희망적인 것을 가르쳐 달라고 부탁했다. 그래서 춘향가 중에서 이 도령과 춘향이 사랑을 담은 부분을 배웠다. 그 배운 대목 일부분은 “사랑 사랑 사랑 내 사랑이야! 이리 보아도 내 사랑! 저리 보아도 내 사랑!”이라는 내용도 들어있어 흥이 절로 났다. 서울로 돌아와 동기생들이 모였을 때 흥겹게 불러 박수를 받았다. 짧은 기간이었지만 판소리를 배움으로써 옛사람들이 판소리를 왜 미치도록 사랑했는지 조금이나마 이해할 수 있었고 감상할 수 있게 되었다. 판소리는 부르는 곳에 가서 육성으로 직접 들어보면 초등학생이 불러도 몸에 전율이 온다. 판소리를 가까이에서 보고 들으면 오페라나 뮤지컬처럼 희로애락이 그대로 전달된다.

포항의 시골 학교만 근무했기 때문에 시내에 나가기 위해서는 거의 1시간가량 버스를 타고 가야 했다. 1990년대가 되자 승용차를 굴리는 사람들이 늘어나고 언제라도 승용차를 살 수 있다는 희망이 생기면서 자동차 운전면허를 따는 바람이 불었다. 나도 운전학원에 등록하여 수업이 끝난 후 운전 연습을 하러 시내에 나갔다가 밤에 시골 하숙집에 되돌아오곤 했는데 하루는 한 학부모가 찾아왔다. 그 학부모는 포항 시내에 나가서 운전만 배우는 건 시간이 아깝다며 춤추는 학원을 소개해 줄 테니 이왕이면 춤도 함께 배우는 게 좋겠다는 의견을 제시했다. 같이 근무하는 선생님들이 직원 여행을 할 때 블루스나 지르박 춤추는 것을 부럽게 바라본 경험이 있어서 얼른 그 의견을 받아들이기로 했다.

춤을 배우는 곳은 시내의 2층 가정집에 있었다. 1층은 주인 내외가 살고 2층에서 부부가 함께 춤을 가르쳤다. 다행스럽게도 춤을 가르쳐 주는 분들은 부부라서 마음은 편했다. 춤추는 공간은 커튼으로 가려져 밖에서 보이지 않았다. 처음에는 블루스를 배웠다. 가장 기본적인 스텝부터 배우기 시작했는데 생각보다 굉장히 어려웠다. 남편 선생님이 기본을 가르쳐 주면 부인이 춤 상대를 해주어 숙달시켰다. 문제는 총각 때라 여자와 몸을 맞대고 손을 잡은 경험도 없어 크게 어색하고 땀이 뻘뻘 났다. 남자 형제 틈에서만 자라 여성과 가까이 지낸 경험이 적어 더욱더 불편했다. 어느 정도 숙달이 되자 춤을 배우는 다른 아주머니들과 춤을 추게 해주었다. 부인 선생님이 아닌 다른 아주머니 손 잡고 춤추는 것은 더욱더 어색하고 부끄러워 손에 땀이 흥건히 젖었다. 어느 정도 진전이 되자 지르박 춤을 조금 배웠는데 이것은 손잡고 빙글빙글 돌기도 하면서 흥겹게 추는 춤이었다. 미숙하지만 그런대로 초보적인 춤을 출 수 있었다.

하루는 춤 선생님이 춤을 함께 배우는 아주머니들과 나를 불러놓고 교습소에서 배운 춤을 카바레에서 실습해보는 게 가장 진도가 빠르며 잊히지 않는다고 했다. 원하면 언제든지 안내해 주겠다고 했다. 그러면서 춤 선생님은 춤 실습하러 카바레에 자주 가게 되면 가정에 불화가 생길 수 있음을 사실대로 이야기했다. 춤을 배우면 활용하고 싶고 어느 정도 수준이 올라가면 더욱더 춤추고 싶어진다고 했다. 또 춤의 특성상 남녀가 몸을 밀착하고 어울리게 되는데 이것이 문제를 일으킬 수 있어 아주 조심해야 한다고 했다. 그 무렵 운전면허 시험에 합격했다. 춤만 배우러 다니는 것은 젊은 시절의 시간이 아깝다고 생각했다. 카바레에 가서 춤을 즐기고 싶은 생각도 전혀 없어 춤 배우는 것을 그만두었다.

그때 춤을 배우면서 잘 써먹으리라 생각했지만, 전혀 활용하지 못했다. 공부하느라 바빠서 춤을 춰볼 기회도 없었고 노트에 정리해둔 춤추는 요령은 잘 기억 나지 않아서 무용지물이 되었다. 그래도 춤을 배워본 것은 소중한 경험이었다. 서양에서는 공공장소 등 밝은 장소에서 남들이 지켜보는 가운데 남녀가 손잡거나 짝을 이루어 즐겁게 춤을 추지만 우리나라는 조금 다르다. 어두운 곳에서 비밀스럽게 춤추는 것은 바람직스러운 결과에 이르지 못할 때가 많다. 아직도 아주 야윈 모습으로 열심히 춤을 가르쳐 주던 춤 선생 부부가 눈에 선하다.

점차 사회가 배움의 만족과 배움 능력을 중시하는 방향으로 나아가고 있다. 주체적으로 생각하여 어디에서 무엇을 얼마나 배우고 어떻게 사용할 것인지를 끊임없이 궁리하면 행복하고 즐거운 삶을 살아가는 데 많은 보탬이 된다. 지금까지 수많은 방법으로 다양하게 배워 왔지만, 앞으로도 하고 싶고 경험하고 싶은 것을 찾아 열심히 배워볼 자세를 갖고 있다.

말 연습

말은 참으로 중요하다. 기쁨, 즐거움, 애정을 따뜻한 말로 표현하여 친밀감을 더욱더 쌓아가거나 갈등과 분노를 내뱉어 인간관계가 소원하거나 큰 손해를 보는 경우가 있다. 말을 잘하거나 못하는 것에 결정적으로 영향을 주는 요인은 어린 시절 가정 언어문화와 깊은 관련이 있다. 어린 시절 우리 집에서 사용하는 언어는 사물이나 상황에 대해 참을성을 가지고 논리적으로 자세히 설명하는 게 아니었다. 예컨대, 아버지가 재떨이를 식구들에게 가져오라고 할 때 "저것 좀 가져오너라."라고 말씀하셨다. 나와 동생들은 서로 눈을 마주 보며 누가 아버지의 말씀을 따라야 하는지, 또 아버지가 손가락으로 가리키는 곳은 책, 재떨이, 부채 등이 함께 있어 무엇을 가져다드려야 하는지를 판단하기 어려워 머뭇거리다가 꾸중 듣는 상황이 가끔 있었다. 아마 그렇게 애매하게 이야기하는 것보다 "광휘야! 재떨이를 가져오너라"라고 말씀하셨으면 언어 구사가 명확하여 의사전달이 아주 효율적으로 이루어질 수 있었을 것이다.

고향의 산골짜기 시골 동네의 전반적인 언어 행태는 굉장히 단순한 표현이 사용되었다. 어떤 상황에 대해서 차분히 조리 있게 설명하기보다 감정을 급격히 분출하였다. 기쁨에 관한 표현은 서툰데 비해 언짢은 감정이나 조그만 잘못에 금방 화를 표현하고 언성을 높이는 언어였다. 어린 우리도 항상 "개~" "씨~"이라는 기본적인 욕에서부터 무지막지한 욕까지, 욕에서 시작하여 욕으로 끝나는 그런 언어 행태가 습관화되어 있었다. 언어사용을 고치기는 매우 어렵다. 욕하는 습관이나 목소리를 높여 자기주장을 하는 버릇은 힘들게 개선되고 있긴 하지만 어쩌다 한 번씩 예전 말버릇이 튀어나오는 바람에 곤혹스러운 경우가 종종 있다. 심지어 어른들과의 대화에서도 기분이 나쁠 때 나도 모르게 욕이 튀어나온 경험이 한두 번이 아니다. 내가 다니던 시절의 교육대학 남학생은 학기 중에 매주 6시간씩 자체 군사훈련을 받고 방학 동안 병영에서 직접 군사훈련을 받은 후 초등교사로 일정 기간 근무하면 현역 복무가 면제되는 혜택이 있었다. 군사훈련 중 장교한테 벌을 받으면서 나도 모르게 욕이 나오는 바람에 고생했던 기억이 생생하다. 고향 동네 친구들을 보면 옛날 어려서 배웠던 말의 습관을 거의 그대로 유지하고 있는 친구도 있고 거친 표현을 절제하는 친구도 있다. 아마 언어사용을 예절 바르게 하는 친구도 사회에 나가서 수많은 시행착오를 겪었을 것이다.

가정에서는 가족 구성원들의 감정과 감정이 만나서 애정이 활활 타오르기도 하고, 자존심을 가장 크게 건드리기도 하는 민감성을 가지고 있으므로 직장과 사회에서보다 훨씬 더 사려 깊은 언어사용이 요구된다. 결혼 후에 처와 격한 이야기 도중 나도 모르게 욕설이 튀어나와 이것이 싸움으로 비화하여 서로 내면 깊숙한 곳의 자존심까지 처절한 상처를 입은 후에 사과와 용서를 구하고 겨우 부부싸움이 진정된 경우가 있었다. 욕이 아니더라도 불쑥 생각 없이 내뱉어진 인간의 자존심을 건드리는 말 때문에 감정싸움까지 번지고 이것을 해결하느라고 많은 에너지가 소비되는 경우를 줄이기 위해 엄청난 노력을 기울여 왔다. 직장생활은 사무적인 관계여서 감정 절제가 상대적으로 쉽지만, 가정생활에서는 감정 절제를 무의식적으로 덜 하는 경향이 있어 말로 인한 싸움의 빈도가 높다고 판단된다. 부부간의 대화는 신중하지 않으면 안 된다는 것을 상처 입거나 입히며 터득하고 있다. 니체의 "부부생활은 길고 긴 대화 같은 것이다. 결혼생활에서는 다른 모든 것은 변화해 가지만 함께 있는 시간 대부분은 대화에 속하는 것이다."라고 주장한 말을 음미해 볼 필요가 있다.

어려서 아버지나 동네 사람들이 사용하였던 욕설이나 목소리부터 높이고 보는 언어 행태를 아들들에게 사용하지 않기 위해 부단히 노력 중이다. 가정에서의 언어는 순환 체계를 가지고 있다. 가장인 아빠가 긍정적이고 순화된 언어를 사용하면 가족 구성원들도 비슷하게 언어를 사용하는 경향이 있다. 마치 늑대에게서 자란 아이가 늑

대의 소리 신호를 익히는 것처럼 부모 언어는 아이들의 언어에 커다란 영향을 준다. 아빠의 일방적인 훈계가 아닌 가족 간에 질문과 답변, 차분히 설명하는 요령, 이야기를 끝까지 경청하는 인내, 더 나아가 토론까지 할 수 있다면 아이들의 언어는 밝을 게 틀림없다. 아이들이 말을 잘할 수 있도록 가장으로서 부단히 힘써볼 생각이다. 언어사용을 신중히 하려고 노력하는 한편 관련되는 책도 보고 다른 사람들은 어떻게 말을 잘하는지 관찰하며 공부하는 중이다.

과천 중앙공무원 교육원에서 1년간 인턴 수습 기간을 갖는 동안 말 잘하는 능력이 관료로서 출세하는 데 큰 보탬이 된다는 것을 인식하고, 몇몇 사무관들이 모여 말하는 능력을 향상하자는 모임을 만들었다. 우리끼리 연습하는 데는 한계가 있음을 느껴 스피치 강사를 초빙해서 여러 가지 말 연습을 했다. 가장 열심히 반복했던 부분이 3분 스피치였다. 의원들이나 기자들에게 질문을 받을 때 요령 있게 핵심을 답변하는 방법에 대해 역할 연기를 하며 익히는 과정도 있었다.

교육청에 발령받은 후 당시 익혔던 화술이 공직 생활에 상당히 도움이 되었다. 같이 모임에 참여했던 동기들이 승승장구하는 것을 봐도 화술은 직장에서 큰 도움이 된다. 여러 사람 앞에서 자연스럽게 이야기하는 능력도 중요하다. 교육청 300여 명 직원 앞에서 프레젠테이션을 종종 경험하여 떨지 않고 이야기하는 담력이 길러지게 되었다. 거기에 더하여 연수원 등에서 강의하며 청중들의 반응을 살펴보는 여유까지 훈련하여 남들 앞에서 자신 있게 이야기할 수 있는 능력을 기르게 되었다. 이처럼 다수의 사람 앞에서 자신의 소신이나 강의를 하는 것은 상대적으로 쉬울 수 있다.

당시 교육감은 과장들을 불러 모아놓고 교육의 핵심 정책에 대해 3분 이내에 조리 있고 알아듣기 쉽게 설득할 수 있어야 한다고 강조하곤 했다. 정책이든 예산이든 미리 어떤 내용에 대해 어떻게 이야기할 것인지를 반복 연습해서 이해관계인, 기관, 의원, 기자들을 설득할 수 있어야 한다고 수없이 이야기했다. 과거와 달리 공무원들이 권위주의적이고 일방적으로 지시해서는 어떤 일이든지 추진하기가 어렵기 때문이다.

이해관계가 있는 사람들과의 대화라든지 동료 직원 또는 관련되는 부서나 기관에 협조를 구할 때 그리고 갈등 관계를 해소하려고 할 때는 언어의 달인이라도 감정이 개입되기 때문에 많은 어려움을 겪는다. 직장에서 성실성과 업무 능력이 비슷하다고 가정할 경우, 말을 잘하느냐 못하느냐에 따라 능력 있다 또는 없다는 평판을 받기도 한다. 보고할 때 논리적으로 이야기를 잘하지 못하거나 설명을 알아듣기 쉽고 간결하게 하지 못하면 윗사람들은 신뢰하지 않는 경우가 있다. 따라서 직장에서도 보고 요령과 상사와 동료 직원들에게 설명하는 능력과 기술에 대해 꾸준히 공부할 필요가 있다.

말을 잘하기 위해서는 준비가 필요하다. 처를 처음 사귈 때 나는 서울에서 사무관 수습 생활을 하고 있었고 처는 내 고향 고창에서 중학교 교사를 하고 있었기 때문에 주말에만 만날 기회가 있었다. 만나기 전에 재미있는 에피소드를 여러 가지 준비했던 기억이 난다. 유머가 실린 책도 읽어서 외워두곤 했다. 떨리고 조마조마하던 때라 어떤 방법으로든지 즐겁고 재미있게 시간을 보내야 했기 때문에 준비한 말 재료를 중간중간 활용했다. 그냥 이야기 준비 없이 만나면 밋밋하고 지루하고 재미없어 설렘이 줄어들 가능성이 있기 때문이었다. 말 연습과 적절한 언어사용 습관은 성공적인 인생을 살아가기 위해서 필수적이다. 나 자신에게도 기를 주고 주위 사람들에게도 활력을 줄 수 있도록 긍정적인 말을 끊임없이 배우고 익히며 실행해 가려는 다짐을 늘 할 수밖에 없는 이유다.

구경의 힘

점심 식사 후 철봉에 매달려 몸을 쫙 편 후 시장을 찾곤 한다. 구내식당을 이용하는 경우 가까운 거리에 있는 시장을 산책하다 되돌아오면 점심시간을 알차게 이용할 수 있다. 생선 파는 아저씨와 안면을 익히게 되었다. 그 아저씨는 머리를 짧게 깎고 시장 길가에서 생선을 팔고 있었다. 처음에는 그 아저씨의 갈치 등지느러미를 한칼에 쫙 잘라버리는 솜씨에 반했다. 갈치를 활처럼 굽게 한 다음 먹을 때 필요 없는 등지느러미를 단칼에 잘라버리는 것이었다. 또한, 고등어나 삼치의 배를 갈라 다듬는 솜씨도 일품이었다. 유심히 보고 눈으로 익혔다. 동료 직원들에게 나도 갈치 지느러미를 제거하고 고등어 등 내장을 손질할 자신이 있다고 했더니 "나중에 생선을 잘 팔겠네요."라고 농담을 했다.

그런데 그 아저씨는 생선을 다듬어 주지 않게 되었다. 너무나 손님이 바글바글하는 바람에 고기를 다듬어 줄 시간이 없었다. 시장

귀퉁이의 길에서 생선을 파는데도 그 아저씨의 생선 파는 일은 날로 번창하고 있다. 그의 비결은 간단했다. 먼저 온 손님부터 가장 큰 생선을 골라서 팔았다. 손님들이 물건 중에 가장 크고 좋은 고기를 샀다는 만족감을 느끼게 했다. 큰놈을 골라내면 나머지 중에서도 그다음 가장 큰 놈이 있으므로 걱정할 일이 없었다. 그리고 입담도 좋았다. 아주머니들에게 어머니라고 하고 아저씨들에게는 아버지라고 호칭하면서 이 고기가 왜 싱싱한지 어떻게 해야 맛이 있는지를 끊임없이 이야기했다. 그렇게 활기 있게 분위기를 주도하며 서비스했다. 고기 파는 시간은 그리 길지 않았다. 싱싱한 것을 가져와 금방 팔아치우고 훌쩍 떠났다. 휴일도 철저히 지켜서 일요일에 가보면 볼 수가 없었다. 언젠가 토요일 날 꼬막을 사러 갔다가 사람이 붐벼 겨우 샀던 기억이 있다. 그 아저씨의 꿈을 언젠가 들을 수 있었다. 지금은 길거리에서 이것저것 다양한 바닷물고기를 다루지만, 열심히 돈을 벌어서 가게를 차려 5종류 이내의 생선만 특화하여 팔겠다고 했다. 조기와 갈치 등 아주 잘 아는 생선만을 저렴하게 팔고 싱싱하게 다루겠다고 했다. 그 아저씨의 꿈은 틀림없이 이루어지리라고 생각한다. 왜냐하면, 몇 년 동안 변함이 없이 좋은 생선을 가져다 팔았기 때문이다. 또한, 크고 더 좋은 생선부터 골라내 먼저 온 사람에게 좋은 생선을 파는 상술을 그대로 지키고 있기 때문이다. 생선을 사러 온 손님들에게 인기 끄는 가장 기본적인 초심이 변하지 않는 한 그 아저씨는 꼭 성공할 것이다. 앞으로도 어떻게 발전하는지 계속 지켜

볼 생각이다.

직접 해보지 않으면서 호기심을 충족할 방법은 여러 가지가 있을 수 있지만, 여행은 궁금증을 해소할 수 있는 훌륭한 방법이다. 언젠가 시골 부모님 댁에 갔더니 이웃 어른께서 "동네 어른 대부분이 중국을 다녀왔는데 자네 부모는 다녀오지 못했다."라는 이야기를 듣고 깜짝 놀랐다. 아버지와 어머니에게 왜 동네 어른들 중국 여행에 같이 참여하시지 않았는지 물었더니 "자식들 부담을 줄까 봐"라고 하셨다. 이러한 사실을 처에게 이야기했더니 부모님을 잘 챙기지 못했다며 부랴부랴 중국 여행을 추진하기 시작했다. 부모님과 우리 부부 그리고 아들들이 함께 다녀오기로 했다. 아버지는 이왕에 갈 거면 역사가 살아 숨 쉬는 북경이 좋겠다는 의견을 제시했다. 아버지는 평소에 한학에 밝은 데다가 중국 관련 서적을 매우 많이 읽어서 중국의 역사와 문화 등에 대해 조예가 깊었다. 우리 부부와 아이들은 여러 번 해외여행을 했는데도 부모님을 챙겨드리지 못한 죄송한 마음이 겹쳐 이것저것 신경을 많이 써서 여행을 준비했다. 부모님은 매우 기뻐했다. 손자들과 함께 여행하는 것이 더 설렌다고 하셨고 아이들도 할아버지 할머니랑 함께 여행하게 됐다고 친구들에게 자랑하고 다녔다.

수많은 여행을 했어도 중국의 호텔만큼 넓은 방에서 자본적 없다. 중국 식당 특유의 원탁 식탁에 온 가족이 둘러앉아 차를 마시며 이야기하고 여러 가지 음식도 먹는 기쁨도 누려 봤다. 우리 가족 6명이 나란히 누워서 발 마사지를 함께 받으면서 웃었던 기억도 새롭다. 관광 가이드는 대부분 가족이 처의 부모님과 함께 여행하는데 시부모와 함께 여행하는 우리 처가 대단하다고 칭찬했다. 처가 크게 고마웠다. 6명이 나란히 앉아서 눈이 휘둥그레질 정도로 어려운 기술에 예술성을 가미하여 공연하는 서커스를 보며 감탄하기도 하였다. 아버지는 손자들에게 자금성에 관하여 설명해주고 만리장성에 대해서도 건축 배경과 가치에 대해서 말씀해 주셔서 아이들은 신이 났다. 중국 여행을 다녀온 후 시골에 갔더니 아랫집 어른께서 부모님과 여행 다녀온 것에 대해 잘했다고 칭찬해 주셨다. 아이들은 할아버지 할머니와 함께 손잡고 북경에 다녀온 여행을 매우 자랑스러워했다. 아이들 교육에도 이 여행은 매우 의미가 있음을 깨달았다. 얼마 후 온 가족이 가까운 일본에도 다녀왔다. 6명이 나란히 온천에 발을 담그고 포근함으로 함께 웃었던 장면이 떠오른다.

어려서부터 구경하는 것을 아주 좋아한다. 그것도 남이 일하는 모습 구경하는 걸 가장 좋아한다. 열심히 일하여 무엇인가를 성취해 내는 사람을 보면 콧날이 시큰하고 전율이 흐른다. 어려서 소가 쟁기를 끌고 논흙을 갈아엎는 소를 따라서 왔다 갔다 하며 지켜보았다. 소가 주인의 말을 어찌 저리 잘 알아들을까? 소가 콧김을 씩씩 내뱉으면서 한 걸음 한 걸음 내딛는 모습을 보면서 그 힘찬 모습에 감탄도 했다. 소가 지쳐서 더 이상 앞으로 나아가지 않으려 할 때 주인이 부드러운 목소리로 달래고 쉬게 하는 모습도 보았다. '나도 크면 저렇게 쟁기질을 잘 할 수 있을까?'라는 생각을 하면서 지치지도 않고 구경했다. 외가에서 일했던 그분은 소와 함께 일을 마치고 집에 돌아와 제일 먼저 소죽을 정성껏 끓여서 푸짐하게 먹였다. 일 파트너인 소에게 최선을 다해 잘해주었고 소는 성실하게 주인을 위해 일했다. 소죽을 끓이기 위해 불을 지피는 그분 옆에 나란히 앉아서 불구경하던 기억이 새롭다.

언젠가 읍내 구경을 하다가 집으로 돌아오던 중 달구지를 끌고 가는 소를 보게 되었다. 그 소는 지나치게 짐이 무거웠던지 더 이상 앞으로 나아가지를 않았다. 화가 난 달구지 주인은 소에게 심하게 매질을 가하고 욕설을 하며 앞으로 나아가도록 했으나 그 소는 꿈쩍도 하지 않았다. 외가에서 일하던 분과 달리 그 낯모르는 소달구지 주인은 소가 끌 수 있는 능력보다 더 많이 짐을 실었던지, 아니면 소가 주인의 거친 성격에 반항하는 것이었는지 모르나 그와 소의 싸움은 오랜 시간 계속되었다. 화가 난 그 사람은 나중에 소의 꼬리까지 입으로 물어 소가 그 충격으로 몇 걸음을 옮겼지만 그것도 허사였다. 나중에는 소가 아예 주저앉아 버렸다. 결과를 보고 싶었지만, 집에 올 길이 멀어, 할 수 없이 그 자리를 떠났다.

그날 저녁에 자리에 누워서 그 소가 어찌 됐을지 궁금했다. 소가 힘을 내어 다시 일어서서 달구지를 끌었을까? 주인이 소의 고집을 꺾지 못하여 짐을 덜어내고 끌게 했을까? 화가 난 주인이 그 소를 더 때리고 다른 소를 데려다 그 달구지를 끌게 했을까? 외갓집에서 일하던 아저씨는 소에게 화냄 없이 일을 잘했는데 왜 그 낯모르는 달구지 주인은 그렇게 거칠게 분노를 표현할까? 어떤 이유로 소와 실랑이를 벌이게 되었는지 몰라도 그 아저씨는 행복하게 잠자리에 들기가 어려울 것 같았다. 그 모습을 지켜본 내가 쉽게 잠자리에 들기가 어려웠으니 하물며 심하게 매질을 당한 소는 더더욱 편한 잠을 자지 못했을 것 같았다. 죽을 때 죽더라도 외갓집의 소는 자기 일하는 능력과 기분을 맞춰주는 주인 때문에 일하면서 여유 있게 살고 있었다. 달구지 주인은 소와 기분 좋게 일하는 방법을 몰랐던지 지나치게 욕심을 많이 내었던지 만족스럽게 일을 해내지 못했고 덩달아 그 소도 힘든 하루하루를 살고 있을 것이라는 생각을 했었다.

고향 시골 동네 앞산에는 원자력 발전소의 전기를 운반하는 송전탑이 많이 있다. 그 철탑을 세우는 과정을 지켜보면서 '저렇게 어려운 일을 하는 사람들도 있구나'라는 생각을 했다. 철재 빔을 철탑 세울 위치에 가져다 놓고 차례차례 조립하여 수십 미터 높이로 쌓아 올리는 과정을 밥만 먹으면 쫓아가서 구경했다. 어떻게 저리 빈틈없이 착착 적절한 철재를 맞출 수 있을까? 얼마나 무서울까? 떨어져서 다치지 않을까? 별별 생각과 걱정을 하면서 일하는 분들의 간식 먹는 것까지도 구경했다. 밖에서 거친 일을 하는 분들은 생각보다 마음이 따뜻해서 구경하는 것도 잘 참아 주었다. 그리고 간식도 나눠주고 이야기 상대도 되어 주었다. 날마다 쫓아와서 구경하는 나를 보고 "너도 철탑을 조립하는 일 할래?"라고 일하는 분이 물었다. "무서워서 높은데 올라갈 수 없을 것 같다"라고 대답했더니 그분은 큰 소리로 웃었다. 그분은 높은 데서 일하는 무서움보다 그러한 일이 꾸준히 있지 않을 거라는 두려움이 더 크다고 했다. 그때 처음으로 일이 없는 무서움이 그 높은 곳에서 일하는 것보다 더 크다는 것을 알았다.

우리 동네 산 너머에는 고속도로를 확장하기 위해 터널을 뚫고 있었다. 그 터널 뚫는 것을 구경하기 위해 한 시간 넘게 걸어갔다. 굴을 파는 곳은 위험해 들여갈 수 없었다. 근처에 서서 '어떻게 굴을 뚫을까?'라는 호기심을 억제할 수 없었다. 어느 날 드디어 굴이 산을 관통했다. 며칠 후에 찾아갔을 때 무슨 이유에서인지 작업하는 사람이 없었다. 맞은편까지 걸어서 통과할 생각을 했다. 그런데 굴속이 너무 캄캄했다. 700여 미터라고 했는데 맞은편 끝 입구의 빛을 목표로 무작정 걸었다. 지금 생각하면 아주 위험한 짓이었다. 캄캄한 굴속을 양쪽 입구의 빛만을 의지하여 나아갔다. 한참 가다가 너무 캄캄해서 포기하고 싶었지만, 자존심이 허락하지 않았다. 아마도 맞은편 입구의 작은 동전만 한 빛이 없었다면 감히 그러한 용기를 가지지 못했을 것이다. 목표와 방향이 분명해서 그 굴을 통과할 수 있었다. 캄캄함 속에 조그만 빛이 목표가 된다는 것을 알았고 목표의 중요성도 깨달았다. 지금은 그 터널을 자동차로 눈 깜짝할 사이에 통과하면서 그 캄캄한 굴을 용감하게 걸었던 경험을 되새긴다. 내게 그런 희한한 도전을 해볼 기회가 있었음에 감사한다.

서울 나들이

서울에 오가면서 소요되는 기회비용은 생각 이상으로 크다. 고시 합격 후 서울에서 1년간 교육을 받으며 처와 사귀고 있었다. 주중에 여러 기관을 돌아다니며 배우면서도 마음속에 노총각으로서 지금의 처를 어떻게 하면 꽉 잡을 수 있을까를 궁리하였다. 자주 만나는 게 가장 중요하다고 생각했다. 전주에 주말마다 내려가 처를 만났다. 그때는 주로 기차를 타고 다녔다. 사랑하는 사람과 헤어질 시간을 딱 정해놓고 만날 수가 없는 터라 서울로 되돌아올 때는 허겁지겁 서서라도 기차를 타고 왔다. 마음은 즐거웠지만, 몸은 많은 에너지가 필요했다. 하지만 주말마다 만나서 오히려 더 정이 들어 결혼까지 성공하는 데 도움이 되었다.

그렇게 서울과 전주를 오가며 고생고생하면서 처를 붙잡는 데 성공했다. 대학원을 마치지 못하고 전북교육청에 발령받았다. 이번에는 거꾸로 직장생활하면서 틈틈이 서울대학까지 공부하러 다녀야 하는 고생을 하게 되었다. 낮에는 일해야 했으므로 저녁 강의를 주로 듣게 됐는데 통상 일주일에 한두 번은 서울에 오르내려야 했다. 그때는 살림집을 처가 근무하고 있는 학교 가까이 있는 곳에 차려서 서울 기준으로 본다면 전주보다 더 남쪽에 있었다. 수업을 마치고 집으로 돌아오기 위해 버스를 타는 시간이 4시간 가까이 소요되었다. 버스로 오가는 시간이 만만치 않았다. 수업이 통상 저녁 9시 넘어 끝이나 터미널에 이동하여 심야 우등을 타고 신혼 살림집에 도착하면 새벽 2시를 넘었다. 잠시 눈을 붙이고 다음 날 전주에 출근하는 일은 상당히 강인한 체력을 요구했다. 그래도 행정과 정책에 관한 최고의 대학에서 우수한 교수들에게 배운다는 자부심이 있어서 즐거운 마음으로 서울을 오르내렸다. 다행인 것은 대학에 젊은 친구들이 활기차게 움직이며 생활하는 모습을 보면서 나도 항상 저들처럼 활력 있게 살아야겠다는 마음이 자리 잡아 나를 기운찬 사람으로 만들었다. 또 새벽 터미널에 내리면 청소하는 환경미화원들이 벌써 일을 시작하는 것을 보면서 그래도 나는 편하게 공부하고 있구나라는 생각도 했었다.

서울 광화문에 있던 교육부에서 근무할 때는 아들들이 초등학교 저학년이었다. 한참 아빠의 손길이 필요한 시기였다. 때문에, 무슨 일이 있어도 주말에는 전주에 가족들을 위해서 내려가야 했다. 다행인 것은 주 5일제가 시행되어 금요일에 집에 내려가면 3일은 가족과 함께 할 수 있었다. 월요일은 새벽 5시 이전에 전주에서 버스를 타고 가서 서울 종합 청사에 출근했다. 나는 아침형 인간이 아니어서 아침잠을 충분히 자야 컨디션이 좋은데 월요일 꼭두새벽에 일어나 서울에 가서 일을 시작할 때 머리가 느릿느릿 움직였다. 제 컨디션을 빨리 되찾아 열심히 일하다가 금요일 날 내려가는 사이클이 형성되었다. 교육부에 있으면서 정책이 어떻게 이루어지는지도 알게 되었고 미흡했던 기획력을 유능한 상사들에게서 배우며 키울 수 있었던 점 등은 큰 자산이 되었다. 이때 맺은 인맥 네트워크도 후에 많은 도움이 되었다.

교육부에서 일하다가 교육청으로 복귀한 후 얼마 되지 않아서 또다시 서울에 있는 교육부 연수원에서 1년간 교육을 받게 되었다. 아이들이 아직도 초등학생이라서 아빠의 도움이 절실하고 아빠를 가장 필요로 하는 시기라 매우 부담스러웠다. 그래도 긍정적으로 생각하고 열심히 배우자는 생각으로 서울 생활을 했다. 이때는 교육부에 있을 때처럼 업무 부담은 없어서 마음이 편했다. 그래도 금요일에 전주 집에 내려가서 월요일에 서울로 올라오는 생활은 크게 다르지 않았다. 아이들은 “아빠 이제 1년만 서울에 계시면 다시는 서울에 가지 않는 거예요?”라고 물어보곤 했다. 맨날 서울에서 여러 가지를 배운다고 집에 소홀히 한 점이 미안하여 주말에는 무조건 가정에 봉사하려 했다. 당시에 처도 성취목표를 정해놓고 열심히 공부하던 때였으므로 주말에는 처의 역할까지 도맡아서 일했다. 그렇게 바쁘게 서울에 오가는 리듬에 익숙해져 갔지만 많은 시간과 에너지를 사용했다.

지방에 살면서도 상당히 많은 시간을 서울에서 일하거나 배웠으므로 세상을 바라보는 시선이 넓어지게 되었다. 끊임없이 변화하는 세계를 보는 관점에 대해서 교육받기도 하고 스스로 깨닫기도 했기 때문이다. 지방에서 사느냐 서울에서 사느냐는 가치관의 문제이자 선택의 문제이다. 어디에서 살든 끊임없는 자기 성찰을 하며 변화하고 진화하려는 노력을 게을리하지 않아야겠다는 다짐은 중요하다. 마음과 몸을 움직이지 않고 가만히 있어서는 사고가 정체될 가능성이 있다. 종종 의도적으로 외부 자극을 받아들여야 하는데 자극을 가장 활발하게 얻을 수 있는 곳이 서울이다. 다행히 IT 기술이 발전하여 굳이 서울에서 오랫동안 생활하면서 배울 필요성은 많이 감소 되었다. 정보 기술의 발전은 공간과 시간 너머 배움에 대한 장을 마련해줘 지방 사람들의 시간, 비용, 에너지를 절감해 주었다. 이제는 지방에 있으면서 서울에 가지 않고도 우물 안 개구리 신세를 면할 수 있다. 그렇지만 서울에서의 배움을 간접 경험만을 통해서 배우는 데는 보완해야 할 부분이 발생하게 된다. 사람과 사람 사이에서 부대끼는 느낌, 분위기, 미묘한 흐름 등은 멀리서 배우기 어려운 것들이다. 가끔 서울을 의도적으로 찾아볼 필요가 있을 것 같다. 교통이 예전보다 좋아져 쉽게 가볼 수 있다. 나는 지금도 종종 조그만 건수를 만들어서라도 서울 나들이를 하곤 한다. 서울 사람들이 시골 생활을 신기해하며 구경하고 즐기는 것처럼 지방 사람들도 서울에 있는 좋은 점들을 구경하며 배우고 즐길 필요가 있다.

Chapter 7

경상도에서 살아보기

이웃 경상도

예전의 교육대학은 졸업장을 받으면 임용시험 없이 교사 발령을 받을 수 있는 혜택을 누렸다. 당시 전북지역은 초등교사 발령이 적체되어 졸업 후 빨리 교사로 근무하기를 원한다면 타 시도에 지원할 수밖에 없었다. 동기생 400명 중 졸업 성적은 227위였다. 대학을 들어갈 때는 2등이었지만 과락만 면하면 교사로 발령을 받을 수 있다는 생각과 놀기 좋아하고 이것저것에 관심을 가진데 따른 결과였다. 대학 2학년 때 인근 초등학교에서 1개월 동안 가르치는 교생 실습 기간에도 다른데 정신이 팔렸다. 선배 선생님이 학생을 가르치는 교육 방법을 열심히 보고 익혀야 하는데 청소년 축구 대표 팀이 멕시코에서 4강 신화를 이루는 것을 보느라 학교 숙직실에 들어가 TV를 보기도 했다. 담당 선생님이 매우 화가 나서 교생 실습 점수를 60점으로 평가하는 바람에 하마터면 과락할 뻔했다.

이렇게 불성실하게 공부한 탓에 좀 더 빨리 발령을 받을 수 있는 경기도 등에 지원할 수 없었다. 이 기회에 어려서부터 수도 없이 들어왔던 경상도라는 곳에 가서 한번 살아보고 싶다는 생각이 커졌다. 궁금하면 직접 해보고 눈으로 보아야만 하는 경험론적 인생관을 가지고 있어 경상도에서 교사 생활을 할 생각은 어쩌면 필연이었는지도 모르겠다. 경상도와 전라도의 공통점과 차이점에 관해 직접 부딪히며 생각해 보고 느껴보자는 마음도 작용했다. 경상도에서 살아보는 것에 대한 걱정도 있었다. 고향 떠나면 많은 고생을 하게 되는데 제대로 적응할 수 있을지, 차별받지 않고 살아갈 수 있을지 등 한번도 가보지 못한 미지의 땅인 경상도에 대한 막연한 두려움이 있었다.

경상도에는 그때까지 한 번도 가본 경험이 없었지만, 주변 사람으로부터 경상도에 관한 이야기를 들어 왔었다. 경상도에 구경하러 다녀온 분들은 경상도는 공장이나 도로들이 잘 정비되어 있고 굉장히 잘 사는 데 비해 전라도는 너무 낙후되어 있다는 말을 주로 했다. 경상도에 대해서 말로만 듣고는 궁금증이 해소되지 않았다. 그뿐만 아니라 전라도와 경상도가 어떻게 달라서 조그만 땅덩어리에서 티격태격 싸우는 행태와 심리를 가지게 된 것인지 알아보고 싶은 생각이 들었다. 지역감정 연구라는 책도 읽고 인구 추이 통계도 살폈다.

경상도로 근무 희망을 했지만 언제 발령이 날지 불확정하여 마냥 기다릴 수가 없었으므로 여러 가지 일을 하면서 1년을 보내고 있었다. 서울에서 일하던 이듬해에 포항시에 발령이 났다는 통보를 받게 되었다. 포항시에는 시골 학교가 없다고 미리 짐작해 약간 실망했다. 경상도 시골에서 근무해야 전라도 고향 시골 마을과 경상도 시골 마을을 비교하여 좀 더 깊이 있게 양 지역의 생활상이나 정서를 알 수 있을 것으로 생각했기 때문이다. 부랴부랴 고향 집으로 내려가 달랑 트렁크 하나에 옷가지 등을 챙겨서 포항을 향해 출발했다. 교사를 처음 시작한다는 설렘과 낯선 경상도에 살게 된 걱정까지 함께 안고 가게 되었다.

아버지는 포항으로 출발하기 전에 "광휘야! 경상도에는 양반들이 많이 살고 있으므로 틀림없이 너의 근본에 관해 물을 것이다"라고 말씀하시면서 중시조로부터 선대까지의 존함을 모두 써 주셨다. 아버지가 써주신 것을 받으면서도 '이걸 써먹을 일이 있을까?'라고 생각했다. 그런데 정말로 본이 어디고 어느 파인지 몇 대손인지 묻는 분이 계셔서 아버지가 주신 자료를 바탕으로 대답을 할 수 있었다.

지금은 그래도 교통이 많이 개선되었지만, 고향 전북 고창에서 포항까지 가는 거리는 멀고도 불편했다. 여러 번 버스를 갈아타고 포항 교육청에 하루 늦게 도착했다. 다행스럽게도 시내가 아니고 영일만에 있는 조그만 6학급 학교에 발령받았다. 포항시에 시골 학교가 많은 것을 그때야 알았다. 나를 기다리고 계시던 교감 선생님과 함께 학교를 향해 출발했다. 버스를 타고 가는데 그렇게 경치가 멋질 수가 없었다. 영일만을 끼고 도는 비포장도로였다. 그런데 가도 가도 끝이 없었다. 지도에서 보는 영일만은 조그마하게 보여도 포항시

중심에서 영일만을 따라 호랑이 꼬리인 호미곶까지 30여 km 나 된다. 바닷가에서 살아보지 않았기 때문에 버스를 타고 가면서도 영일만을 바라보는 것이 신기하고도 즐거웠다. 바닷가 옆의 작은 학교에 도착했다. 교장 선생님은 여자분이었다.

산골에서 자란 전라도 촌사람이 경상도 오지의 바닷가 마을에서 살아볼 기회를 잡은 것이 매우 기뻤다. 그렇지만 학교생활의 시작은 순탄치가 않았다. 가장 힘든 것은 아이들을 가르치는 어색함이었다. 맑은 눈망울로 지켜보는 아이들의 모범이 되는 선생님이 된 자체가 실감이 나지 않았다. 아이들을 가르치는 데 중요한 것은 아이들과 함께 호흡을 같이하는 것이다. 공장 생활 등을 하면서 마음이 경직되었는지 아이들과 어울리기가 쉽지 않았다. 특히 오전 2교시 후에 20분 정도 전체 학생들이 모여서 건강 증진을 위한 댄스를 하는 시간이 힘들었다. 아이들 앞에서 춤추는 것이 매우 부자연스럽고 어색했다. 나이 드신 교장 선생님이나 연로한 선생님들도 자연스럽게 아이들과 함께 춤을 추는데 부끄럽고 창피한 것 같기도 해서 아주 소극적으로 흉내만 내는 경우가 많아 교장 선생님으로부터 호된 질책을 받았다. 아이들 앞에서 춤추는 것이 어색하지 않을 정도가 될 때까지는 상당한 시간이 걸렸다.

또 한 가지 어려웠던 점은 교실 환경정리와 관련하여 교장 선생님과 갈등이 발생한 것이다. 교장 선생님은 교실이 깨끗해야 하고 여러 가지 학생 그림이나 만들기 등을 이용하여 교실 환경을 아름답고 편하고 깨끗하게 꾸미길 원했다. 나는 아이들을 열심히 가르치면 되지 청소나 교실 환경을 아름답고 멋있게 꾸미는 것에 크게 신경 쓸 필요가 없다는 생각이었다. 교실 환경구성을 할 때 기존 틀에서 벗어나 자유분방하게 배치하고 꾸몄다. 하루는 교장 선생님께서 오셔서 교실 환경 구성물을 보더니 내가 애써 구성한 교실 뒤편의 꾸미기 작품들을 떼어내어 찢어버렸다. 이것을 보고 교장 선생님에게 심하게 항의했다. 아무리 못마땅해도 꾸미기 작품들을 찢어버릴 수 있느냐고 따진 것이다. 이에 대해 교장 선생님은 교실이 아이들 수준에 맞게 환경정리가 되어 있어야 하는데 성의가 없고 아름답지 않다고 비난하셨다. 후에 깨닫게 되었지만, 교장 선생님의 말씀이 상당 부분 옳다는 것을 알았다. 젊은 시절 나는 지식교육에 중점을 두고 있었다. 교장 선생님은 지식, 정서, 체력이 함께 균형 잡힌 교육관을 지니고 있었다.

이러한 우여곡절을 겪으면서 교사로서 틀이 잡혀가고 있는 동안 월급날이 되면 매우 미안했다. 왜냐하면, 교사가 되기 전에 공장 등에서 아침부터 저녁까지 비 오듯 땀을 쏟으며 잔업까지 열심히 해도 월급이 많지 않았기 때문이다. 교사 때는 그렇게 심한 노동을 하지 않으면서 생각보다 많은 월급을 받았기 때문에 '내가 정말 이렇게 돈을 많이 받을 만큼 일을 했나?'라고 반문하면서 괜히 주변 사람에게 미안했다. 공장에서 일하면서 겪는 만큼의 고생을 하지 않는다는 생각도 들고 또 한편으로는 교사로서 아이들 교육을 위해 더 노력해야 하지 않을까 하는 마음도 있었다. 아이러니하게도 이렇게 월급날 미안한 마음은 세월이 흘러가면서 사라져 버렸다. 그렇지만 아직도 나는 초임 교사 시절에 느꼈던 월급 받을 때의 미안함을 잊지 못한다.

교사 시작 후 처음 맞는 여름방학이 되자 서울에 있는 고향 친구들이 교사가 된 기념으로 한턱낼 것을 제안하였다. 서울로 올라가 생맥주를 마시고 을지로에 있는 호텔 나이트클럽에 가게 되었다. 참으로 우연히 내가 영일만 바닷가 조그만 마을에서 온 것을 환영하듯이 가수 최백호 씨가 출연해 '영일만 친구' 노래를 감미롭게 불렀다. 묘한 시간의 일치이지만 그쪽이 고향인 최백호 씨의 영일만 친구 노래를 듣고 즐겁게 놀며 앞으로 영일만에서 뭔가 잘 될 것 같다는 예감이 들었다.

조그만 어촌에 학교가 있었기 때문에 숙식이 마땅치 않았다. 어쩔 수 없이 처음에는 학교 숙직실에 방이 두 개 있었으므로 그중 하나를 이용하게 되었다. 숙직은 학교에서 일하시는 두 분이 번갈아 하고 있었는데 그중에 채 주사님이라고 불리는 분이 계셨다. 이분은 신체도 건장하고 성품도 굉장히 좋았다. 그렇지만 술을 마시면 항상 정신을 잃는 과음이 큰 문제였다. 낮에는 학교의 일을 적극적으로 해서 칭찬을 들었다. 학교는 끊임없이 손이 가는 일이 발생한다. 소소하게 손 볼 일이나 운동장에 풀들을 제거해야 하는 일 등이 생긴다. 그는 선생님들의 여러 가지 부탁 등을 성실하게 열심히 처리하였고 또 기술도 좋아서 학교에서 필요로 하는 문제를 손쉽게 해결했다. 바다에서 고깃배를 탄 경험도 있어서 수요일 오후에 교직원들이 친목회를 할 때 마을에 내려가 물고기를 가져다 횟감을 만드는데도 일가견이 있었다. 이러한 장점에도 불구하고 저녁에 술을 마시면 절제하지 못하고 많이 마셔 정신을 잃어 숙직자 본연의 업무를 수행할 수 없었다. 교장 선생님이 그를 설득하거나 지시해도 그의 술 마시는 습관은 고쳐지지 않았다.

술은 적당히 마시면 분위기를 부드럽게 하고 몸과 마음을 이완시켜 휴식을 취하는 데 도움을 주기도 한다. 절제하지 못하여 매일 술을 마시거나 지나치게 마셔서 자기가 한 행동에 대해 기억하지 못하고 술기운으로 끊임없이 떠들고, 울고, 웃고, 싸움 행태를 보이는 알코올 중독이 될 때는 굉장히 위험하다. 술을 과하게 마시고 알코올 중독이 되는 원인은 여러 가지가 있다. 인생이 뜻대로 되지 않고 너무너무 삶의 무게가 힘겨울 때 현실 도피나 괴로움을 잊기 위해 마시다 보면 술을 끊을 수 없는 지경에 이를 수 있다.

나의 아버지도 알코올 중독의 공손한 어휘인 주독에 빠지신 적이 있다. 술을 마시면 지나치게 마셔서 밤새도록 크게 소리 지르고 거친 용어를 쓰며 공격 성향을 보였다. 아버지가 술을 마시면 어린 마음에 불안에 떨었고 밤새도록 잠을 이루기가 힘들었다. 다행히 아버지는 내가 결혼하여 큰 며느리를 맞이한 후부터 술을 한 방울도 입에 대지 않고 계신다. 주위 사람들은 대단한 의지력이라고 말하지만, 술을 끊으시기 전까지 아버지가 술 마시고 식구들에게 고통을 준 언행에 대해서는 지금도 기억하기가 싫다. 교사로서 첫 월급을 받고 고향을 방문했을 때 아버지가 가장 좋아하시는 술을 살 생각을 하지 않았다. 아버지는 술을 가져오지 않았다고 크게 호통치셨다. 아버지가 술을 원하시는 것은 알지만 술을 마시면 주위 사람을 고통스럽게 하여 어쩔 수 없는 선택이었다.

채 주사는 술에서 헤어나질 못했다. 술을 마셨을 때는 본연의 업무인 교실 문단속을 하지 못하여 학교에서 살고 있던 내가 대신 문단속을 해 줄 때도 있었다. 어느 날 그가 숙직실 부엌에 들어가는 소리가 들렸는데 돌아오는 소리가 들리지 않아 나가 보았다. 그가 연탄보일러 뚜껑을 닫지 않고 옆에서 잠들어 있는 모습에 너무 놀랐다. 연탄 가스중독으로 과거에 얼마나 많은 사람이 희생되었는지를 잘 아는 까닭이었다. 겨우 깨워서 부축하여 숙직실에 다시 들여보냈다. 교장 선생님께서는 공무원이 그렇게 행동해서는 공직에 붙어 있을 수 없다면서 한 번만 더 술 마시고 문제가 발생하면 교육청에 알리겠다고 으름장을 놓기도 했다. 사람의 인정상 어떻게 처리하지 못하고 그렇게 위태롭게 시간이 지나갔다.

하루는 도대체 채 주사의 가정은 어떨까? 라는 생각이 들었다. 주말에 주소를 들고 시내에 있는 그의 집을 찾아갔다. 가재도구도 변변치 않고 방 한 칸에서 가족과 함께 매우 초라하게 살고 있었다. 그렇게 어려운 형편에 있는 사람을 공직에서 물러나게 하면 그의 가정은 더욱더 비참해질 것이었다. 교장 선생님에게 그의 집을 찾아갔다 온 사실과 어려운 형편을 이야기했더니 젊은 사람이 직원의 가정 형편을 살피러 갔다 왔다고 칭찬을 해주셨다. 채 주사의 술 마시고 실수하는 것이 굉장히 부담스럽지만, 하늘에 맡기고 헤어질 때까지 채 주사를 공직에서 그만두게 조치하지 않겠다고 하셨다. 교장 선생님은 여성이고 인정도 많아 수시로 채 주사를 불러 타이르고 가정을 생각해서 마음을 잡고 술 조심할 것을 기회 있을 때마다 당부하여 점차 채 주사의 술 마시는 빈도가 줄어들고 있었다.

그런데 교감 선생님이 새로 바뀌었다. 이전의 교감 선생님은 교장 선생님의 뜻을 전적으로 수용했지만 새로운 교감 선생님은 채 주사가 술 마시고 정신을 잃어 학교 업무를 소홀히 한 것을 문제 삼아 도저히 그냥 지나칠 수 없다며 강경하게 나갔다. 곧바로 교육청에 쫓아가 이야기하여 채 주사는 학교를 그만두게 되었다. 채 주사가 어깨를 축 늘어뜨리고 울면서 학교를 떠나던 날을 잊을 수가 없다. 훗날 채 주사에 관한 이야기를 들었다. 그는 막노동을 전전하다 고깃배를 타고 바다에 나가 실종되었다고 했다.

교장 선생님과 교감 선생님 중 누구의 판단이 옳은지는 쉽게 판단하기가 어렵다. 일차적으로 채주사 본인이 의지를 갖고 술을 절제하기만 했으면 문제가 전혀 없었다. 그러나 여러 가지 의문이 드는 것은 어쩔 수 없다. 점차 나아지고 있는 상태의 가련한 사람을 몰아내어 결국은 실종에 이르게 한 것이 올바른 것이었을까? 그분을 쫓아

내지 않고 학교에서 사고가 발생했으면 어찌 되었을까? 교장 선생님의 의도대로 상당 기간 그분을 깨우치고 설득했으면 성공했을까? 그분의 아이들은 어찌 됐을까? 많은 사람이 그가 알코올 중독에서 헤어 나오도록 도와주었는데 결말이 좋지 않아 아쉬운 생각을 지워버릴 수가 없다.

경상도에서 햇수로 10년을 살면서 여러 가지 보고 듣고 경험하면서 생각한 결론은 지역이 달라도 사람이 살아가는 심리와 행태가 크게 다르지 않다는 것이었다. 처음 경상도에 갔을 때는 언어의 다름이 크게 느껴졌지만, 곧 별 차이가 없다는 것을 곧 알았다. 부엌을 칭하는 말로 전라도에서 정지라고 하는데 내가 살았던 포항 시골에서도 정지라는 말을 사용해서 깜짝 놀랐다. 차이가 있는 어휘는 그리 많지 않고 단지 억양에 차이가 컸을 뿐이다. 억양으로 인해 경상도와 전라도가 크게 다른 것 같아도 대화와 소통이 되지 않는 경우가 없다. 사람 사는 동네라 이해관계에 있을 때 서로 많은 이득을 얻으려 하는 다툼이 있고 그러한 문제를 해결하려는 노력과 잘살아보려 하는 치열한 투쟁도 차이가 없었다.

경상도와 전라도. 상대방 지역을 잘 못 이해하는 지인들에게 이야기하곤 한다. 모르면 공부해야 하듯이 경상도와 전라도 지역을 잘 모르면 상대방 지역에 직접 가서 살아보아야 가장 확실하게 서로의 지역을 아는 방법이라고. 구경하듯이 단기간 맛만 보아서는 제대로 공부가 되지 않는다. 상대방 지역에서 근무하게 된다면 적응 기간을 거쳐 직장에 익숙해질 무렵까지는 살아보아야 한다. 만약 내가 경상도에서 교사를 일 년이나 이 년 정도만 하고 고향으로 되돌아갔다면 경상도에 대해 부정적인 시각을 가졌을 가능성이 있다. 왜냐하면, 초임 시절 바닷가 오지 시골 마을에서 아무 연고나 지인도 없이 외롭게 살면서 숙식에서부터 어려움을 겪었고 또 교사로서 익혀야 할 것들을 배우는 과정이 순탄치 않아 갈등과 스트레스를 받을 때가 많았기 때문이다. 그러나 세월이 감에 따라 교사 생활도 익숙해지고 즐길 수 있게 되면서 경상도에서 계속 살 수 있겠다는 생각을 하게 됐다.

다만, 수도권에서 멀리 떨어져 있는 전라도와 경상도는 지역 연고나 동문이 뭉치는 경향이 조금 크기 때문에 이해관계가 대립할 때 고향이 아닌 곳에서는 더욱더 노력해야 한다는 점은 있다. 다행스럽게도 오늘날 사회는 개방화 세계화 되면서 인구이동이 심하고 교류가 무한하게 열려 있다. 경상도와 전라도는 지역 차이가 갈수록 줄어갈 수밖에 없는 이웃이다. 젊은 친구들에게 이곳저곳에서 살아보면 굉장히 생각할 것도 많고 배울 것이 많으므로 젊었을 때 고향이 아닌 다른 지역에서 한번 살아보는 경험을 권하곤 한다.

영일만에서 수영

교사를 24세에 시작하여 33세 때 그만두기까지 에너지가 가득한 인생의 황금기여서 즐거운 에피소드가 많다. 가장 먼저 떠오르는 즐거웠던 일은 학교와 하숙집 앞에 있는 영일만에서 수영하는 것이었다. 산골에서 자라 주로 냇가나 연못에서 수영하던 사람이 바다에서 헤엄치는 것은 색다른 경험이었고 신이 났다. 처음 발령을 받은 학교와 바다는 100m도 떨어져 있지 않았고 하숙집은 바다와 더 가까운 거리에 있었기 때문에 잠을 잘 때 항상 파도 소리를 들을 수 있었고 학교 2층에서 늘 바다를 볼 수 있었다. 3월 처음 교사를 시작할 때는 바람이 거세고 추워서 바다가 주는 즐거움을 느낄 여유가 없었다. 학생들을 가르치는 것을 배우며 학교 적응하기도 바빠 잠자리에서 듣는 바닷바람과 파도 소리는 마음을 외롭고 쓸쓸하게 했다.

점차 계절이 바뀌어 여름이 다가오자 맨 먼저 아이들이 바다에 풍덩 뛰어들어 신나게 뛰놀았다. 깊은 연못에서 수영했던 경험이 있을

지라도 아이들이 물장구치고 노는 바다는 두려웠다. 그런데 그 깊은 바다에서 수영하고 노는 아이들이 바다에서 사고를 당한 일이 전혀 없다는 어른들의 이야기에 안심이 되었다. 당시 나는 대학 때 철봉 위를 걷는 만용을 부리다가 떨어지는 바람에 허리를 심하게 다쳐 의자에 오래 앉아 있지 못하고 힘들 때였다.

허리 치료에 수영이 좋다고 했던 의사 선생님의 이야기가 생각나 수영을 열심히 해보기로 했다. 퇴근하면 집에서 수영복만 걸치고 바다에 나갔다. 바다는 연못과 달리 늘 파도가 출렁이기 때문에 파도를 타고 넘기가 쉽지 않았지만 익숙해지자 오히려 적당한 파도가 있을 때 수영이 더 신났다. 수영을 마치고 집에 돌아와 우물에서 바닷물을 씻어버리고 방에 들어가면 그만이었다. 바다를 오가고, 옷을 갈아입고, 몸을 씻을 때 겪는 번거로움이 적어서 좋았다. 점점 날이 무더워지자 하루도 빼놓지 않고 바다 수영을 했다. 수영 실력도 늘어나서 해변을 따라 날마다 500m를 헤엄치는 것을 목표로 삼았다. 바닷물은 몸이 더 잘 뜨기 때문에 파도만 잘 헤쳐 나가면 상대적으로 쉬웠다. 아이들도 덩달아 나하고 같이 헤엄치는 것을 즐거워했다. 아이들과 바다에서 수영하는 것에 대해서 좋은 소문이 들렸다. 다른 선생님들은 시내에서 출퇴근하기 때문에 아이들하고 수영하는 경우는 없었다. 유별나게 바다를 좋아하는 내가 퇴근 후에 바다에서 학생들과 노는 것을 보고 신기해했다. 방학이 시작되면 공부하러 서울로 떠나 수영을 못했지만, 여름방학이 끝나게 되면 또다시 바다로 돌아왔다.

완전히 녹초가 되도록 헤엄을 치고 나면 잡념이 없어지고 독서를 하는 데 집중이 되었다. 손발을 자연스럽게 휘저으며 천천히 헤엄을 치는 개헤엄 스타일이라 몸에 무리가 없었다. 장시간을 헉헉대며 헤엄치면 몸의 기운이 다 빠져나가는 것 같지만, 바다에서 나오면 개운하고 활력 있게 생활할 수 있는 에너지가 충전되었다. 얼마나 이러한 기분을 느끼길 좋아했는지 11월 초까지 수영했다. 10월이 되면 추워져 재빨리 바다에서 수영하고 곧바로 집으로 뛰어들어와 밖의 우물에서 씻고 방에 얼른 들어갔다. 이때쯤이면 물 밖보다 물이 상대적으로 더 따뜻함을 느끼기 때문에 물속에 있을 때 오히려 안락감을 느끼게 된다. 가을이 깊어지고 겨울이 가까이 오면서 수온이 점점 낮아지기 때문에 바닷물에서 버티는 시간이 짧아지게 되었다. 다음 해는 더욱더 이른 시기에 바다에 뛰어들었다. 영일만 바닷가에서 학생들과 수영하는 선생을 떠올려 보면 지금도 웃음이 나오고 그렇게 추운 계절에도 바다에 뛰어들어 헤엄쳤던 때가 있었음을 축복으로 생각한다. 바닷가에서 수영을 즐긴 덕분에 허리 아픔은 그 후로 싹 가시게 되었다.

교사에서 교육행정가로 일을 바꾸기 전에 근무했던 분교에서는 아이들과 산을 주로 산책했다. 마을 뒤편으로 꽤 많은 시간을 걷기에 알맞은 도로가 산꼭대기까지 잘 닦여 있었고 산 너머로 이어져 있었다. 포장되지 않은 산길이어서 무릎에 무리가 없었고 흙을 밟는 감촉과 기분이 좋았다. 주로 토요일 오후에 산행했다. 처음에 아이들은 선생님하고 산에 가는 것을 기뻐했지만 몇 번 따라다니더니 싫증을 냈다. 사실 다리도 아프고 산골짜기에 사는 아이들에게 산행은 별로 달가울 리 없었다. 그래서 빵이나 과자 등 간식거리도 준비하고 가는 길을 벗어나 계곡 탐사도 하고 산을 넘어 절에 가서 꽃구경도 하고 변화를 주었더니 흥미 있어 했다. 더욱이 학부모들이 매우 좋아했다. 시골 아이들도 집에 틀어박혀 TV 보기가 일쑤인데 선생님이 시간을 내어 아이들과 놀아 주어 고마워했다. 산행하며 식물도 관찰하고 멧돼지 발자국도 유심히 살펴보고 장난치며 걸었다. 한편으로 다리 아프다고 하소연하는 학생들에게는 힘든 것을 참는 것이 극기라고 설명하면서 힘을 내도록 격려하기도 했다. 그 아이들 없이 혼자서 산에 올라가면 무척 단순하고 재미가 없었다. 어떤 사람은 나 홀로 산행이 사색하며 자기의 기분대로 오르내리므로 즐겁다고 이야기한다. 하지만 난 아이들과 함께 그 야트막하고 완만한 길을 놀이하듯 걸었던 그 즐거움을 아직도 잊지 못한다. 아이들의 컨디션이 좋으면 산을 넘어 시냇물이 흐르는 곳에 가서 손발을 담그고 휴식을 취하다 다시 거꾸로 되돌아오곤 했다. 내내 걸으면서 가만히 있지 못하고 무엇인가를 말하거나 웃으며 활기와 생동감을 유지하는 아이들이 부러웠다. 또한 지나치게 많은 시간이 소요되지 않는 산책이라서 내 기분 전환에도 그만이었다.

운동을 좋아하여 분교에 있으면서 축구를 많이 했다. 20명 내외 전교 학생이 모여 공을 차는 것은 볼만한 구경거리였다. 여학생과 남학생 구별 없이 공을 쫓아 우르르 몰려다니며 열심히 공차는 모습에 같이 근무하는 여선생님과 학교 시설을 관리하는 아저씨 부부 그리고 앞집 가게와 교회 사모님까지 모여서 열심히 응원하면서 구경했다. 특히 여학생이 골을 넣으면 더욱더 좋아했다. 나는 심판을 보면서 중간중간 공차는 요령을 지도했다. 재미있는 상황이 벌어지면 함께 웃으며 열심히 공을 따라다녔다. 배구는 아이들이 공을 쉽게 다루지 못해 둥근 풍선을 가지고 했다. 밖에서는 풍선이 바람에 날아가기 때문에 빈 교실에 네트를 설치한 다음 풍선 배구를 하면 아이들은 신나게 풍선 공을 주고받았다. 아이들과 야구 연습도 시작했다. 그러나 야구 연습은 나의 왼손 약지 손가락 인대가 끊어지는 바람에 중단되고 말았다. 4학년 학생에게 공을 강하게 던지게 하고 글러브 없이 맨손으로 공 받는 연습 시범을 보이다가 손가락에 공이 세게 맞아서 부상 당했다. 정형외과에 가서 손가락 깁스를 하고 한 달 내내 그렇게 다니다가 깁스를 풀었는데도 완전히 손가락이 펴지지 않았다. 지금도 왼쪽 약지 손가락이 곧게 펴지지 않는 것을 보면서 그것은 교사 때 아이들과 물에서, 산에서, 운동장에서, 교실에서 신나게 놀았던 훈장이라 생각한다. 즐겨 흔히 쓰는 '영광의 상처'라는 표현이 더 알맞을 듯싶다.

총각 선생

총각 선생에게는 여러 가지 혜택이 있다. 가장 인상적이었던 경험은 하숙집 아주머니와 동네 아주머니들이 '총각 선생님' 노래를 불러 주었던 때였다. 하숙집에 평소 들락거리며 즐겁게 지내던 분들이 모여 왁자지껄 손뼉 치며 불렀다. 이렇게 멋진 노래 선물은 요즈음 젊은 총각 선생들이 누리기 어려울 것이다. 이것을 계기로 하숙집에서 음식을 나눠 먹을 기회가 되면 아주머니들이 종종 '총각 선생님' 노래를 불러 몸 둘 바를 모르고 얼굴이 빨개졌다. 하숙집이라서 달리 도망갈 방법도 없었지만 그러면서도 그 분위기가 싫지 않았다. 학부모들은 나를 총각 선생이라 불렀다. 예전에 산골에 발령 난 총각 선생이 그곳 여성과 결혼한 사례가 많이 있다는 것을 나도 알고 학부모들도 알고 있었다. 학부모 모임에 참석할 일이 있으면 총각 선생을 안주 삼아 술 마시고 농담하는 것이 제일 재미있는 것처럼 보였다. 아랫동네 처자 누가 예쁘고 윗동네 처자는 부자이고 영리하며 옛날 어떤 총각 선생님은 동네 누구를 만나 잘살고 있다는 등의 이야기를 들었다. 유감스럽게도 나는 그때 저축한 돈도 한 푼 없고 동생들이 줄줄이 공부하고 있어서 결혼할 형편이 되지 못했다. 지금도 가끔 경상도에서 교사 생활을 했다고 소개하면 그곳 여성과 결혼했는지를 물어보는 사람들이 있다. 당시 형편이 괜찮았다면 그곳에서 평생 배필을 만났을지 모른다.

총각 선생으로서 깜짝깜짝 놀랄 일도 있었다. 학교 사택에서 살고 있을 때 누군가 문을 두드려 나가보니 동네 아줌마가 웃으면서 "오늘 날씨가 좋지요?" "식사는 했는가요?"라고 물었다. "아! 예! 예!" 하고 얼른 옆 사택으로 피신해야 했다. 잘못 소문이라도 나면 큰일이므로 하숙집 아주머니를 통해 사택까지 찾아오지 말 것을 여러 번 부탁하여 당황스러운 상황이 되지 않도록 했다. 서른 살이 넘어 노총각 선생이 되면서 학부모들에게 좋은 놀림감이 되었다. 언제 결혼할 거며, 사귀는 아가씨는 있는지, 원하면 금방 처자를 소개해 주겠다 등 많은 관심과 선심을 받았다. 결혼하지 않은 덕분에 유명 인사는 아니었어도 관심의 대상이 되었던 것은 싫지 않은 경험이었다. 선생님들과 회식 자리에서도 총각 선생은 인기였다. 전라도에서는 처녀라는 말을 주로 사용하지만, 경상도에서는 처자라는 용어를 많이 사용한다. 지금은 독신으로 사는 사람들이 많이 늘어나고 혼자 사는 삶을 인정하는 추세여서 총각 처자 선생을 농담의 표적으로 삼기는 어렵지만, 그때는 술좌석에서 인기 최고였다. 선생님들은 한술

더 떠서 총각과 처자 선생이 짝을 이루게 하려는 목적으로 별의별 궁리를 내어 이벤트를 만들었다. 대부분 어색하게 끝나지만 내심 즐거운 면도 있었다. 어찌 되었든 이벤트는 흥겨운 것이다.

이러한 이유로 당시에 같이 근무했던 처자 선생들은 모두 기억에 확실하게 각인되어 있다. 처자 선생들의 취미와 성품까지 모두 알게 되었다. 관심 있는 처자 선생에게 만우절에 거짓말해서 교장실로 쫓아가게 하고 운동회 때 출발 신호로 사용하는 총을 가지고 처자 선생 몰래 뒤에 다가가 총소리를 크게 내어 울리는 짓궂은 장난도 하였다. 처자 선생과 나만 조그만 배에 태우고 바다 구경을 시켜준 학부모도 있는가 하면 우리 둘을 집으로 초대해 저녁 식사를 대접해 준 분도 있었다. 처자 선생을 자전거 뒤에 태우고 정거장에 태워다 주기도 하고 처자 선생 자췻집에 초대받아 밥을 먹기도 했다. 빙그레 웃음이 나오는 그림 같은 이야기다.

총각 선생 시절에 소풍의 즐거움과 설렘을 잊을 수 없다. 아이들은 며칠 전부터 소풍에 관한 이야기로 꽃을 피웠다. 교사인 나도 소풍이 기다려지기는 마찬가지였다. 걸어서 갈만한 인근 산의 널찍한 곳에 자리 잡고 아이들이 뛰놀고, 먹고, 장기 자랑을 구경했다. 하루를 학생들과 즐겁게 노는 건 매우 유쾌하고 기분 좋았다. 게다가 학생들의 이런 놀이를 즐기는 학부모들은 음식을 장만하여 산에 올라 아이들이 신나게 뛰노는 것을 보고 재미있는 이야기를 하며 우리와 하루를 함께 보냈다. 이렇게 소풍은 아이들과 교사 학부모들이 일상을 벗어나 경치 좋은 곳을 산책하고 재미있는 놀이를 함께 하며 편안하게 쉬는 행복한 행사였다. 이런 이유로 교사였던 내가 소풍 가는 날을 학생들보다 더 기다리고 즐겼던 것 같다.

일반적으로 아이들은 거짓말을 하지 않는다고 한다. 맞는 말이기도 하지만 항상 그러한 것은 아니다. 아이들은 본능적으로 자기의 불리함을 숨기고 유리함을 자랑하는 속성이 있기 때문이다. 예컨대 학생들이 흔히 별 이유 없이 선생님에게 벌을 받았다며 자기가 잘못한 행동에 대해서는 숨기고 벌을 받은 결과만을 이야기하여 학부모로 하여금 선생님을 오해하게 만들기도 한다. 이런 일도 있었다. 포항 시내에서 전학해온 여학생이 있었다. 언젠가 그 학생이 봉투를 가져왔다. 봉투를 열어보니 돈이 있었다. 그 학생을 불러 부모님에게 고맙다는 말과 함께 봉투를 다시 되돌려 드리라고 했다. 다음날 일기 지도가 있었다. 그 학생 일기 요지는 선생님이 봉투를 되돌려 주었다는 얘기와 함께 선생님이 존경스럽다는 내용이었다. 그 학생은 봉투에 무엇이 들어있는지를 인지했고 봉투의 주고받음에 대하여 자기 생각을 정리하고 있었다. 학생들의 눈높이와 심리를 이해하고 소통하며 학생과 학부모에게 존경받는 일은 쉽지 않았다. 이 모든 것이 총각 선생에게는 새롭게 깨달아 가는 과정이었다.

시골 학교에만 근무했기 때문에 제자들이 많지 않다. 그래서 각각의 개성들이 또렷이 각인되어 있다. 그중에 용민이라는 제자가 있었다. 붙임성이 좋아서 늘 나를 쫓아다녔다. 졸업 후 중학생이 되어서도 주말에 쫓아와 라면을 끓여달라고 보채기도 하고 과자 사주도록 조르기도 했다. 주말에 주로 공부하고 있던 터라 시간을 뺏기는 것이 아쉽기는 했지만, 선생님이 좋아 쫓아온 제자의 부탁을 거절할 수가 없어서 이야기 상대도 해주고 과자도 사주면서 놀아 주었다. 교사로서 제일 기쁜 건 제자가 찾아오는 것이라 했는데 그 말이 사실이었다. 이유야 어찌 됐든 선생님을 찾아온다는 그 자체가 기분 좋은 일이었다. 교사 생활을 그만둔 후에도 편지나 전화로 계속 교류가 있었다. 대학을 졸업한 후에 포항에서 전주 집까지 찾아왔다. 장교로 임관하여 군대에 근무하던 중에는 교사 시절 그토록 자랑했던 나의 고향 집을 보고 싶어 해서 고향 부모님 댁에 초대하여 식사도 하고 고향 마을 구경도 같이했다. 부모님은 내 제자를 보며 그렇게 기뻐할 수가 없었다. 아들의 경상도 제자가 전라도 시골까지 찾아온 걸 자랑스러워하셨다. 나도 마찬가지였다. 기회 있을 때마다 경상도에서 가르쳤던 제자가 고향마을까지 쫓아와 밥 먹고 갔다는 이야기로 자랑했다. 그 제자가 좋은 여성을 만나 결혼까지 하였다. 총각 선생이 길러낸 제자들이 성장하여 한 가정을 이루어 행복하게 살며 사회에 기여하는 것만큼 보람 있는 일도 많지 않다. 새해가 밝으면 그 제자 중 누군가가 나의 건강과 안녕을 기원하는 메시지를 보내곤 한다. 나는 그 제자뿐만 아니라 다른 제자 모두의 건강과 행복을 함께 기원한다.

밥 챙겨준 고마운 분들

경상도에서 교사 생활을 햇수로 10년 하는 동안 내게 밥을 해 준 네 분 여인이 있다. 처음에는 학교에서 근무하는 직원 집에서 신세를 졌다. 선생님들은 그를 이 주사님이라고 불렀다. 딸의 이름이 신주여서 신주네 집으로 불렸다. 이 주사님은 동네에 집을 전세 내어 살고 있었고 그 집은 매우 협소해서 내가 잠을 잘 수 있는 방이 없었다. 그래서 밥은 신주네 집에서 먹고 잠은 숙직실에서 잤다. 이 주사님은 아들 둘과 딸을 두고 있었는데 아주 검소하고 열심히 사시는 분이셨다. 신주 엄마는 음식 솜씨가 좋았다. 그중에 닭볶음탕을 아주 잘했다. 나는 이 주사님에게 특별히 고마움을 많이 가지고 있다. 초임학교에 트렁크 하나만 달랑 들고 갔을 때 잠은 숙직실에서 가능했지만, 밥을 해결하지 못해 난감해하고 있었다. 이때 구세주처럼 그분이 나서서 "다른 하숙집 구할 때까지 우리 집에 와서 식사 하이소."라고 말했을 때 그렇게 고마울 수가 없었다. 아침에 일어나 씻고

난 후 아이들이 와서 "선생님 식사하시랍니다."라고 부르면 같이 교문을 나서서 학교에서 50여 미터 떨어진 그 집에서 밥을 먹었다. 점심 저녁도 마찬가지였다. 신주네 집에서 식사하는 동안 매우 친해져서 가정사에서부터 학교 일까지 화제를 가지고 즐겁게 이야기할 수 있었다. 이 주사님에게 경상도 생활에 대해서 이것저것 조언도 듣고 가끔 학교 앞 가게에서 맥주를 마시곤 했다.

그런데 아주머니는 이 주사님이 술을 마시는 것을 굉장히 걱정하며 두려워했다. 어느 날 저녁을 같이 먹고 가게에서 술을 마신 후 숙소로 돌아왔는데 아주머니가 찾아왔다. 신주 아빠가 동네 분들과 술을 더 마시고 와서 아이들을 놀라게 한다는 것이었다. 얼른 찾아가 보았더니 신주 아빠는 술에 취해서 아이들에게 큰 소리로 훈육하고 있었다. 술을 마시고 공포 분위기를 조성해 훈육하는 것은 효과가 낮다. 어떻게 손쓸 방법이 없어서 이 주사님이 술이 좀 깰 때까지 이야기하다가 돌아왔다. 평소 술을 마시지 않았을 때도 성격이 강직하고 정직하며 올바른 이야기를 잘하는데 술을 마시게 되면 그 성향이 더 강하게 나타나서 문제였다.

새로 부임한 교감 선생님은 이 주사님에게 이것저것 지시를 많이 했다. 평소 일만큼은 빈틈없이 책임감 있게 잘한다는 자부심으로 똘똘 뭉친 이 주사님은 새로운 교감 선생님의 잔소리에 불만이 컸다. 하루는 둘 사이에 쌓인 감정이 말싸움으로 번졌다. 그 말다툼은 곧 진정이 되었으나 잘하고 잘못한 것을 떠나 서로에게 감정의 앙금을 남겼다. 저녁 식사 후 이 주사님의 기분을 달래주기 위해 학교 앞 가게에 술 마시러 갔다. 늘 한 상에서 밥을 같이 먹다 보니 싸움이 벌어져도 한편이 되어 신임 교감의 부당한 언행에 대해 성토하며 맥주를 많이 마셨다. 여기까지는 흔히 직장인들이 경험하는 바다. 그런데 술에 취하게 되자 교감한테 시시비비를 따진다는 명분으로 둘이서 사택에 사는 교감 선생님을 찾아갔다. 이 주사님은 술을 마시면 나오는 특유의 억센 억양에다 분노까지 합해 큰소리를 냈다. 교감 선생님은 참지 못하고 이 주사님 멱살을 잡았다. 날마다 같이 밥을 먹는 사람으로서 가만히 있을 수가 없었다. 재빨리 교감 선생님 팔을 잡고 옴짝달싹 못 하게 했다. 이 주사님을 혼내주고 싶은데 싸움을 말린다는 명분으로 젊은 내가 팔을 붙잡고 있으므로 교감 선생님은 어떻게 하지도 못하고 크게 소리만 질러 댔다. 이 주사님은 교감 선생님 주위를 돌며 "교감 선생님이 그렇게 사람을 괴롭히면 됩니까?"라고 따지고 있었다. 요란스럽고 시끄러운 싸움은 신주 엄마와 학교 앞 가게 아저씨가 뜯어말려 끝을 냈다. 교감 선생님은 "이주사! 내일부터 학교 그만두어야 할 거야!"라고 외쳤지만, 다음날 학교에서 아무 일도 일어나지 않았다. 열심히 일하고 있는 아랫사람을 괴롭혀서 득이 될 게 아무것도 없다는 걸 그때 경험으로 터득했다.

경상도에서의 생활에 어느 정도 적응이 되어 가자 계속해서 숙직실에 있을 수가 없었다. 학교 숙직실은 숙직자가 사용하는 공간이므로 방은 따로 쓰지만 불편했다. 신주네 집에서 식사를 계속하는 것도 아주머니가 힘들어해 곤란했다. 밥을 해줄 집과 잠잘 집을 물색했다. 가난한 어촌이어서 하숙을 해본 경험이 있는 집은 단 한 군데도 없었다. 밥을 해줄 수 있을 만한 학부모에게 부탁하는 수밖에 없었다. 담임을 맡고 있던 미애를 앞세우고 미애 엄마를 만났다. 방과 밥을 부탁했더니 거절했다. 잠잘 방이 없다는 이유였다. 우선 잠잘 곳부터 찾기 시작했는데 미애네 집에서 30여 미터 떨어진 곳에 혼자 사시는 할머니 집에 방이 하나 있어 그 집을 이용하기로 했다. 미애네 집에 다시 찾아가 밥만 해달라고 부탁했지만, 또 거절당했다. 낮에 바다에 가서 일도 해야 하고 농사도 지어야 하는데 식사를 꼬박꼬박 챙길 수 없다고 했다. 다음날 또다시 찾아가서 나는 시골 사람이어서 음식을 가리지 않을뿐더러 낮에 일하러 가실 때 미애와 함께 밥통에 있는 밥을 퍼서 먹을 수 있다고 강조했다. 평소 먹는 식탁에 숟가락만 한 개 더 놓으면 된다고 설득하여 겨우 승낙을 받아냈다.

미애네 집 식탁은 해산물이 풍부했다. 미애 엄마는 해녀처럼 물질을 잘해서 영일만 해산물을 채취해왔다. 영일만에 있는 학교에 발령 나기 전까지는 홍어 무침을 제외하고는 바닷물고기 회를 먹어 보지 못했다. 처음에는 생선회를 먹는 것에 관해 부담을 느꼈지만, 날이 갈수록 회에 대한 맛을 알아서 적극적으로 즐기게 되었다. 미애 엄마는 틈만 나면 바다에서 돌김 등을 채취하여 식탁을 풍성하게 했다. 미애 아버지는 어장에서 그물을 끌어 올리는 일도 했는데 오징어 등을 가져와 물회를 만들어 온 식구가 맛있게 먹었다. 식사 시간을 알리는 일은 미애가 도맡았다. 미애가 "선생님!"하고 부르면 미애네 집에 가서 밥을 먹곤 했는데 미애의 수고를 덜기 위해 포항에 나가 전선과 벨을 사다가 설치하여 벨 신호가 울리면 얼른 미애네 집으로 가기도 했다.

미애네 엄마와 아빠는 성격이 활달하고 사람들을 좋아해서 늘 사람들이 찾아왔다. 인정도 많고 표현도 시원시원하여 재미있었다. 밥을 먹은 후 동네 아줌마들 수다 듣는 재미도 있었다. 식사 시간에 동네의 화제랄지 동향 등을 들을 수 있어 가르치고 있는 학생들의 가정 형편도 알게 돼 생활지도하는 데 도움이 됐다.

하루는 잠자는 집에 퇴근하여 돌아와 보니 온통 집안이 널려 있고 책상 서랍까지 뒤죽박죽이었다. 누군가 다녀간 흔적은 있지만 중요한 물건을 잃어버리지도 않아서 별로 개의치 않았다. 시골이라서 문도 잠그지 않고 학교에 출근하곤 했는데 집안에 누군가 다녀간 후로도 그 습관은 고쳐지지 않았다. 몇 주일 후에도 똑같이 누군가 집에 다녀간 흔적이 있었다. 이번에는 화가 나서 유심히 방바닥 등을 살펴보니 작은 신발 자국이 있었다. 거기다가 책상 서랍에 있는 동전, 연필, 칼 등을 가져간 거로 보아 어린 학생이 틀림없었다. 다음날 학교에 출근하여 신발 자국 학년으로 추정되는 2학년과 3학년 담임선생님의 양해를 얻어 학생들 필통을 살펴보았다. 내 연필을 가지고 있는 여학생이 있었다. 아무 일 없는 것처럼 확인만 하고 수업이 끝난 후 그 학생을 불렀다. 그 학생은 형편이 어려운 할머니 집에서 오빠와 함께 학교에 다니고 있었다. 그 학생의 오빠는 5학년으로 내가 담임을 하고 있었다. 선생님이 잠자는 방에 신발을 신고 들어와 물건을 가져가는 행동은 선생님을 화나게 하는 것이며 착한 행동이 아니라고 조용히 설명했다. 그리고 공책 연필 등 문구류를 몽땅 가방에 넣어줬다. 그 후로는 그 학생이 다른 사람의 물건을 가져갔다는 이야기를 듣지 못했다. 지금도 그 어린 여학생의 놀란 눈을 잊지 못한다. '어떻게 알았을까?' 생각하는 눈빛이었다. 가끔 그 학생이 어찌 됐을지 궁금하다.

미애네 집에서 밥을 먹으면서 가장 즐겁고 행복한 시간 중의 하나는 미애와 같이 바닷가를 거닐며 산책을 하는 때였다. 미애네 집을 나서서 바닷가를 거닐며 멀리 영일만 너머 포항제철과 만에 정박해 있는 큰 배의 불빛을 보면서 파도와 함께했던 기억은 멋진 그림으로 남아 있다. 초등학생인 미애가 잘 부른 "개똥벌레"는 파도 소리와 멋진 화음을 이루었다. 그 아름다운 화음을 들으며 기쁨과 감사의 마음을 가득히 쌓아갔다.

영일만 바닷가에 있는 학교에서 즐겁게 3년 근무한 후, 주로 농사를 지으며 살아가는 사람들이 많은 시골로 근무지를 옮기게 되었다. 이곳에서도 하숙집을 구하는 데 어려움을 겪기는 마찬가지였다. 학부모 중에서 그래도 가장 여건이 좋은 영태네 집에 여러 번 쫓아가 밥상 위에 숟가락만 한 개 더 얹어 주시면 고맙겠다고 부탁했다. 시골이라서 하숙을 해본 경험이 있을 리 없던 영태 엄마는 난감해했다. 인정이 많으셔서 담임선생의 부탁을 딱 부러지게 거절하지 못하고 농사일이 바빠서 제대로 밥을 챙겨주기 어렵다고만 했다. 부탁을 들어줄 가능성이 있을 것 같아 내가 촌사람인 것을 강조하며 바쁘면 밥을 스스로 차려 먹을 수 있다고 설득하여 겨우 허락을 받게 되었다. 영태네 집은 전형적인 농촌 마을에 이었다. 논농사를 많이 짓고 있었고 논농사 외에 밭에 여러 가지 과일나무도 기르고 뽕나무도 심어 누에를 많이 치고 있었다. 게다가 소까지 기르고 있어서 영태네 집은 보통 바쁜 것이 아니었다. 내가 잠자는 방은 본채가 아닌 외양간이 있는 아래채에 있었고 난방을 위해서는 나무로 불을 지펴야 했다. 다행스럽게 할머니가 계셔서 영태 어머니가 바쁠 때 조금씩 나의 식사 차려주는 것을 거들어 주셨다. 할머니는 외아들인 영태 아버지와 형제처럼 잘 지내라고 하시면서 이것저것 챙겨주시고 방이 차가울 때는 직접 부엌에 불을 지펴 따뜻하게 데워 주셨다. 바쁜 와중에도 나를 가족처럼 돌보아 주신 영태네 부모님과 할머님께 지금도 감사드리는 마음을 갖고 있으며 그 고마움을 잊을 수가 없다.

영태네 집은 초여름이 되면 정신없이 바빴다. 누에를 기르랴 모내기하랴 눈코 뜰 새 없었다. 어떻게 도움을 주고 싶어도 달리 뾰족한 방법은 없었고 식사 시간이 들쭉날쭉해도 감사하며 맛있게 먹었다. 누에를 기르는 일은 누군가 도와주면 크게 보탬이 된다. 그러나 나는 누에를 만지지 못했다. 어려서 누에고치 실을 뽑을 때 번데기를 먹어 보긴 했지만, 누에를 만지기는 도저히 용기가 나지 않아 시도해 보지 못했다. 겨우 도울 방법은 뽕나무를 베어 누에에게 먹이는 것이었지만 애당초 누에에 대한 불안감 때문에 그것도 쉽지 않았다. 가장 잘하는 것은 영태 형제와 함께 뽕나무밭에 가서 오디를 따먹으며 노는 것이었다.

초여름이 지나 좀 한가해지면 평온한 하루하루를 보냈다. 그 집에서는 개를 많이 길렀다. 당시에 많은 개를 기르는 목적은 시장에 내다 팔거나 식용을 위한 경우가 허다했다. 영태네 집에서는 주로 식용으로 길렀다. 고향 집에서는 보신탕을 먹어 본 적이 없었다. 하숙집에서 수시로 끓여주는 보신탕을 처음에는 먹지 못했으나 후에는 맛있게 먹었다. 입맛도 길들이기 나름이라서 음식에 대해 심리적인 선호나 거부감만 조절하면 얼마든지 변했다. 후에 아들들과 함께 그 하숙집을 방문하게 되었을 때는 식용이 아닌 애완용 개들이 많이 있었다. 그 애완용 개들을 보면서 운이 좋다고 생각했다.

하숙집에서 저녁에 책을 보다가 개들이 시끄럽게 짖으면 신경이 쓰였다. 문밖에 여러 마리 개들이 말뚝에 묶여 있었다. 개들은 조금만 부스럭거리면 덩달아 짖어 대서 문을 열고 밖으로 나가 혼을 내주곤 했다. 그때뿐 내가 방에 들어오면 개들은 다시 짖어서 방법을 바꾸었다. 멍멍 짖을 때 살살 부드럽게 이야기하니 조용해졌다. 쓰다듬어 주니 꼬리를 살랑살랑 흔들었다. 개에게도 폭언과 거침보다는 친절과 따뜻함이 더 잘 통했다.

마지막 하숙집은 춘분이네 집이었다. 춘분이 아버지는 학교를 관리하면서 선생님 일도 거들어 주었다. 최 주사님이라고 불렸던 그분은 가족과 함께 학교 사택에 살면서 생활했고 나는 30여 미터 떨어진 또 다른 학교 사택에 살면서 그 집에서 밥을 먹는 하숙생이 되었다. 최 주사님 댁도 이전 하숙집과 마찬가지로 내게 밥해주는 걸 부담스러워했다. 이번에도 달리 식사할 방법이 없다는 이유로 여러 번 부탁해서 함께 밥을 먹게 되었다.

내가 그 학교에 근무하기 전까지 최 주사님 가족만이 학교를 지키면서 생활하고 있었다. 분교가 된 지 얼마 안 되고 넓은 부지와 건물이 많아 학교를 관리하는데 신경을 많이 쓰고 있었다. 춘분이 엄마도 내 식사 준비로 고생이 많았다. 그러나 내가 최 주사님 댁에 도움이 되는 면도 있었다. 최 주사님이 외출하거나 주말 농사일을 할 때 내가 공부하며 학교를 지키고 있었기 때문에 학교관리의 부담이 덜어진 것이다.

주말 어느 날 춘분이네 가족이 농사일로 학교를 비웠다. 조용히 책을 보고 있을 때 소들이 소란스러웠다. 처음에는 대수롭지 않게 여기다 소들이 지나치게 시끄럽게 울어서 나가 보았더니 금방 태어난 송아지가 제대로 걷지도 못하면서 비틀거리며 울타리 밖 가시덤불 속으로 나가고 있었다. 갓 태어난 송아지가 위험에 빠질 수 있어 어미 소뿐 아니라 다른 소들까지 덩달아 울어댄 것이다. 얼른 송아지를 안아다가 어미 소에게 데려가 처음으로 젖을 빨게 했다. 가슴이 뿌듯했다. 시골에서 큰 재산 중 하나인 갓 태어난 송아지의 생명을 보살펴 준 것이 자랑스러웠다. 그 이듬해 주말에는 큰 소의 생명을 구한 일도 있었다. 큰 소가 말뚝에 매여 있는 줄과 엉키면서 쓰러져 목이 꺾이며 숨을 쉬지 못했다. 죽기 직전에 칼을 가지고 달려가 줄을 끊어 소를 살려냈다. 이때도 소들이 소란스럽고 분위기가 이상해서 살펴보러 갔다가 소의 위험을 알아차린 것이다.

춘분이네 집은 그때 소를 5마리 기르고 있었던 것으로 기억한다. 같이 근무하는 여선생님이 최 주사님에게 분교를 혼자 지키고 있으면 나태해지기 쉬우니 학교 실습지를 이용해 소를 키울 것을 제안했다. 소를 키워 재산을 늘려야 한다는 비전을 제시한 셈이다. 변 선생님이라고 호칭했던 그 여선생님은 최 주사님에게 재산 증식의 즐거움을 깨우쳐 주었고, 춘분이 부모는 이를 매우 고마워했다. 최 주사님은 집도 논도 밭도 소도 없이 적은 월급으로 사는 게 너무 팍팍하여 가끔 분노를 표현했지만, 재산이 늘어나는 재미를 느끼면서 분노가 희망으로 바뀌었다. 뒤늦게 살림 맛을 알게 된 최 주사님은 이웃집 밭까지 빌려서 부지런하게 농사를 지었다. 때문에, 주말에는 매우 바빴으므로 자연스럽게 학교에 있던 내가 소들을 돌보게 되었고 소의 귀중한 생명까지 구할 수 있었다.

최 주사님은 술을 마시면 성질이 매우 거칠어져 나머지 가족은 큰 두려움에 떨었다. 다행스럽게 나와 학교에서 같이 생활하고 식사도 함께하면서 술을 과하게 마시는 일은 점차 줄어들게 되었다. 춘분이 엄마는 내가 늘 학교에 있고 밥을 같이 먹으며 이런저런 이야기를 나누는 덕분에 최 주사님이 활력을 갖게 됐다고 좋아했다. 누군가 어려움에 빠져 있을 때 조그만 도움이 돌파구가 되어 인생의 전환점을 맞이한 경우를 종종 볼 수 있다. 나와 춘분이네 가족은 어려울 때 서로서로 도움을 주어 잘된 경우라 하겠다. 춘분이네 집에서 밥을 먹으며 공부해서 고시까지 합격하여 고마움을 항상 잊지 못한다.

경상도에서 생활하는 동안 내게 밥을 해준 집들은 나 말고 다른 하숙생을 두어본 경험이 전에도 그 후에도 없는 시골 가정집이었다. 가족들 하루 세끼 밥을 해주는 것도 힘들다고 여기는 때, 기꺼이 나를 위해 밥을 해주신 하숙집 여인들에 대한 고마움은 말로 표현할 수가 없다. 불현듯 하숙집들이 생각날 때마다 하숙집 식구들이 모두 건강하고 행복하기를 바란다. 그것은 몇 년씩 한솥밥을 먹으며 가족같이 살았던 정이 있기 때문이다.

가르침이 남긴 상처

초등학교 6학년 시절 경험한 일이다. 하교 후 집에서 동화책을 읽고 있는데 친구들이 찾아와 선생님이 찾는다고 했다. 책을 덮고 집 가까이에 있는 학교로 가서 담임선생님을 만났다. 선생님은 다짜고짜 "반장이 왜 반 친구들 싸움을 말리지 않았느냐"라며 꾸중했다. "저는 몰랐습니다."라고 어리둥절하며 대답했다. 선생님은 싸움이 있던 교실에 내가 있었던 것을 친구들이 목격했는데 거짓말까지 한다며 몰아붙였다. 회초리로 심하게 맞았다. 실제 교실에서 싸움이 있었는지는 몰라도 나는 분명히 싸움을 인지하지 못했기 때문에 억울한 생각이 극에 달해 선생님이 미워졌다. 그 후로 무서운 수동 공격성이 나타나게 되었다. 선생님이 숙제를 내줘도 절대로 하지 않았으며 친구들까지 설득해서 함께 숙제하지 않고 매를 맞았다. 선생님은 우리가 왜 숙제하지 않는지 까닭을 모르고 우리를 게으른 학생으로 여겨 매를 때렸다. 그 미움이 오래가서 후에 내가 교사가 되어서

야 겨우 그 선생님을 용서하게 되었다. 지금은 그 선생님을 만나면 웃으면서 악수하고 건강하시길 바란다. 억울하게 체벌 받았다는 마음에서 생긴 미움과 상처가 얼마나 오래가는지 경험했으면서도 내가 가르치는 학생을 체벌한 적이 있다.

체벌은 주로 학생이 숙제하지 않을 때나 교실에서 시끄럽게 떠들면서 공부하는 분위기를 망쳐놓을 때 했다. 집에 일이 있다든지, 몸이 아파서, 숙제할 내용이 너무 많아서, 깜박 잊어버려서, 스스로 숙제하기는 너무 어려워 등등 수많은 이유가 있을 수 있는데도 불구하고 숙제하지 않은 결과만 보고 회초리를 들은 것은 매우 성급했다고 생각한다. 열심히 가르치고 있는 동안 아이들이 떠들고 장난하면 다른 벌을 생각해 낼 수 있는데도 곧바로 회초리를 들었다. 핑계 없는 행동은 있을 수 없다. 아이들이 떠들고 장난하는 행동의 원인은 가르치는 방법이 잘못되었거나, 흥미 유발을 하지 못한 내 잘못일 수 있다.

체벌에 관하여 지금까지 제자들을 만나면 사과하고 싶은 세 사례가 있다. 한 여학생이 할머니와 둘이서 살고 있었다. 그 학생이 숙제하지 않은 이유로 팔을 꼬집어 아프게 했다. 다음날 할머니가 찾아오셨다. 공부 열심히 가르치는 건 고맙지만 여자애의 팔을 꼬집어서 퍼렇게 멍이 들면 되겠느냐며 점잖게 말했다. 몸 둘 바를 몰랐다. 그 후로 여학생을 꼬집는 일은 없었지만 지금 생각하면 크게 비난받을 일이었다. 한 번은 공부 시간에 유달리 떠들고 산만한 학생이 있었는데 참다못하여 분필을 그 학생에게 던졌다. 분필은 그 학생의 눈언저리에 맞아 눈물을 흘리며 아파했다. 인격적으로 해서는 안 될 일이었다. 지금도 그 학생에게 미안한 마음을 가지고 있다. 그 뒤로는 절대로 분필을 학생에게 던지는 일은 없었다. 또 한 번은 학급 대항 노래자랑을 하게 됐을 때 우리 반에서 제일 노래를 잘하는 학생을 대표로 추천했다. 웬일인지 그 학생은 끝까지 노래자랑에 나가지 않겠다고 고집을 부렸다. 말을 듣지 않는다는 이유로 회초리를 들었다. 참으로 한심스러운 일이었다. 학생을 말로 설득하지 못하면 학생을 존중해 내가 포기했어야 했다. 두고두고 후회하고 있다. 그 학생도 내가 어렸을 때 선생님에게 체벌을 받은 후 미움을 가졌던 것처럼 나에 대한 원망을 지금도 가지고 있을 것이다. 언젠가 인연이 있어 만나게 되면 정식으로 사과하고 싶다. 체벌은 교사나 학생에게 모두 좋지 않은 상처를 남기기 때문에 굉장히 신중해야 하고 조심해야 하며 사용하지 말아야 했다.

먼저 나 자신의 감정을 다스려 학생을 화내지 않고 가르치는 방법을 궁리해 보아야 했다. 문득 초등학생이 된 아들의 여러 행동에 대해 화를 내는 게 교사 시절 학생에게 화를 내는 모습과 비슷하다는 것을 깨달았다. 화를 내는 행동은 그 화를 내는 대상이 사라졌으면 하는 마음의 표현이라고 한다. 가장 사랑하는 대상인 제자와 자녀들이 사라지기를 바라는 교사나 부모는 세상에 없을 것이다. 사랑을 화로 표현하지 않고 따뜻한 대화와 도움의 자세로 제자들과 자녀들을 대한다면 나중에 후회할 일이 적어질 것 같다. 이제 제자들을 가르치는 일을 하지는 않지만, 교사 시절 배운 경험을 되살려 아들들에게 화내지 않고 회초리를 들지 않으려고 무척 노력한다. 한번 잘못 경험하여 배운 습관의 고리를 끊어내기 어렵기 때문이다.

처음 발령을 받은 학교에 근무할 때 하숙을 했던 미애네 집에는 미애와 같은 나이의 사촌이 함께 살고 있었다. 지적 장애아였다. 미애 사촌은 내가 담임을 맡고 있었고 미애랑 셋이서 점심을 하는 경우가 많았다. 신체 발달은 다른 학생과 큰 차이가 없지만, 언행이 아주 뒤져있는 아이였다. 그러한 아이에 대해서 어떻게 교육하는지 잘 알지 못했던 나는 나름대로 숫자를 가르쳐 보려고 시도하고, 읽기도 가능하게 하고 싶은 욕심이 있었지만 노력한 만큼 결과가 따르지 않아 짜증이 나곤 했다. 갑자기 수업 시간에 떠들며 돌아다닐 때는 회초리를 들기도 했다. 그 아이에게 필요한 올바른 교육 방법을 배우고 연구해서 가르치지 못했음을 매우 미안하게 생각한다. 그래도 다행인 것은 그 아이가 음식을 흘리거나 깨끗하지 않게 먹어도 개의치 않고 밥을 같이 먹은 나 자신이 그런대로 인정이 있는 사람이라고 생각을 한다. 3학년이었던 어린 미애는 나보다 더 인정이 많았다. 미애는 그 아이에게 김도 올려주고 비빔밥도 해주곤 했다. 그 모습에서 사람의 정신적 결함과 관계없이 따뜻하고 편견 없이 대해 줄 수 있는 어린 미애의 아름다운 마음에 감탄했다. 지적장애나 지능이 뒤떨어지는 아이들 가르침에는 인내와 전문성이 필요하다. 준비가 덜

된 가르침에, 과한 열정으로 읽기 쓰기 셈하기 등 지식교육에만 치중하여 결과가 신통치 않을 때 그러한 아이들을 나무라고 꾸짖는 행동은 인권의 측면에서도 문제가 있다. 인간의 능력과 관계없이 평등하게 대우받아야 하는 기본 철학을 모르고 능력이 다른데도 똑같은 방법으로 가르치는 실수를 저질렀다.

교사 시절 예체능 과목을 가르치는 데 상당히 애를 먹었다. 미술은 1주일에 보통 2시간을 가르쳐야 하는데 그 시간만 되면 땀이 뻘뻘 났다. 능력이 부족한데 가르치려면 시간이 고통스럽게 간다. 지금은 예체능 전담 교사들이 많이 배치되어 있다. 그 당시에는 담임교사 혼자서 모두 가르쳐야 했다. 어떤 교사들은 미술 시간이 제일 편하다고 했다. 아이들은 미술 시간을 좋아하기 때문에 특별히 지도하지 않아도 스스로 무언가를 그리거나 만들 수 있기 때문이다. 그렇지만 아이들에게 그림을 어떻게 잘 그리는 것인지 알려줄 수 없는 마음은 답답하기 그지없었다. 궁여지책으로 옆 반 선생님과 교환 수업을 하곤 했다. 여선생님이 부담스러워하는 체육 시간은 내가 지도하고 미술 시간은 옆 반 선생님이 지도하여 서로 도움을 받을 수 있었다. 음악 시간까지 이와 같은 방식으로 가르쳤다. 오르간이나 피아노를 제대로 연주할 수 없어 음악 시간에 아이들이 흥이 날 리가 없었다. 덕분에 이웃 반의 체육까지 도맡아 지도하게 되었다.

이것이 특화되어 체육 주임까지 맡아 운동회 때 여러 가지 종목을 가르치기도 했다. 가장 기억에 남는 것은 꾸미기 체조였다. 아이들이 몸으로 협동하여 여러 가지 꾸미기를 하는 데 위험이 따른다. 아이들이 상대방 어깨에 올라서는 동작도 있어서 떨어지면 다칠 우려가 있었다. 배우기가 어렵고 가르치면서 크게 긴장하지만 나름대로 교육적 효과도 있다. 협동 의식과 참을성을 익히고 재빠르게 행동해야만 멋있는 꾸미기 체조를 할 수 있다. 아이들은 고통스러운 체험이라 여길 것이다. 지금은 운동회가 축소되고 그렇게 위험한 꾸미기 체조를 하는 경우가 없다. 교사와 학부모도 위험 부담을 안고 아이들을 지도하지 않으려 한다. 꾸미기 체조 대신 요즈음 아이들에게 위험 부담을 줄이면서 협동 의식과 참을성을 길러줄 수 있는 운동이 무엇이 있을까를 꼽아본다. 축구 같은 구기 운동이나 댄스처럼 여럿이 같이 협동과 조화가 이루어져야 하는 단체운동이 떠오른다. 내가 힘들어도 팀을 위해 최선을 다해야 좋은 결과를 얻을 수 있고 참을성도 길러지기 때문이다.

체육수업은 그런대로 자신 있게 가르쳤지만, 육상 선수 지도에는 실패했다. 소년체전에 도 단위 대표로 출전할 선수를 선발하기 위해 육상 시합이 있었다. 우리 학교 학생 지도를 맡았지만, 달리기 기록을 단축하는 방법을 잘 알지 못했다. 신체적인 조건은 다른 학교 학생들 못지않게 뛰어난 것을 알았지만 체계적 지도 방법을 몰라서 수시로 달려보게 하고 기록을 체크하고 좀 더 빨리 달리도록 격려하는 게 전부였다. 시합에 출전한 결과는 형편없었다. 게다가 연습을 같이했던 학생 한 명을 출전시키지 않아 그 학생에게 마음의 상처를 크게 주고 말았다. 똑같은 학생들을 다음 해 새로운 교사가 지도하여 소년체전에서 도 대표로 학생을 출전시키는 것을 보고 교사의 지도 능력에 따라 결과가 하늘과 땅만큼 차이가 있다는 걸 알았다.

학생들이 성장하는 중이고 발달 단계가 있는데도 시험문제를 지나치게 어렵게 만들어 학생을 울게 하고 답답하게 했다. 시험에 대비한다는 명분으로 문제집을 활용했다. 심지어 과학까지도 문제집에 꽤 의존했다. 문제집은 실험과 관찰을 바탕으로 어른들이 생각해 낼 수 있는 온갖 문제를 여러 각도에서 어렵게 출제하여 아이들을 괴롭힌다. 지나치게 이론적으로 파고들어 아이들에게 재미있어야 할 과학 과목이 어렵게 느껴지게 된다. 교사가 아이들을 가르칠 때 실험 관찰 과정이나 원리를 이해시키는 데는 매우 많은 준비와 시간이 필요하며 참을성도 있어야 한다. 그러나 결과에 대한 암기 위주의 가르침은 상대적으로 쉽다. 쉬운 가르침 방법을 많이 선택하여 활용했던 점이 아쉽다.

학생들에게 열의를 가지고 가르치긴 했었다. 그 열의가 교사로서의 경험 부족과 시행착오로 학생들에게 모두 전달되지 못했다. 내게도 아쉬운 아픔이 있고 제자들에게도 내가 입힌 상처가 있을 것이다. 경륜이 쌓이면서 나아지긴 했겠지만 부족한 점이 많이 있었다는 것을 회상하며 제자들은 나를 어떤 선생으로 기억하고 있을지 궁금하다.

Chapter 8

여섯 번째 도전

도전 선택

어렵다는 행정고시에 도전한 데는 여러 요인이 있었다. 나의 공부하는 능력과 가능성이 어느 정도인지 알고 싶은 마음이 도전에 가장 큰 영향을 주었다. 공부하지 않으면 장래에 후회할 것 같았다. 교사 생활을 하는 동안에도 고향 부모님의 형편은 크게 나아지지 않았다. 24살에 교사 시작부터 받은 월급을 하숙비와 용돈을 제외하고는 5년 동안 부모님에게 모두 송금하여 동생들의 교육비에 보탰다. 그 후에도 34살에 결혼 때까지 약간의 공부 비용을 제외하고 대부분 보내드렸다.

당시에는 가난한 시골의 장녀나 장남이 일해서 번 돈을 집에 있는 동생들을 위해 부모님께 드리는 것을 당연한 것으로 여겼다. 그런데 주위를 둘러보니 가난한 집의 장녀나 장남의 헌신적인 삶에도 불구하고 형제간에 불화를 겪는 경우가 가끔 있었다. 장녀나 장남이 초등학교 정도를 졸업한 후 서울에 올라가 열심히 번 돈으로 동생들이 대학을 졸업하고 잘 사는 것까지는 좋지만, 안정되게 잘살게 된 동생들이 장녀나 장남의 눈물겨운 희생에 대해 보답을 하기 어렵기 때문이다.

동생들은 새로운 가정을 꾸리면 아이들 키우고 배우자의 눈치 보느라 자기를 위해 헌신한 형제에게 도움을 주는 게 쉽지 않다. 한 알의 밀알이 썩어야만 많은 열매를 얻을 수 있다지만 장녀와 장남들은 부모님과 동생들을 위해 헌신하면서 험난한 삶을 살아야 했다. 장녀 장남은 상대적으로 어렵게 사는 경우가 있다. 그들은 부모님에 대한 원망과 동생에게 섭섭함을 가질 수도 있다. 나도 나중에 부모님에게 섭섭한 이야기를 할 수도 있고 동생들에게도 헌신한 것을 몰라준다는 이유로 투덜거릴 상황이 생길 수 있었다. 부모님과 동생들을 도우면서도 장래에 그들에게 섭섭해하지 않으려면 내가 하고 싶은 것을 해보는 것이 가장 좋은 해결책이었다. 그러한 돌파구 하나로 고시 공부를 생각했다.

교육대학 시절에 종종 특강을 듣는 기회가 있었다. 한번은 교육대학 선배로서 문학 작가로 활동하고 있는 박범신 선배가 특강 했다. 그는 문학에 관하여 주로 이야기하는 도중에 글을 쓰게 된 동기에 관해서도 설명했다. 교사 발령을 아주 시골 오지에 받아서 퇴근 후 저녁에 할 일이 없었다고 회상했다. 특히 동지섣달 긴긴밤이 되면 무엇인가를 하지 않으면 너무 적막하고 답답해서 견디기 어려워 글을 열심히 쓴 결과 유명 작가가 되었다고 했다.

내 경우도 비슷한 처지였다. 경상도 영일만의 조그만 어촌으로 발령을 받았기 때문에 퇴근 후에는 마땅히 무엇인가 할 거리가 없었다. 친구도 없고 친척도 없었다. 저녁마다 밖에 나가 술을 마실 수도 없는 노릇이었다. 주말에 고향을 다녀오는 길은 여간 어려운 게 아니었다. 경상도 동쪽 끝에서 전라도 서해 가까운 고향은 지리적으로 너무 멀었다. 토요일에 오전 수업을 마친 후 버스를 타고 출발하여 여러 번 차를 갈아타며 밤늦게 겨우 고향 산골 마을에 도착하여 하룻밤 잔 다음 되돌아오는 여정은 매우 힘들었다. 방학이 아니면 고향에 갈 엄두도 못 내고 주말에 포항 시내에 나가서 목욕하고 재미있는 책을 사다가 보는 게 큰 즐거움이었다. 발령 후 처음 몇 년은 학교생활에 적응하기에 바빴고 또 아이들 가르치고 노는 재미에 빠져서 지루한 줄 몰랐다. 그러나 낮에 학생들을 가르친 후 저녁에 남아도는 시간을 주체할 수가 없었다. 저녁 남는 시간에 고시 공부를 행동으로 옮겨 보자는 생각을 했다.

구체적인 계획을 세우기 위해서 방학을 이용해 교육대학 교수 두 분을 찾아갔다. "고시 공부를 한번 해보고 싶은데 어떻게 생각하십니까?"라는 질문에 첫 번째 찾아간 교수님은 무조건 찬성하였다. 그 교수님은 교육대학 졸업생 중에 고시에 합격한 몇몇을 꼽으시면서 이미 합격한 선배 한 분과 지금 공부하고 있는 선배의 연락처를 주셨다. 그 교수님의 말씀은 고시 공부도 열심히 하면 합격할 수 있다고 희망 섞인 말을 했다. 교사들은 상대적으로 시간이 많으므로 고시뿐만 아니라 자기 계발이 얼마든지 가능하고, 설령 고시에 실패해도 그 공부한 지식을 교육 현장에서 유용하게 활용할 수 있다고 했다. 성공하면 교사들이 열심히 가르칠 수 있게 지원하는 역할을 크게 할 수 있다고 강조했다.

두 번째 찾아간 교수님은 먼저 찾아간 교수님과는 정반대의 시각을 가지고 계셨다. 고시는 명문대학에 다니고 있거나 갓 졸업한 학생들이 주로 합격하고, 교육대학 졸업 후 늦은 나이에 고시 공부하는 것은 무리한 일이라고 했다. 교사로서 고시 공부하는 열정만큼 가르치는 일에 쏟으면 교장, 장학사, 장학관 보직에 진출할 수 있고 교육 현장에서 더 많은 영향력을 발휘할 수 있다고 했다. 의사결정의 권한이 큰 교육장, 교장 등은 교사 출신 전문직이 하고 있다는 설명을 덧붙였다. 두 분을 방문하고 나서 가만히 생각해 보니 두 분 말씀 모두 옳았다.

일단, 먼저 만난 교수님이 소개해 준 합격한 선배를 만나서 이야기를 들어보고 공부하고 있는 선배도 만나 책들도 훑어보았다. 공부해야 할 내용의 방대함에 놀라긴 했지만 할 수 있을 것 같은 생각이 들었다. 교장은 쉽게 될 수 없을 것 같았다. 승진을 위해 필요로 하는 여러 가지 부가 점수도 획득해야 하고 교사들 간에 점수를 잘 받기 위한 경쟁이 치열하므로 그렇게 장기간에 걸쳐 힘들게 노력하는 것이 너무나 어렵게 보였다. 교장이 되기 위해서 그렇게 노력하는 힘을 거꾸로 고시 공부에 쏟는다면 고시에 어렵지 않게 합격할 수 있을 것 같았다. 사람들은 어떤 일에 대해 '잘 할 수 있을 것 같다 혹은 잘할 수 없을 것 같다'라는 생각을 하기도 하는데 나는 고시 공부는 잘 할 수 있을 것 같았고 교장 선생님이 되는 일은 잘할 수 없을 것 같았다.

어려운 일을 할 때는 항상 불안이 마음속에 도사리고 있다. 마음속에 불안이 있다고 해서 새로운 도전을 하지 않으면 발전이 없다. 불안을 극복하는 하나의 방법은 도전하려고 하는 일을 꼼꼼하게 분석해보고 이해득실을 따져 보는 것이다. 손자병법 첫 장에 '판단을 함에 있어 이익과 손해를 살펴보아야 한다'라는 구절이 있다. 고시 공부를 시작하기 전에 구체적인 이해득실을 살펴본 후 고시 공부가 손해 보는 일이 아니라는 판단이 섰다. 도전하려는 목표를 지나치게 높이 잡았다는 생각도 했지만 내 능력으로 불가능한 일이 아니라는 생각이 자리하고 있었다.

초등학교 체육 시간의 일이었다. 뜀틀을 뛰어넘는 운동을 하는데 대부분 학생이 무난히 넘었지만 나는 뛰어넘지 못했다. 뜀틀의 높이가 높아서 두려움이 앞섰기 때문에 뜀틀 앞에서 멈춰버린 것이다. 뜀틀에 짚은 손을 얼른 떼지 못해 손이 부러지거나 몸이 나뒹굴 것만 같은 생각이 들어서 중학교 때까지 높은 뜀틀을 넘지 못했다. 고등학교 1학년 때도 체육 시간에 뜀틀 넘는 시간이 있었다. 친구들이 뛰어넘는 높은 뜀틀은 도저히 자신이 없어서 시도조차 하지 못했다. 체육 시간이 끝나고 나 자신에게 너무 화가 났다. '왜 나는 시도마저 못 했나?'라는 생각이 가득했다. 체육관에 혼자 들어가 가장 높은 뜀틀에 도전해보기로 했다. 넘어지면 다치지 않도록 쿠션 역할을 하는 매트조차 깔지 않고 힘껏 달려서 뜀틀에 손을 짚자 달려온 탄력으로 저절로 손은 뜀틀에서 떨어지면서 가볍게 넘을 수 있었다. 초등학교 때부터 가지고 있던 뜀틀에 대한 공포가 사라졌다. 그 순간의 희열은 지금도 생생하다. 뜀틀에 대한 두려움과 억눌림이 일시에 사라지는 환희를 느꼈다. 높은 뜀틀을 뛰어넘는 데 실패했더라도 도전에 대한 후회는 없었을 것 같다.

어려서부터 여름이 되면 매일 냇가에서 살다시피 했다. 아이들은 얕은 곳에서 바닥에 손을 짚고 헤엄치다가 점차 물에 뜨는 경험을 하면서 수영에 익숙해진다. 나도 친구들과 함께 똑같은 과정을 거치면서 초등학교 때는 냇가에서 자유롭게 헤엄을 칠 수 있게 되었다. 중학교 때 사춘기가 되면서 신체가 커지고 용기도 점차 커져 냇가에서 수영이 시시해져 저수지에서 수영하는 것을 즐기게 되었다. 저수지에서 수영하는 것은 위험 부담이 너무 컸다. 넓은 들의 농사를 짓기 위해 물을 가두어 놓은 곳이라서 물 깊이가 우리 키의 몇 배 깊었다. 친구 대부분은 잘못되면 물에서 영원히 빠져나오지 못할 위험성을 알기 때문에 저수지 가장자리만 맴돌게 된다. 그러나 용기가 있는 친구들은 가끔 저수지 가운데까지 헤엄쳐 갔다가 되돌아오기도 하고 가로지르기도 했는데 나는 절대로 그런 모험을 하고 싶지 않았다. 저수지를 횡단했다는 자신감은 가질 수 있지만, 생명을 담보로

하기에는 너무나 위험해 저수지를 가로질러 헤엄치지 않았다고 해서 기분이 언짢거나 불편한 적은 없었다. 어떤 시도를 할 때 지나친 위험을 안고 있는 것에 대해서는 신중할 필요가 있다.

결혼한 후에 저수지에 혼자 가서 수영을 몇 번 한 적이 있었다. 저수지 둑을 따라서 왔다 갔다 하므로 별 위험성은 없었다. 어느 여름날 고향 시골 부모님 댁에 갔을 때 목욕하러 간다고 처에게 이야기했더니 어디로 가서 목욕하는지를 물었다. 저수지에 가서 몸도 씻고 수영도 한다고 했더니 깜짝 놀라서 펄쩍 뛰었다. 그 깊은 저수지에 목욕하러 가는 것은 절대로 인정할 수 없다고 해서 다시는 저수지에 목욕하러 가지 않겠다고 약속까지 했다. 아이들까지 생기게 되자 저수지에 가서 헤엄치려는 시도를 아예 포기했다. 이제 저수지에서 수영하던 낭만은 먼 옛날 추억이 된 지 오래다. 나이가 들면 위험 부담이 적은 도전조차 꽤 큰 용기가 필요하다.

라일락 정원

교사를 하면서 공부를 했던 시절을 돌이켜보면 괴롭고 힘들었던 기억보다 즐겁고 행복했던 일들이 먼저 떠오른다. 시험에 합격할 당시에 근무했던 학교는 분교였다. 과거 수백 명 학생이 다니던 넓은 운동장과 많은 교실 그리고 노작 할 수 있는 실습지가 굉장히 커다란 공간을 이루고 있었다. 학생들이 모두 집으로 돌아가고 같이 근무하는 선생님마저 퇴근하면 학교 사택에서 생활하는 나와 춘분이네 가족만이 그 드넓은 학교에 남아 있게 되었다.

봄이 되면 매우 큰 라일락 나무 10여 그루에서 나는 향기가 온통 학교를 뒤덮었다. 공부하다가 피곤하면 한밤중에 밖으로 나가 라일락꽃 가까이에서 가슴 깊이 꽃향기를 들이마셨다. 이 버릇은 지금도 남아서 봄에 활짝 핀 라일락을 보면 그냥 지나치지 않고 꽃송이에 코를 가까이 대어 그 향기를 몽땅 들이마시며 음미하곤 한다. 학교 정원은 라일락뿐만 아니라 이른 봄부터 매화꽃을 시작으로 개나리, 명주, 박태기, 장미 등 헤아릴 수 없는 꽃들이 연이어 피었다. 가을에 코스모스와 국화꽃이 피고 지면 잠시 겨울이 오고 또 이듬해 멋진 꽃들이 형형색색과 향기를 자랑했다. 춘분이 엄마는 학교 실습지에 여러 가지 채소를 길러 식탁을 풍성하게 했다. 가을이 되면 감나무에 단감들이 익어 주렁주렁 매달려 있었다. 저녁에 공부하다 허전하면 감나무에 올라가 감을 한두 개 따서 먹으면 시원하기도 하고 달콤하여 잠도 깨고 배고픔도 가셨다. 춘분이 아빠는 꽃향기에 취하여 모여드는 벌들의 꿀을 채취하기 위해 꿀벌을 기르고 있었으므로 달콤한 진짜 꿀도 맛볼 수 있었다. 춘분이 아빠는 낚시에도 일가견이 있어서 저녁에 마을에 있는 저수지에 가서 향어를 몇 마리 낚아오곤 했다. 그가 향어회를 만들어 놓고 "고 선생님 회 자시러 오이소!"라고 부르면 기다렸다는 듯이 냉큼 달려가 향어회를 맛있게 먹었다.

학교 전체가 나와 춘분이네 가족의 정원이자 쉼터였다. 잠드는 시간은 항상 자정을 넘어섰기 때문에 중간중간 휴식이 필요했다. 운동장에 나가 걸으며 머리를 식히거나 머릿속으로 공부한 것을 정리하기도 했다. 철봉에 매달려 가볍게 몸을 풀거나 나무 아래 의자에 앉아서 맑은 하늘의 별을 보기도 하고 여러 가지 곤충들과 소쩍새 소리를 감상하기도 했다. 넓은 학교에서 먹고 자며 생활하면 넓은 정원을 가진 큰 저택에 사는 부자와 같았다. 오히려 아이들의 숨결까지 배어있어 닫힌 공간에서 사는 사람들보다도 훨씬 큰 만족감을 가질 수 있었다. 시골 학교의 아름다움과 여유 그리고 편안함은 아이들을 가르치면서 개인 공부까지 병행하며 겪는 어려움을 완화 시켜주어 항상 감사와 긍정의 자세를 갖는 데 도움이 되었다.

두 가지 일을 병행한다는 것은 쉽지 않다. 교사 생활 초기에는 학생 가르치는 것부터 학교에서 발생하는 여러 가지 행정업무 처리까지 능숙하지 않았다. 하루는 교장 선생님이 교실을 찾아왔다. 교실 구석구석을 살펴보더니 천장 구석의 거미줄 제거를 하지 않은 것에 대해 나무랐다. 그리고 내가 가르치고 있는 반 아이들의 성적이 좋지 않다고 했다. 곁들어서 공부에만 신경 쓰지 말고 교실 환경정리나 가르치는 일에 더 열심히 할 것을 주문했다. 난감한 상황이었다. 교실 천장 구석에 있는 거미줄 제거는 생각지도 못했고 우리 반 아이들은 나름대로 열심히 가르쳤지만, 성적이 다른 반에 비해 높지 않아서 할 말이 없었다. 그렇지만 학교 근무시간에 개인적인 공부를 한 것은 아니어서 억울했다. 그렇다고 시시콜콜 변명할 수도 없어서 열심히 하겠다고 말씀드렸지만, 매우 스트레스를 받았다. 교장 선생님은 내가 개인적인 공부에 전념하여 가르치는 일에 소홀히 하고 있다는 의심을 버리지 않았다.

퇴근 후에 집에서 책을 봐도 머릿속에 들어오지를 않았다. 본연의 업무가 제대로 처리되지 않으면 부수적인 공부를 제대로 진척시킬 수가 없었다. 모든 일을 접어두고 가르치는 기술과 행정업무 처리능력을 향상하는 데 주력했다. 얼마 후 교장 선생님에게 잘한다는 칭찬을 들으면서부터 퇴근 후의 개인적인 공부에 진전이 있었고 집중이 되었다. 본연의 업무를 우선시하여 최대한 좋은 성과를 내면서 부수적인 공부를 할 때 능률이 올랐다. 그래도 혹시 근무시간에 잘못된 일이 공부와 연관되어 비난받을 것을 염려하여 항상 조심조심했다.

공부하는 것과 별개로 직원들 간의 관계는 결코 소홀히 할 수가 없었다. 선배 선생님들의 경륜을 인정하고 무용담도 들으며 여러 가지 교사로서의 노하우를 배우면서 즐겁게 지내려고 노력했다. 특별히 잘 대접하지 않아도 그분들은 맥주잔을 같이 기울이면서 인간적으로 여러 가지 이야기를 나누는 것만으로도 흡족해했다. 매주 정해진 날에 운동도 같이하고 회식에도 시간을 내어 참여했다. 운동은 매우 좋아하여 적극적이었지만 운동 후 마시는 술은 좀 부담스럽기도 했다. 그러나 운동을 같이하고 동료들과 수다도 떨면 원만한 관계 유지에 도움이 되고 공부할 때 훨씬 더 능률이 올랐다. 동료 교사들과 어울리지 않고 숙소에 일찍 돌아오면 마음도 무겁고 공부도 되지 않았을 뿐 아니라 근무시간에 여러 가지 업무상의 협조를 구하는 데도 마음이 편하지 않았다.

교사 경력이 쌓여감에 따라 가르치는 일과 행정업무 처리능력도 한층 업그레이드되었다. 교장 선생님으로부터 칭찬 듣는 횟수도 늘어나고 동료 교사와도 즐거운 관계를 형성함으로써 퇴근 후의 공부는 점차 안정을 찾아갔다. 선생님들도 두 가지 일을 하는 나를 열심히 도와주려고 노력했다. 옆 반 여선생님들과 쉬는 시간에 차를 마시며 편안한 대화를 나누곤 했다. 여선생님들은 만성적으로 수면 부족에 시달리던 나에게 차를 권하여 정신을 맑게 해주었고 아이들을 열심히 가르치도록 격려해주어 자칫 메마르기 쉬운 정서에 활력을 불어넣어 주었다. 시험 치를 무렵에는 가르치는 일 외에 다른 일로 신경 쓰지 않도록 여러 가지 일을 대신하여 처리하여 주기도 했다. 친절한 여선생님들이 주위에 있었던 것은 나에게 매우 큰 행운이었다.

두 가지 일을 하면서 힘든 것은 몸의 피로와 잠 부족이었다. 퇴근 후에 공부 시간을 많이 확보하기 위해 자정이 지나 새벽 1시에서 2시 사이에 잠을 자고 아침에 출근하기 때문에 상당한 의지력이 필요했다. 잠을 더 자고 싶은 본능이 의지력을 종종 앞서기도 했다. 언젠가 잠을 자고 있는데 문밖에서 아이들이 와글와글 떠들면서 "선생님!"하고 불렀다. 깜짝 놀라 눈을 떠보니 출근 시간 10분 전이었다. 옷만 입고 부리나케 학교에 뛰어갔다. 교사 시절 숙소가 학교 울타리 안이나 옆에 있어서 공부 시간을 많이 확보할 수 있었다. 아침이면 일어나기 힘들었지만, 학교생활은 재미있고 힘이 났다.

아이들하고 공부하고 뛰노는 것은 어른들에게는 축복이다. 아이들과 생활하다 보면, 아이들 생활이 어른들 세계만큼 복잡하지 않다는 생각은 오산이라는 걸 깨닫는다. 과거 어렸을 때를 돌이켜보면 얼마나 많은 꿈, 희망, 불안, 두려움, 용기, 욕망, 공격성 등이 어우러져 있었는지 생각해 낼 수 있다. 초등학생을 가르치며 아이들의 세계를 조금이나마 더 이해할 수 있었다. 어린이는 본능적으로 선생님이 열심히 잘 가르쳐 주는지 대충대충 하는지를 알아차린다. 그래서 선생님들은 아이들을 위해 최선을 다하게 된다. 내가 개인적인 목표를 두고 뭔가 공부하고 있다는 것을 아이들뿐만 아니라 학부모도 알고 있었다. 열심히 가르치지 않으면 그들로부터 비난받을 수 있다는 것을 직감적으로 느꼈기 때문에 두 가지 일을 하는 나로서는 더욱 열심히 노력할 수밖에 없었다.

종종 안정된 직장을 그만두고 새로운 일에 도전하는 사람들을 보면 보통 사람이 아니라는 생각을 하곤 한다. 온갖 위험과 불확실성을 감수하면서 안정을 버리고 소신껏 원하는 일에 도전하여 크게 성공한 사람들을 보면 저절로 존경심이 우러나온다. 이렇게 한 곳에 모든 역량을 집중할 수 있는 용기를 가진 사람들이 세상을 크게 변화시키는 것을 볼 수 있다. 나는 직장을 그만두고 시험에만 전념할 수 있는 용기는 없었다. 나의 개인적인 성향과 가정의 안정 그리고 무엇보다도 공부하는 내용이 가르치는 일과 밀접하게 관련된 것이라서 최대한 위험을 줄이고 시간이 걸리더라도 일과 공부를 병행하는 것이 합리적인 선택이라고 생각했다.

이러한 선택은 그때까지 경험했던 인생살이의 반영이라는 생각을 한다. 하루하루 돈이 부족하여 쪼들린 생활을 경험한 사람이라면 안정된 직장을 그만두려 하지 않는다. 또한, 직업소개소를 전전하며 원치 않던 여러 가지 일을 해본 사람이라면 교사처럼 좋은 직업을 그만두기가 쉽지 않다. 그러한 경험을 일찍이 했던 내가 교사를 그만두고 더 나은 것을 잡기 위해 다른 일에 전념하는 선택은 하기가 어려웠다. 손에 쥔 것에 더하여 또 다른 것을 더 쥐려 했던 선택은 생존 본능에 충실했기 때문이다. 손에 쥔 걸 놓고 더 큰 것을 잡으려 하는 사람들은 커다란 결단력과 모험정신이 필요한 것 같다.

시대가 많이 바뀌어 안정된 직장을 구하기도 힘들어지고 있다. 평생 여러 번 직장을 옮겨야 하는 경우가 많은 현대인은 불가피하게 변화와 도전 그리고 모험정신으로 무장하지 않으면 생존이 어려울 때다. 이런 측면에서 보면 내가 공부와 일을 병행한 선택은 상당히 보수적인 접근이었다. 결과적으로 공부와 일을 함께하여 오랫동안 고생한 후에 겨우 시험에 합격할 수 있었다. 공부와 일을 병행하는 일은 자칫 토기 두 마리를 한꺼번에 쫓다가 한 마리도 잡지 못하는 결과에 이를 위험성이 있었다. 두 마리 토끼를 모두 잡기 위해서는 치밀한 준비와 노력 그리고 운이 필요하다. 마지막으로 본 시험에 합격은 끈질긴 노력에 대한 보상이라는 생각을 가끔 하며 이것이 운이라고 불리는 것 같다.

시험에 합격할 무렵의 생활은 매우 여유가 있었다. 공부는 오랜 기간 계속하여 별 어려움이 없었기 때문에 학교에서 일어나는 여러 가지 일에 관심을 가지고 적극적으로 해결하는 데 앞장섰다. 게다가 교직 경험도 쌓이면서 30대에 진입했으므로 신나고 생기 있게 가르치기도 하고 놀기도 했다. 당시에는 분교에서 근무했으므로 아이들을 가르치는 일 외에 가장 크게 관심을 쏟은 일은 학교 환경을 아름답게 꾸미는 것이었다.

하루는 춘분이 아빠가 교문 옆 학교 땅에 자라고 있는 미루나무를 베겠다고 했다. 실습지에 심어 놓았던 미루나무들이 무질서하게 자라서 감당이 안 되었다. 그 나무들은 굉장히 빨리 자라는 속성수 이므로 더 이상 방치하면 곤란했다. 나무가 어른 허벅지만큼 굵어서 베는 데 도움이 필요했다. 밖에서 일하는 것은 운동도 되고 즐거움이 크다. 잠깐씩 하는 노동은 기분도 좋고 공부에 대한 스트레스도 잊을 수 있어서 도와줄 일을 찾고 있던 때였다. 먼저 춘분이 아빠가 몇 그루를 벤 후에 내가 톱질하겠다고 나섰다. 한 그루는 잘 베어 넘겼지만 두 번째 나무가 쓰러지며 내 왼쪽 무릎을 치는 바람에 그 자리에서 쓰러지고 말았다. 7m 정도 되는 나무가 넘어지며 탄력을 받아 튕겨 무릎에 충격을 가한 것이다. 이때 입은 부상으로 몇 달 동안 고생했다. 다행히 병원에서는 수술할 정도는 아니라고 진단하였고 몇 달 후에 겨우 아픔이 가셨다. 이때 호되게 고생한 후로 큰 나무를 베는 일이 얼마나 위험한지 알았다. 나무 자르는 것이 자칫 목숨을 위협할 수도 있다는 걸 알았기 때문에 그 후 큰 나무 베는 일은 손도 대지 않았다.

이듬해는 봄이 되자 학교에 자질구레한 나뭇가지를 제거하는데 톱을 들고 나섰다. 겨우내 죽은 나뭇가지를 잘라내고 있을 때 춘분이 아빠가 오더니 깜짝 놀랐다. 메마르고 이끼가 낀 나무라도 죽은 게 아니라고 했다. 이미 애꿎게 나뭇가지를 상당히 잘라낸 후였다. 전문가가 아닌 사람이 섣불리 일하다 잘못을 저지른 것이었다. 몇 주일 후 잘라내지 않은 나무에서 탐스러운 매화꽃이 피었을 때 이미 죽은 줄 알고 잘라내 버린 나무에 대해서 매우 미안했다. 아무튼, 이렇게 시행착오를 겪으면서도 학교를 정리하고 꾸미는 일에 적극적이었고 재미있게 일했다. 그때 무렵 일도 공부도 열심히 했고 따뜻한 봄날의 낭만도 즐겼던 내용이 있는 92년 식목일에 썼던 글의 내용을 옮겨 본다.

"식목일이다. 오늘은 식목일이라서 좋은 일을 했다. 측백나무로 된 학교 울타리가 무너져서 쇠 파이프를 해머로 두드려 박고 나무를 일으켜 세워 철사로 쇠 파이프에 붙들어 매어 연결하는 작업이었다. 학교 울타리 수선 겸 측백나무를 일으켜 세우는 작업을 했으니 착한 일을 한 것이다. 날씨가 무지무지하게 따뜻하고 꽃들에 벌들이 수백 마리 날아와서 윙윙거리며 꿀과 꽃가루를 수집하느라 바쁘다. 나 또한 곧 있을 행시 1차 시험 때문에 꼼짝 못 하고 처박혀서 책과 씨름하느라 바쁘다. 모든 과목을 휴일 동안 공부했다. 오늘은 시온이 엄마는 노란 옷, 진희 엄마는 연분홍 옷을 입고 있었다. 나는 빨간 티셔츠를 입고 있었다. 봄은 봄이다."

이어서 며칠이 지난 4월 18일에 썼던 글이다.

"오후에는 상당히 많은 양의 비가 내렸다. 덕분에 개구리들이 신나게 울어대고 있다. 오늘은 고향 부모님이 새집을 지어 이사 가는 날이며 내일은 나의 생일이다. 토요일이라서 집에 가면 얼마나 좋을까 마는 집안 잔치와 동떨어지게 공부하며 생일을 맞게 됐다. 시내에 나가서 이발과 목욕을 하고 학교에 돌아와서 밥 먹고 책상에 앉아 있는 중이다. 분홍색 목련꽃이 피었다. 꽃이 아주 좋다. 앵두꽃은 거의 떨어져 가고 명자꽃도 거의 떨어져 간다. 감나무 잎이 돋아나고 있고 벚꽃이 피었다. 붉은 매화, 하얀 매화꽃도 피는 중이다. 개나리도 피었다. 지금부터는 다른 생각을 할 수가 없다. 5월 10일 행시 1차 시험일까지 바싹 긴장하고 공부하는 수밖에 없다."

옛날 글을 들춰보면서 아이들을 가르치며 공부하면서도 자연이 준 아름다움을 감상하기도 하고 몸을 뿌듯하게 하는 일도 하고 이웃 사람들과 일상생활에서 여유로움도 즐기는 행복한 시간을 가진 것에 대해 그때를 회상하며 은은한 행복에 잠긴다.

주말에는 공부하는 게 일이었다. 고향이 너무 멀리 떨어져 있는 것이 쓸쓸하기도 했지만, 한편으로 주말을 이용해 공부에만 전념할 수 있는 좋은 점이 있었다. 그 넓은 학교 사택에서 조용히 공부하는 것이 운치 있게 느껴질 때도 있었지만 너무 적적하기도 했다. 그때는 학교 운동장에서 들려오는 아이들의 노는 소리에 힘을 얻곤 했다. 운동장에서 생동감 있게 놀던 학생 중 진희가 있었다. 진희의 목소리가 운동장에서 들리면 공부하다 말고 밖에 한 번 나가 봐야 내

얼굴에 미소가 폈다. 주말에 공부하다가도 운동장에서 놀고 있는 진희를 지켜보고 방에 들어와야 공부가 잘됐을 정도로 그 아이를 사랑했다. 이렇게 힘을 주던 사랑하는 진희를 잃는 큰 슬픔을 겪었다. 시험에 합격한 후 학생들을 가르칠 수 있는 기간이 몇 달 남지 않은 때였다. 교회에서 크리스마스이브 공연을 위한 연습을 마치고 친구들을 배웅하러 따라나선 진희가 자동차 사고를 당한 것이다. 제자를 잃은 것은 큰 충격이어서 한동안 아무 일도 할 수 없었다. 진희가 하늘나라에서 아름답고 행복한 삶을 살기를 수없이 기도했다. 그리고 몇 달 후에 가르치는 일을 그만두고 새로운 길을 가게 되었다.

슬픈 공부

우리 동네 제일 부잣집에 서울대학교 법대를 졸업하고 사법 고시를 준비하는 형님이 있었다. 나이 차이가 커 한 번도 이야기 나눠본 적 없지만, 가끔 얼굴을 마주칠 수는 있었다. 그 형님의 얼굴은 창백하고 말 없는 모습으로 기억될 뿐이다. 부모님 이야기로 그 형님은 여러 번 시험을 치렀지만 계속 낙방했다고 했다. 우리나라에서 최고의 명문대 법대를 졸업하고도 나이 40이 넘도록 합격하지 못하는 원인에 대해 어른들은 여러 가지 해석을 했다. 그중 한 가지는 우리 동네 앞 800m 되는 큰 방장산의 기운이 너무 강한 탓이라고 했다. 동네 사람들이 얼마나 그 형님에 관해 관심을 많이 두는지 이해할 수 있는 대목이다. 어려서 어른들이 그 형님에 관해 이야기하는 것을 들으면서 고시에 호기심을 가졌다. 아버지는 고시가 옛날로 보자면 과거시험으로 개인과 집안의 운 그리고 동네의 운 등이 합해져야 통과할 수 있는 것으로써 보통 사람이 넘보기는 쉽지 않다고 말씀을 하셨다. 그 형님은 결국 시험에 합격하지 못하고 동네를 떠나 어느 도시에서 결혼하여 잘살고 있다는 이야기를 들었다. 그 형님의 모친은 오래도록 동네에 사시면서 내가 고시에 도전하여 계속 실패를 거듭하는 동안 가끔 우리 집에 들러 어머니를 위로하셨다고 한다. 주위 사람들 이야기로는 어머니도 고시 공부하는 나 때문에 많은 눈물을 흘리셨다고 한다.

어느 날 저녁에 아버지 친구분들이 우리 집에 오셔서 여러 가지 한담을 나누고 계셨다. 당연히 어머니는 손님들을 위해 술과 안주 그리고 먹을 것 등을 준비하셔야 했다. 당시에 초가집이었던 우리 집은 부엌문을 열고 들어가서 불을 지펴 여러 가지 요리를 하는 구조였다. 어머니가 부엌에서 들어가다 말고 기겁해서 방으로 다시 들어오셨다. 방에 있던 아버지와 친구분들이 재빨리 부엌으로 뛰쳐나갔다. 소란스러움이 있었다. 발가벗은 청년이 부엌 한쪽에 나뭇단을 쌓아놓은 곳에 서 있었다. 밤중에 발가벗은 청년이 그것도 전혀 얼굴을 모르는 청년이 남의 집 부엌에 있다는 것 자체가 예사로운 일이 아니었다. 어른들은 이름이 무엇이며 어디에 살고 있는지를 물었다. 밝혀진 바로는 그 청년은 경치 좋은 우리 동네 산을 사서 집을 지어놓고 어쩌다 한 번씩 들르는 변호사의 아들이었다. 나중에 어른들에게 들었던 이야기에 의하면 그 변호사는 아들에게 사법 고시에 도전을 권했다고 한다. 그 청년은 우여곡절 끝에 시험에 합격했으나 후에 정신이 이상해졌다. 어느 날 집을 나가 발가벗고 헤매다가 불빛이 켜져 있는 따뜻한 우리 집 부엌으로 찾아든 것이다. 나중에 그 청년은 정신을 되찾아 정상적인 생활을 한다고 했다. 부모님은 고시 공부가 얼마나 힘들면 정신이 이상해졌을까 하는 이야기와 함께 그 청년이 그 정도가 될 때까지 공부할 필요가 있을까? 라는 의문을 가진다고 말씀하셨다.

어려서 이런 사례를 경험하며 '가장 어려운 것이 고시 공부이며 사람들이 가장 바라는 것이 고시 합격인가 보다'라는 인식이 내 머리에 자리 잡게 된 것 같다. 70년대는 가치관이 지금처럼 분화되지 않아 너무 편협한 가치 추구만을 하지 않았나 하는 생각을 한다. 옛날의 과거시험과 고시에 대한 숭배는 시골에도 널리 퍼져 있어 산골에 살고 있던 나까지도 고시와 관련된 극단적인 사례를 보게 되고 또 그 가치를 추구하게 만든 하나의 요인이 되었다고 생각한다. 요즈음은 가치에 대한 분화가 급속도로 전개되었다. 스포츠인, 예능인, 사업인, 정치인, 학자 등 각각의 분야에서 두각을 나타내면 많은 사람으로부터 존경을 받을 수 있는 세상이다.

나와 같이 교육행정 분야 고시에 합격한 동기생은 20명이었다. 그 동기생 중 1명이 합격 후 스스로 목숨을 끊었다는 충격적인 소식이 들렸다. 그 동기생은 면접시험 때 잠깐 얼굴을 본 적이 있다. 그는 최고령 합격자였다. 당시 만 35세까지 시험에 응시할 수 있었으므로 집 나이로 따져 보면 30대 후반에 가까운 나이였다. 그 나이가 되도록 아무 직업 없이 공부에만 매진했다면 인생의 에너지와 즐거움이 상당히 잠식되었을 것이라는 생각을 했다. 그가 다른 직업에 종사했다면 상당히 많은 업적과 자취를 남겼을 수 있다. 그 나이 정도면 과학자는 인류에게 도움이 될 만한 지식을 창출할 수 있고, 기업인은 인간이 윤택한 삶을 살아갈 수 있도록 제품을 생산한다든지 부가 서비스를 만들어냈을 것이며, 스포츠인과 예술인은 사람의 감성을 더욱 풍부하게 할 수 있을 만큼 충분한 시간이다. 고시 공부는 시험에 합격하여 각종 제도를 설계하거나 정비하고 법령을 만들거나 고치는 등의 일로 국민에게 도움이 되는 서비스를 제공하지만 합격하기까지 지나치게 많은 시간을 소비하면 합격 후에 큰 허탈감으로 다가오기도 한다.

가치가 다양화된 현대사회에서 여러 분야의 공직에 젊은이들의 쏠림 현상이 있는 것을 볼 때 걱정스러운 측면이 있다. 교육청 인사담당관으로 일하면서 신규 9급 공무원들을 채용한 경험이 있다. 졸업 학과와 관계없이 많은 시간을 힘들게 공부하여 공무원 시험에 응시한 수많은 젊은이를 대할 때 마음이 복잡했다. 한편으로는 유능한 사람들이 공직에 들어와 국민을 위해 봉사하여 행정 서비스의 질을 높일 수 있다고 생각을 하면서도 또 한편으로는 그들이 전공한 여러 분야의 전문 지식이 우리 사회와 지구의 미래를 위해 크게 쓰이지 못함이 안타까웠다.

고시원

고시 공부를 시작한 후로 방학이 되면 서울에서 공부하게 되었다. 방학이 시작되자마자 곧바로 포항에서 비행기나 버스를 타고 서울에 올라가 공부를 하고 다시 아이들을 가르치기 위해 학교로 돌아왔다. 처음 방학 때 거처를 정한 곳은 외갓집이었다. 외할머니가 계셔서 편하게 숙식을 하며 종로에 있는 고시학원에 다닐 수 있었다. 그런데 외갓집은 숙식에는 불편함이 없어 좋았지만, 어른이 된 직장인이 친척 집에서 신세를 진다는 부담감이 있었다. 낮에는 고시학원에서 공부하고 밤에는 독서실에서 공부했다.

다음 방학 때는 구로에 있는 친구들과 함께 생활했다. 이른바 닭장이라고 부르는 다세대 주택에 방 한 칸이 있고 조그만 부엌이 딸린 열악한 거처에서 셋이서 지냈다. 친구들은 아침이면 노동일을 나가고 나는 학원에서 강의를 듣고 저녁에 서로 만나 밥도 해 먹고 술도 조금 마시고 잡담도 하고 놀았다. 밤새도록 이웃에서 싸움이 그

칠 사이가 없었다. 삶이 괴로우면 싸움이 늘어나는 경우가 많다. 이곳에서는 시골에 살면서 물려보지 못한 빈대에게 많이도 물렸던 기억이 난다. 잠을 자다가 벌레가 무는 것이 너무 괴로워 불을 켜면 납작한 모습의 빈대가 잽싸게 달아나는 것을 볼 수 있었다. 이때 공부는 학원에 다닌 것만으로 만족해야 했다. 친구들과 함께 재미있고 마음 편하게 생활했지만, 공부 시간을 많이 확보할 수가 없었다.

다음 방학 때는 고시학원이 가까이 있는 종로의 한 고시원에 둥지를 틀었다. 이 고시원은 여럿이서 함께 쓰는 방만 있었는데 나와 함께 방을 쓴 고시생 중 한 명은 공인회계사 공부를 했고 또 한 명은 7급 공무원 시험공부를 하고 있었으며 다른 한 명은 9급 공무원 시험공부를 하고 있었다. 같은 방에서 공부도 하고 잠도 자다 보니 틈만 있으면 잡담하고 놀기가 일쑤였다. 공부는 학원에 다니면서 배우는 것에 의의가 있었고 고시원에서는 거의 하지 못했다.

다음 방학 때부터 본격적으로 공부하기 위해 독방을 쓰는 고시원을 선택했다. 서울대에서 멀지 않고 전철역에서 가까운 고시원에 자리를 잡았다. 그 후 여름방학과 겨울방학 기간을 오로지 그 고시원만 이용했다. 그 고시원에서 일하던 분과 고시원 식당 주인은 잊혀질 만하면 6개월 만에 다시 나타나곤 하는 나를 보면서 참 끈질기다고 했다. 덕분에 그분들과 친하게 지내게 되어 좋은 방에서 공부하고 휴식 시간에 이런저런 세상 사는 이야기를 나누는 사이가 되었다. 한창 고시원이 활황기에 있었던 때라 그 고시원 주인은 돈을 많이 벌었는지 몇 년 사이에 기존 고시원 옆에 5층짜리 큰 고시원을 신축하였다.

두 건물에서 공부하는 고시생들 수가 많아짐에 따라 여러 고시생을 관찰할 기회가 있었다. 어떤 고시생은 술을 잔뜩 먹고 들어와 소리 지르기도 하고 어떤 수험생은 얼굴이 너무나 창백하여 걱정됐다. 그에 비해 일부 젊은 친구들은 시간을 정하여 토론방에 모여서 활기차게 토론도 하면서 웃으며 공부했다. 고시원 실장에게 들은 바에 의하면 반년에 한 명가량 정신 분열 증세를 보이는 사람이 있다고 했다. 아까운 청춘을 좁은 공간에서 공부에 파묻혀 보내다 보면 가도 가도 끝이 보이지 않는 힘든 여정에 지쳐서 정신이 이상하게 되는 경우가 생긴다고 들었다. 그 고시원 휴게실에는 매년 그 고시원 출신의 합격생 수가 수십 명이라는 것을 보여주는 게시판이 있었다. 고시원이 큰 규모여서 고시원에서 공부하는 사람만으로도 성공과 실패의 극단적인 면을 충분히 볼 수 있었다. 고시에 실패했다고 해서 인생이 실패한 것이 아니고 고시에 합격했다 해서 인생에 성공했다고 판단할 수 없지만, 시험에서 성공과 실패의 경험은 향후 인생과 가치관에 큰 영향을 줄 수밖에 없다.

고시원에서 공부하는 것은 많은 참을성을 필요로 한다. 옛날 선비들은 혼자 있을 때는 남이 지켜보고 있을 때보다 더 몸가짐을 조심히 하고 나태를 경계해야 한다고 했다. 선비들은 공부할 때 누워있고 싶은 생각을 줄이기 위해 옷을 잘 갖춰 입고 공부했다고 한다. 내 경험에 의하면 고시원 독방에서 공부하는 사람들도 옛날 선비들 못지않게 게으름과 나태를 경계해야 했다. 극기심을 시험하는 마음들이 모락모락 올라와 수시로 필요 이상의 잠을 자거나, 온갖 백일몽과 상상으로 책의 활자가 눈에 들어오지 않는 때가 있었다. 특히 몇 년간 공부하면 이미 책들은 여러 번 읽어본 것이라서 도대체 새로움이 없고 호기심도 사라져 그냥 생각 없이 책을 훑어보는 경우가 많았다. 이미 거의 다 알고 있다고 잘못 판단하여 수시로 밖에 나가서 놀 거리를 찾았다. 시험에 왜 떨어지는지를 정확히 파악하지 못하고 운이 없기 때문이라고 생각하여 다음 시험 때까지 느슨하게 생활했다.

친구들도 만나 잡담을 나누고 만화방에도 가고 당구도 하고 술도 마시고 영화도 보는 여유 있는 생활에 젖어간다. 돈과 시간을 쓰는 즐거움에 탐닉하게 되는 것이다. 이처럼 부모님 등이 지원해주는 공부 비용을 쪼개서 알뜰하게 즐기는 생활로 인해 계속해서 시험에 낙방한다. 공부만 하며 돈을 부모님에게 지원받아 쓰는 생활에 부담 느끼는 한편으론 그것을 즐기게 된다. 언젠가 공부하면 그 모든 것을 갚을 수 있다는 생각에 미안함은 마음 한구석에 처박아 둔다. 이렇게 세월이 흐르면 후에 사회생활에 적응하기가 어렵다. 이러한 습관과 태도로 공부하는 세월이 상당히 흘러 너무 지나쳐 왔다고 생각을 하게 될 때 인생의 많은 부분이 보람 없이 흘러갔다는 것을 깨닫게 된다.

가정생활과 직장생활은 혼자 극기하며 공부하는 것보다 훨씬 더 복잡하고 어렵다. 사람들은 고시 공부가 더 어렵다고 생각하지만, 실제로 경험해보면 가정의 행복을 일구고 직장에서 성과를 내면서 생활하는 것은 고시 공부 못지않은 노력이 필요하다. 공부하는 것은 자신 위주로 자기만 제어하면 가능하지만, 가정과 사회생활은 자기의 감정을 절제하면서 주위 사람들과 조화와 협력을 이루어야 하므로 생각보다 어렵다.

가끔 주위에서 고시 공부를 희망하는 사람에게 자문해 줄 때 잘못하면 별 소득 없이 고시 공부하는 그 자체가 직업이 될 위험이 도사리고 있으므로 단기간에 승패를 결론지을 것을 강조하곤 한다. 학문을 위한 공부와는 달리 하위 직급이나 상위 직급 등 여러 분야의 고시에 장기간 투자하는 것은 인생에서 기회비용 측면을 따져 볼 때 매우 손해 보는 투자라는 생각을 한다. 단기간에 최대한 모든 힘을 쏟아붓고 실패하는 경우 미련을 버리고 과감하게 다른 도전 대상으로 변화를 꾀하는 것이 인생을 훨씬 더 의미 있게 살 수 있기 때문이다.

내가 쓰던 창문이 없는 고시원 방은 햇빛을 못 볼 뿐 아니라 시간관념을 잊게 하기도 했다. 그 고시원에서 가끔 정신 분열 증세를 보이는 사람이 발생한다는 데 나도 그렇게 되면 어쩌나 하는 걱정이 되어 눈을 뜨고 천장을 바라보면서 '제정신이구나!'라고 안심하면서 불편하게 잠을 잔 적도 있었다. 장기간 공부가 지속되면서 희망 앞에 절벽이 놓여 있을 때 활기찬 하루하루와 밝은 미래를 꿈꾸며 공부에서 탈출하고 싶었던 간절함이 있었다. 아슬아슬한 시기에 운명의 신이 그 어려움에서 벗어나게 해주었다.

지금 시간을 거꾸로 돌려 고시 공부에 쏟아부었던 노력과 시간을 다른 일에 투입할 수 있다면 훨씬 신나는 경험을 했을까? 라고 물으면 "그렇다"라고 대답할 것이다. 그러나 그만큼의 노력과 시간을 다른 일에 투입하는 에너지를 모을 수 있을지 자신하기 어렵다. 어떤 일에 에너지를 모두 다 쏟아붓는 건 쉽지 않다.

성공과 실패

93년 11월은 6번째 도전한 시험의 성공과 실패 생각에 가슴이 두근거리는 하루하루를 보내며 아이들을 가르치고 있었다. 내가 가르치고 있던 분교 4학년과 본교 4학년 학생들을 인솔하여 포항제철 견학을 다녀오고 축구 시합을 진행하기도 했다. 컴퓨터에 관한 학습 시간도 마련하였다. 분교 아이들이 5학년이 되면 본교에서 교육받기 때문에 내가 가르치고 있는 아이들에게 적응 교육 프로그램을 진행했다. 낮에는 그렇게 바쁘게 보내면서도 밤에는 시험 결과가 어찌될지 신경이 곤두서 있었다. 11월 마지막 날 이것저것 하면서 초조하게 결과를 기다리다 자정 무렵에 합격 소식을 들었다. 문을 조용히 열고 나가 학교 운동장 한가운데서 하늘을 보았다. 전날 내내 비가 내렸는데 구름이 쏜살같이 흐르는 사이로 밝은 하늘이 보였다. 달빛이 그렇게 밝을 수가 없었다. 흥분되어 밤새 잠이 오지 않았다.

며칠 후 국어 시간에 '눈 오는 날'이라는 동시를 가르치고 있었다.

펑펑 쏟아지는 함박 눈발이 운동장에 날렸다. 포항 지역은 눈을 구경하기가 극히 힘든데도 이례적으로 '눈 오는 날' 동시를 가르치던 시간에 함박눈이 내렸다. 곧바로 아이들이 눈도 던지고 눈밭에서 뛰어놀 수 있도록 하였다. 그 모습을 창문을 통해 바라보면서 기분이 날아갈 듯 좋았다. 아이들이 천진난만하게 뛰어노는 모습을 보니 아이들을 가르치며 고시 공부에 도전해 겪은 수많은 좌절과 고통이 모두 사라졌다. 쏟아지는 함박눈이 한참 동안 내 마음을 포근히 어루만져 주었다.

교사로서 아이들에게 최선을 다했는가? 아이들에게 소홀하지 않았는가? 하는 생각이 머리에서 떠나질 않았다. 고시 공부에 전념한 시간과 정열을 아이들에게 쏟았다면 아이들의 성장과 발전에 커다란 영향을 끼쳤을 것이다. 그러나 고시 공부를 하지 않았으면 과연 고시를 공부했던 시간만큼 아이들을 위해 더욱더 열심히 가르쳤을지에 대해서는 고개가 저어졌다. 밤낮으로 열심히 살았던 세월이었다. 낮에 아이들을 가르칠 때 가르치는 일과 학교생활에만 집중하려 했다. 그러나 두 가지 일을 병행하면서 서로 영향을 주는 것 또한 사실이었다. 마음에 위안 삼는 것은 아이들과 생활하면서 무슨 일을 하든 최선을 다하려는 태도가 좋은 영향을 주었을 것이라는 확신이다.

아이들은 무럭무럭 자란다. 아이들은 어른들의 시각에서도 끊임없이 변화하는 불가사의한 존재다. 방학이 되면 서울에 올라가 공부를 하고 한 달 후에 학생들을 보면 조그만 어린애로 보인다. 교사가 어른들과 생활하다 아이를 보면 아이들이 어려 보이지만, 몇 달 동안 아이들과 생활하다 보면 아이들이 친구나 동료처럼 커다란 어른으로 보인다. 그러한 아이들을 최대한 존중하는 교사로서 살아가려 노력했다.

평소 공부하면서 왜 공부를 해야 하는지 의문을 가질 때가 많았다. 과연 시험에 합격해서 무엇을 할 수 있을 것인지에 대한 의문부터 시험에 합격하면 내 삶이 어떻게 변화될 것인지까지 명확한 그림이 그려지지 않았다. 그러한 의문에 단순하고 선명한 답을 상상했다. '무엇을 하든 사람들을 위해 좋은 일을 많이 하자'라는 생각을 했다. 교사 생활을 하면서 다른 사람들을 위해 뭔가 도움 주고 좋은 일을 행하려 노력했던 것처럼 교육행정 인으로서도 똑같은 태도로 일하면 된다고 생각을 정리하였다.

시험 합격 후에 달라진 것은 거의 없었다. 평소처럼 아이들 가르치고 교사에서 교육행정인 전환에 따른 절차를 밟으며, 미루어 놓은 결혼도 준비해야 했다. 생활에서 할 일은 거의 변동이 없었지만, 마음의 변화는 대단했다. 계속해서 시험에 실패하면서 마음이 위축될 대로 위축되어 있던 상태에서 갑자기 자신감이 고무풍선에 들어가는 바람처럼 마음에 가득 채워졌다. 말 한마디나 행동 하나하나에 활력이 생겼다. 성공은 평소 어깨도 잘 펴지 못했던 것이나 소극적인 언어와 행동 패턴을 일시에 없애버리고 당당하게 어깨를 펴고 적극적인 자세를 갖게 한다.

그러나 이러한 현상은 일시적이다. 끊임없이 새로운 도전과 과제들이 나타나는 것이 인생이기 때문에 성공과 실패에 대해서 지나치게 민감하게 반응하면 삶이 행복하지 못하다는 걸 깨달아 가고 있다. 뭔가 성공하고 나면 적극성이 하늘 높은 줄 모르고 치솟았다가도 이어지는 문제들이 줄줄이 또 나타나고 그것을 잘 해결하면 기분이 좋지만 그렇지 않으면 마음이 답답해지는 상태가 반복됨을 알았다.

이것의 의미는 삶을 살아가는 동안 연속되는 도전에 성실한 자세로 최선을 다하되, 성공과 실패에 대해서 민감하게 반응하여 지나치게 위축되거나 들떠 있는 기간이 오래 계속되면 위험하다는 뜻이다. 세상은 끊임없이 변하고 주위의 조건들도 하루하루 변화하는데, 과거의 성공 사례들을 계속해서 내세우다가 쓸모없는 취급을 받는 경우도 비일비재하다. 가장 바람직한 것은 조그마한 것이라도 계속해서 성공의 기쁨을 맛보고 조금 더 높은 과업에 계속하여 도전하는 것이다. 작은 성공에 안주하지 않고 연속해서 새로운 과업들을 체계적으로 해결해 나가는 것이 삶의 만족도가 높다. 굉장히 위험이 큰 과업들을 선택하여 도전하기를 좋아하는 모험가도 있다. 그러려면 실패해도 절대 위축되지 않는 마음의 자세를 단단히 준비할 필요가 있다. 나의 경우 높은 도전 과제를 선택했다가 매우 힘든 세월을 보냈다. 결과적으로 삶의 큰 변화는 없었지만, 성취감이 크게 자리 잡아 무엇이든지 할 수 있다는 자신감이라는 큰 자산을 얻었다. 그러나 자신감을 얻는데 지나치게 많은 시간과 힘을 쏟아부은 것 같아 아쉬움이 남는다. 삶의 현장에서 크고 작은 도전의 선택은 삶의 행복과 연결 지어 잘 판단해 볼 일이다.

열정적인 사람들은 어떤 일을 하면서 주위의 기를 흡수하여 체력을 보강하지만, 열정적이지 못한 사람들은 어떤 일을 하면서 그 일에 기를 뺏겨 녹초가 된다고 한다. 아마 나는 공부를 하면서 열정적인 자세로 공부하지 못했던 것 같다. 이왕에 고시에 도전하기로 한 이상 재미있다는 생각으로 열정적으로 공부했으면 시간을 단축하면서도 기운이 약해지지 않았을 것 같다. 공부하면서 기회비용 측면에서 잃어버린 것도 많다. 꽃다운 20대를 가르치는 일 외에 어떤 때는 공부하는 것처럼 보이지만 실은 그런저런 방식으로 아까운 청춘을 보낸 때도 있었다. 그런 시절이 한편으로는 아쉬움도 남지만 배우고 느낀 것도 많아 삶을 보다 성숙하게 사는 데 보탬도 되고 있다.

하루하루 살아가면서 실패할 때가 있고 성공할 때도 있다. 5번이나 실패의 쓴잔을 마시는 어려움을 겪을 때 위로를 준 분들이 생각난다. 실패한 사람은 속상하고 부끄러워 남 앞에 나서기를 주저하게 된다. 공연히 위축되어 숨어 지내려 한다. 주위에 실패의 쓴잔을 마신 사람에게 격려의 잔을 권하는 것이 얼마나 중요한지 그때의 경험으로 알고 있다. 시험에 떨어지게 되면 동료 선생님들과 하숙집 식구들은 “걱정하지 마이소. 다음에 꼭 성공할 거요”라며 격려하곤 했다. 대학을 같이 졸업하여 경상도에서 근무하고 있던 친한 친구들은 멀리 서너 시간 걸리는 곳에서 찾아와 하룻밤 위로주를 사고 돌아가기도 했다. 한두 번도 아니고 여러 번 그렇게 위로주를 사러 그 먼 길을 달려왔던 친구들이 그렇게 고마울 수가 없었다. 아버지 어머니는 몸 생각하고 힘들면 그만두라고 하셨다. 교사 생활을 열심히 하면서 행복하게 살 수 있는데 사서 고생할 필요는 없다는 것이 부모님 생각이었다. 내가 더 나이 들기 전에 장가도 가고 가정을 꾸려 행복하게 살기를 원하셨다. 부모님은 내가 어렸을 때부터 공부를 천천히 쉬면서 하라는 이야기는 하셨어도 다그치며 좀 더 공부하라는 이야기는 한 번도 하지 않으셨다. 격려와 위로는 어떻게 하느냐에 따라 평생 영향을 줄 수 있어 따뜻하게 해야 한다는 것을 부모님에게 배웠다.

공부를 오랫동안 하며 실패에서 많은 교훈을 얻었다. 실패를 실패한 채로 남겨 두어서는 아무 가치가 없다. 그 속에서 배움을 얻고 노력하면 실패의 경험이 없는 사람보다 오히려 성공의 가능성이 더 클 수 있다. 하지만 지나친 실패의 반복은 바람직하지 않다. 지나치게 실패가 반복되어 탄성을 잃은 용수철처럼 회복하지 못할 정도로 몸과 마음이 위축되면 큰일이기 때문이다. 거듭된 실패의 경험에서 교훈을 얻는 것보다 작은 성공을 반복하며 교훈을 얻는 것이 더 행복한 삶일 것이다. 아주 비싼 대가를 치르고 얻은 깨달음이다.

Epilogue

사람은 몸과 마음의 경험을 한다. 이 글은 2008년에 40대 중반 나이까지 경험한 내용을 끄적거린 내용이다. 나의 몸과 마음의 경험을 사실적으로 쓰려 했다. 먼 과거의 경험이라 일부 환상이 덧붙여져 있을 것이다.

이 글로 책 만들기에 도전했다. 여기저기 끄적거린 내용을 정리하는 데 시간과 공이 많이 들었다. 전주교육문화회관에 함께 근무한 직원들이 많은 도움을 주었다. 강여경, 정미옥, 신효정, 이준호 직원분께 감사한다. 크고 작은 관심과 의견을 준 동료 직원들과 지인들에게도 감사드린다. 책의 출간에 ㈜인생산책 김용환 대표님, 정지윤 디자이너에게 큰 도움을 받았다.

책 제목을 "하루하루 배우자"라고 생각했었다. 샌프란시스코에서 일했던 아내는 "끄적끄적"이라는 뜻을 가진 "두들링(Doodling)"으로 제안했다. 직설적 주장보다 끄적끄적한 글에서 배움을 얻는 것은 읽는 사람의 몫이므로 처의 아이디어에 찬성했다.

책 표지에 있는 그림은 2016년 김시온 님이 그린 작품이다. 이 그림을 보면 늘 고요한 아름다움을 느낀다.

내 삶 전반부의 경험과 배움에 관한 글이 단 한 사람에게라도 조그만 도움이 된다면 큰 기쁨으로 여길 것이다.

Doodling

낙서처럼 써내려간 인생의 순간들,
돌아보니 모든 순간이 예술이었다.

초판 1쇄 2022년 07월 25일 발행
출판등록 제 406-2003-055호
지은이 고광휘
펴낸이 김용환
편　집 양한나, 전희진
디자인 강지원, 정지윤, 이혜미
펴낸곳 (주)인생산책
주소 (04521) 서울특별시 중구 청계천로 40 (다동)
한국콘텐츠진흥원 CKL 1315호 (한국관광공사서울센터 빌딩)
대표전화 1899-4528　**전자우편** we@lifewalk.kr　**홈페이지** www.lifewalk.kr

값 14,000원
ISBN 979-11-394-0544-6